GOTTFRIED KELLER

ROMEO UND JULIA AUF DEM DORFE

乡村的罗密欧与朱丽叶

[瑞士] 戈特弗里德·凯勒 著　　田德望 译

人民文学出版社

Gottfried Keller
ROMEO UND JULIA AUF DEM DORFE

"企鹅经典"丛书由人民文学出版社联合上海九久读书人文化
实业有限公司及企鹅图书有限公司共同策划。

"企鹅"、⚬®和相关标识是企鹅图书有限公司已经注册或者尚未
注册的商标。未经允许,不得擅用。

图书在版编目(CIP)数据

乡村的罗密欧与朱丽叶/(瑞士)戈特弗里德·凯勒
著;田德望译.—北京:人民文学出版社,2017
（企鹅经典丛书）
ISBN 978-7-02-013023-8

Ⅰ.①乡… Ⅱ.①戈… ②田… Ⅲ.①中篇小说-小
说集-瑞士-现代 Ⅳ.①I522.45

中国版本图书馆 CIP 数据核字(2017)第 162068 号

责任编辑:叶显林 邱小群
封面设计:董红红 汪佳诗

出版发行　人民文学出版社
社　　址　北京市朝内大街 166 号
邮政编码　100705
网　　址　http://www.rw-cn.com

印　　制　山东德州新华印务有限责任公司
经　　销　全国新华书店等

开　　本　890 毫米×1240 毫米　1/32
印　　张　8.5
字　　数　189 千字
版　　次　2013 年 6 月北京第 1 版
印　　次　2017 年 6 月第 1 次印刷

书　　号　978-7-02-013023-8
定　　价　45.00 元

如有印装质量问题,请与本社图书销售中心调换。电话:010-65233595

"企鹅经典"丛书
出版说明

　　这套中文简体字版"企鹅经典"丛书是人民文学出版社携手上海九久读书人与企鹅出版集团（Penguin Books）的一个合作项目，以企鹅集团授权使用的"企鹅"商标作为丛书标识，并采用了企鹅原版图书的编辑体例与规范。"企鹅经典"凡一千三百多种，我们初步遴选的书目有数百种之多，涵盖英、法、西、俄、德、意、阿拉伯、希伯来等多个语种。这虽是一项需要多年努力和积累的功业，但正如古人所云：不积小流，无以成江海。

　　由艾伦·莱恩（Allen Lane）创办于一九三五年的企鹅出版公司，最初起步于英伦，如今已是一个庞大的跨国集团公司，尤以面向大众的平装本经典图书著称于世。一九四六年以前，英国经典图书的读者群局限于研究人员，普通读者根本找不到优秀易读的版本。"二战"后，这种局面被企鹅出版公司推出的"企鹅经典"丛书所打破。它用现代英语书写，既通俗又吸引人，裁减了冷僻生涩之词和外来成语。"高品质、平民化"可以说是企鹅创办之初就奠定的出版方针，这看似简单的思路中植入了一个大胆的想象，那就是可持续成长的文化期待。在这套经典丛书中，第一种就是荷马的《奥德赛》，以这样一部西方文学源头之作引领战后英美社会的阅读潮流，可谓高瞻远瞩，那个历经磨难重归家园的故事恰恰印证着世俗生活的传统理念。

经典之所以谓之经典，许多大学者大作家都有过精辟的定义，时间的检验是一个客观标尺，至于其形成机制却各有说法。经典的诞生除作品本身的因素，传播者（出版者）、读者和批评者的广泛参与同样是经典之所以成为经典的必要条件。事实上，每一个参与者都可能是一个主体，经典的生命延续也在于每一个接受个体的认同与投入。从企鹅公司最早出版经典系列那个年代开始，经典就已经走出学者与贵族精英的书斋，进入了大众视野，成为千千万万普通读者的精神伴侣。在现代社会，经典作品绝对不再是小众沙龙里的宠儿，所有富有生命力的经典都存活在大众阅读之中，它已是每一代人知识与教养的构成元素，成为人们心灵与智慧的培养基。

处于全球化的当今之世，优秀的世界文学作品更有一种特殊的价值承载，那就是提供了跨越不同国度不同文化的理解之途。文学的审美归根结底在于理解和同情，是一种感同身受的体验与投入。阅读经典也许可以被认为是对文化个性和多样性的最佳体验方式，此中的乐趣莫过于感受想象与思维的异质性，也即穿越时空阅尽人世的欣悦。换成更理性的说法，正是经典作品所涵纳的多样性的文化资源，展示了地球人精神视野的宽广与深邃。在大工业和产业化席卷全球的浪潮中，迪士尼式的大众消费文化越来越多地造成了单极化的拟象世界，面对那些铺天盖地的电子游戏一类文化产品，人们的确需要从精神上作出反拨，加以制衡，需要一种文化救赎。此时此刻，如果打开一本经典，你也许不难找到重归家园或是重新认识自我的感觉。

中文版"企鹅经典"丛书沿袭原版企鹅经典的一贯宗旨：首先在选题上精心斟酌，保证所有的书目都是名至实归的经典作品，并具有不同语种和文化区域的代表性；其次，采用优质的译本，译文务求贴近作者的语言风格，尽可能忠实地再现原著的内容与品质；另外，每一种书都附有专家撰写的导读文字以及必要的注释，希望这对于帮助读者更好地理解作品会有一定作用。总之，我们给自己设定了一个绝对不低的标准，期望用自己的努力将读者引入庄重而温馨的文化殿堂。

关于经典，一位业已迈入当今经典之列的大作家，有这样一个简单而生动的说法——"'经典'的另一层意思是：搁在书架上以备一千次、一百万次被人取下。"或许你可以骄傲地补充说，那本让自己从书架上频繁取下的经典，正是我们这套丛书中的某一种。

人民文学出版社编辑部

上海九久读书人文化实业有限公司

二〇一一年四月

目　录

为十九世纪的瑞士绘一幅市民风情画　　　　李双志

乡村的罗密欧与朱丽叶

　　讲起这个故事，假如它不是根据一件真实的事情，证明以往的伟大作品所依据的情节，个个都在人生中扎了多么深的根的话，那将是一个无聊的摹拟。这样的情节，为数不多；可是它们不断换上新装，重新出现，逼着人们非去捉住它们不可。

　　在那条离塞尔德维拉只有半点钟路程的美丽的河水旁边，隆起一个很大的、开垦得很好的土岗，逐渐消失在肥沃的平原里。在这土岗的脚下，远远地坐落着一个有不少大农舍的乡村。好多年以前，这斜坡上并列着三块又美又长的田地，好像三条展开的大带子。一个晴朗的九月天的清晨，有两个农人各自在两块田里耕作着，明确点儿说，就是在靠边的两块田里耕作着；中间那一块像是荒废了好多年的样子，因为已经盖上了一层石头和高高的野草，无数长着翅膀的小动物，不受惊扰地在上面嗡嗡地飞鸣着。在两边田里犁着地的农人，个子都很高，骨骼粗大，年纪都在四十岁光景，一看就知道是两个有点儿根基的农民。他们穿着耐久的粗亚麻布短裤，裤子上每一个褶痕都有固定不变的位置，看起来像雕刻在石头上的一般。每逢他们碰到一个障碍物，把犁柄握得更紧的时候，粗糙的汗衫袖子便由于受到这轻微的震动而抖动，同时那刮得光光的面孔，平静地、聚精会神地、稍微眯缝着眼睛，对着阳光朝前面望去，一面在度量着犁沟，只是偶尔远处传来什么响声打破了田野的寂静时，他们才向周围眺望一下。他们慢慢地，以某种天然的优美姿态，一步一步向前走去，除了偶尔给赶着雄壮的耕马的雇农一些指示外，全都一言不发。于是，从相当的距离看来，他们十分相像；因为他们正代表了这个区域的本地人的类型。乍一看，也许只能在这一点上区别他们：这一个戴着白帽子，帽顶子向前，那一个帽顶子却向后耷拉到脖子上。但是一等他们掉转耕地的方向，他们帽子的位置也就调换过来了；因为每逢他们面对面在岗上相遇，彼此走过的时候，那个迎着凉爽的东风走去的人，他的尖帽就向后边倒下去，而那个顺风而行的人的帽子却向前竖起来。每次也有一刹那的间歇阶段：这时候两顶闪光的帽子就笔直地在空中动荡，像两道白色的火焰向天空吐舌。他们俩就这样安安静静地耕着地；看着他们在那一片寂静的、金黄的、九月天的景色中在岗上悄悄地、慢慢地对面走过，逐渐分开，越离越远，最后像两颗陨落的星似的，消失在土岗的穹窿后面，过了好久又从那里重新出现，这种景象是很美丽的。每逢他们在犁沟里发现了一块石头，就漫不经心地用力一扔，把它扔到中间那块荒地里。这种情形倒也少见，因为这一块地差不多已经把所有在那两块邻田里能够找到的石头都给负担起来了。漫长的清晨就这样过去了一部分，这时有一辆精巧的小车，从村里向这边走来，刚上这斜坡时，小得都几乎看不见。这是一辆涂了绿色的小孩车，那两个耕地的人的孩子，一个男孩和一个很小的女孩，共同把上午的点心放在车里运来，给每个农人一块好面包，用一块手巾包着，一壶酒和一只酒杯，还放上了一些额外的小吃，这是温柔体贴的农家妇给勤劳的当家的附带送来的。此外这车里还装了各种奇形怪状的、已经咬过的苹果和梨，这是孩子们在路上拣来的。还有一个完全光着身子的、黑眉乌嘴的布娃娃，只有一条腿，像个小姐似的在面包中间坐着，安闲自在地让车子拉着走。这车经过了不少次的碰撞和逗留，最后到了岗上，停在田边一丛小菩提树的阴凉里；现在可以更清楚地观察一下这两个车夫了。一个是七岁的男孩，一个是五岁的小女孩，都很康健活泼，此外，看上去也都没有什么特别引人注意的地方，只是两个都有一双很美丽的眼睛，那女孩还有浅褐色的脸庞和鬈曲的黑头发，使她脸上带着热情。耕地的人现在也都回到了岗上，他们在马前放了一些三叶草，把犁搁在开了一半的犁沟里，便以好邻居的关系一同吃起点心来，这才互相招呼；因为这天一直到现在他们彼此还没有说过话呢。

他们现在一面心满意足地吃着早点，并且满怀着慈爱，把早点分给孩子们吃，吃喝几时不完，孩子几时不离开这个地方；他们一面四下里眺望着，看见小城烟雾弥漫，在山里闪光，因为塞尔德维拉人天天准备丰富的午饭，常有一片光辉远射的银色炊烟飞上屋顶，贴着山峦悠然飘去。

“塞尔德维拉的二流子们又做好饭食啦！”农人中一个姓曼茨的说。那个姓马蒂的答道：“昨天就有一个小子为着这儿这块地来到我家。”“从县参事会来的吧？他还去过我那儿呢！”曼茨说。“真的？他大概也是想让你种这块地，给老爷们纳租子吧？”“是的，一直到断定了这块地属谁，该怎么处置再说。但是这种替人拾掇荒地的事，我谢绝了，我说，他们尽可以出卖这块地，把款子保管起来，直到找到原主为止，这也许永远不会成为事实；因为不管什么事情一进塞尔德维拉的衙门，就会在那儿耽搁很久，何况又是这么一件麻烦事。在这个期间，那些二流子乐得从租金里揩点油水，他们当然也不会放过那卖地得来的钱；但是我们会当心，不把价钱抬得过高，到那时候我们就准知道，我们该怎么办，这块地究竟应该归谁！”

“我也是这样想，也给了那二流子一个同样的回答！”

他们沉默了一会儿，曼茨就又开始道：“不过也真是可惜，好好的一块地就这样闲着，实在不像话。闲到如今已经二十来年了，没有一个人问过它；因为这村里谁都没有权利要求这块地，并且谁也不知道，那个败落的吹鼓手家的子孙们下落如何了。"

"哼!"马蒂说道,"就是这么一回事!我一看那个时而和流浪人们混在一起,时而又给村里伴奏跳舞的黑琴师,我就想赌咒说,他就是那个吹鼓手的孙子,他当然不晓得,他还有一块地哩。可是他要地干什么?烂醉上一个月,过后还不是和从前一样!况且,这件事既然还不能落实,怎么可以给他透个风呢?"

"那样一来可就会惹出好事情来啦!"曼茨答道,"为了否认这个琴师在我们教区里的乡土权,就够咱们麻烦的了,因为人家总想把这个流氓硬推到咱们身上。既然早先他的爹娘和流浪人合了伙,他也可以留在那里,给那帮补锅的游民拉提琴啦。我们凭什么知道他是吹鼓手的孙子呢?就说我吧,我虽然相信我在琴师的黑脸上完全认出了那个老头子的样子,我还是说:'错误是人之常情,一张不起眼的破纸,一小片洗礼证,比十个有罪孽的人的脸更使我心安!'"

"哎呀,可不是么!"马蒂说道,"他当然会讲,没给他施洗,并不是他的过失!可是难道就应该把我们的洗礼盆做得可以在林子里搬来搬去么?不,那是固定在教堂里的。挂在外面墙上的那副抬棺材的担架倒是可以搬动的。我们村里人口已经过多了,快需要两个小学教员啦!"

说到这里,农人们这顿饭已吃完了,话也谈完了,他们站起来,去把今天上午还没完的活儿做完。两个孩子却已打算好和父亲们一同回家,于是先把他们的车子拉到小菩提树丛里掩护起来,然后到那块荒地里去探一次险,因为那儿的野草、灌木和石头堆子,呈现出一片罕有的荒野景象。他们手拉手在这一片绿色的荒野中游玩着,把携着的手晃过高高的蓟丛作为乐事,最后就在一丛刺蓟的阴凉里坐下,那女孩开始把车前草的长叶子给她的布娃娃穿在身上,这布娃娃便得到了一条美丽的、有锯齿形花边的绿裙子;再把一朵孤单单开着的红罂粟花给它蒙在头上当作头巾,还用一棵草把它绑结实了。特别是当它又得到了一条用小红浆果串成的项链和腰带以后，这个小人儿看起来就像一个女巫了。紧接着他俩就让它高高地坐在蓟茎上面，瞪着眼瞅了它一会儿，后来那个男孩看够了，便一石头把它打了下来。这一下子它的服装可不整齐了，那女孩就快快地给它脱掉衣服，好重新把它打扮起来；可是当布娃娃刚刚脱完衣服，只留着那块红头巾时，那粗野的男孩就从他的女伴手里抢过这个玩具，把它高高地扔到空中去。那女孩哭着喊着跳起来去捉，但是那男孩又先把布娃娃捉到了手，重新扔到空中去，弄得那女孩总是白忙一场，他就这样逗着她玩了好久。飞着的布娃娃却在他手里受了伤，明确一点说，伤是在它那只独腿的膝盖上，在那儿破了一个小窟窿，漏出一些糠来。那个捣乱鬼一看见这个窟窿，就像耗子似的静悄悄的，张着嘴，热心地忙着用小手指扩大那个窟窿，搜寻糠的来源。他的静默引起了那可怜的女孩极大的怀疑，就挤到他跟前去，一看见他的恶作剧，不由得大吃一惊。"瞧啊！"他喊道，一面把那条腿在她鼻子前头晃来晃去，糠都飞到了她脸上，她连喊带叫地央求着，当她正要伸手去取时，他却又跑开了。两个人闹个不休，直到那整整一条腿都掏空了，像一枚可怜的豆荚一般耷拉着，他才把那受虐待的玩具往下一摔不要了。当那幼小的女孩哭着倒在布娃娃身上，用围裙把它包上时，他便装出极其顽皮和满不在乎的样子。她把布娃娃拿出来，伤心地端详着这可怜的东西，一看见那条腿，就又放声大哭起来，因为这条腿在躯干上耷拉着，就像一条火蛇身上的小尾巴一样。她拼命地哭，哭得那个作坏事的心里终于有点别扭了，他站在这诉苦者的面前，又着急，又懊悔；她一理会到这种情形，就突然止住了哭，用布娃娃打了他几下，他装作被打疼了的样子，喊了一声"噢！"他喊得那样自然，使她满意了，就和他一同继续做起破坏和解剖工作来。他们在这殉难者身上钻了一个洞又一个洞，让糠往外乱漏，他们把这些糠仔细集拢到一块平坦的石头上，堆成一个小堆，一面搅动，一面瞪眼看着。布娃娃身上剩下的唯一结实地方就是脑袋了，现在当然就特别引起了孩子们的注意；他们很细心地把这颗头和榨空了的尸体分开，然后向空虚的内部惊奇地窥探起来。他们一看见那个古怪的窟窿，又看见了糠，首先引起来的一个最自然的念头就是用糠把这颗头塞满，两双小手争着把糠往里放，于是这颗头有生以来第一次里面有点东西了。不过那个男孩或许仍然把里面的东西看作死学问，因为他突然捉住一个大苍蝇，一面用掌心扣着这嗡嗡直叫的苍蝇，一面命令那女孩，把头里的糠倒干净，然后就把苍蝇关在里面，用草堵上那个窟窿。孩子们把这颗头拿到自己的耳朵旁边听听，然后郑重地把它放在一块石头上；因为上面还蒙着那朵红罂粟花，这颗有响声的头现在看起来就像一个预言家的头似的，两个孩子一面拥抱着，一面静悄悄地倾听着它的报告和童话。但是每个先知都毫无例外地引起恐怖和忘恩；这粗略的形体中的一点点生命，也终于惹起了在孩子们心里存在着的人类的残忍性，他们决定把这颗头埋在土里。于是他们做了一个坟墓，也不问那被俘的苍蝇意见如何，就把这颗头放进去，并且用田里的石头在坟上立了一个很像样的纪念碑。他们因为埋了一个有形体有生命的东西，觉得有点害怕，就离开这个阴森森的地方。走了一大段路，那个小姑娘疲倦了，就仰卧在一小片完全被绿草遮盖着的地方，开始唱起几句单调的歌来，唱的总是那几句，那男孩蹲在她旁边帮着腔，决定不了自己是否也要完全躺下去，因为他也同样的困倦极了。太阳照着这唱歌的女孩的张开了的嘴，照亮了她那白得晃眼的小牙齿，照彻了她的圆润的、绯红的嘴唇。那男孩看见了这些牙齿，就搬着女孩的头，好奇地检查起她的小牙齿来，一面喊："你猜，我们有多少牙齿？"女孩想了片刻，仿佛是在熟思细算似的，然后随便说道："一百！""不对，三十二个！"他喊道，"等一等，我要数一下！"他就数起那女孩的牙齿来，因为总得不出三十二，他就一遍一遍地重新数。女孩安静了好久，但是因为那个热心的计算者总没个完，她就一下子跳起来，喊道："现在我要数数你的！"于是那男孩就倒在草里，女孩伏在他身上，抱着他的头，他把嘴张开，她就数道："一、二、七、五、二、一……"原来这个小美人还不会数数哩。男孩就改正她，指点她应该怎样数，她就又重新数，数了不知多少次，在他们那天所有玩过的游戏中，这个游戏似乎是最使他们开心的一个。最后那女孩便完全倒在小算学家的身上，两个孩子就在明亮的晌午的阳光下睡着了。

在这段时间，父亲们已经各自把地耕完，把两块地都变成了带有新鲜泥土香味的棕色的平川。当最后的一道犁沟耕到尽头时，其中一个雇农正要停住，他的当家的就喝道："停什么？再回一次头！""我们已经耕完啦！"雇农说。"住嘴，照我吩咐的去做！"当家的说。他们就回过头来，在中间那块无主的田里，豁了一大道犁沟，草和石头都飞起来了。可是农人并没有停下来清除这些东西，他大概以为要搞这个还有的是时间，今天只消粗枝大叶地做一下就算了。于是顺着斜坡迅速地向上走去，到了岗上，那快意的风把这农人的帽顶子又吹得向后倒下时，邻人正打那一边耕过去，帽顶子向前歪着，也在中间那块田里豁了一大道犁沟，土坷垃一下子都飞到两边去了。谁大概都看见了谁的行事，可是都像是没有看到似的，就又彼此分开，看不见了。每个星座都各自安静地打另外的星座旁边运行过去，沉入天穹的后面。命运之梭就这样彼此交穿而过，"他织着什么，没有一个织工晓得！"[1]

一次收成跟着一次收成地到来，每次都看见孩子们长得更高了，更美丽了，那块无主的田地在那变宽了的邻地中间更狭小了。每耕一次地，在这边和那边都损失一条犁沟，从来没有人说过一句话，就像没有人看见这种罪行似的。石头越积越高，已经沿着田地的周长形成了一道

① 引自海涅的诗《耶胡达·本·哈莱维》第二章第五段。

正式的地脊，上面的野灌木也已长得那样高，以致孩子们虽然都已长大，但是当他们一个在这边，一个在那边走过的时候，谁也看不见谁了。原来他们现在再也不一同上地里去了，因为那个十岁大的所罗门，就是人们喊作萨利的，居然已和大一点的儿童以及成年人为伍了；而那个褐色皮肤的芙兰琴呢，虽然是一个热情的小姑娘，行动却已不得不受同性的监护，否则，别人就会嘲笑她是一个好追男朋友的女孩子。可是每到收成时节，大家都在田里的时候，他们总要抓住一次机会，爬上那一道隔离开他们的乱石埂子，然后把对方推下来，此外再也没有什么来往了。他们似乎因此倒把这个一年举行一次的仪式更加在意地保存下来，因为他们两家的田地在别的地方都不衔接。

在这期间，那一块地到底还是宣布出卖了，卖得的款子规定暂由公家保管。拍卖就地举行，但是除了农人曼茨和马蒂以外，就只有几个看热闹的在场，因为没有人高兴买这不三不四的夹在这两个邻人中间的一小块地来耕种。原来他们俩虽然也属于这村里最好的农民之列，他们干的勾当也不过是其余三分之二农民在同样情况之下也会干的，可是现在大家还是因为这个而一声不响地看着他们，没有人愿意夹在他们中间要这块缩小了的无主的田地。一件唾手可得的便宜事，要是碰到鼻子上，大多数人都会干的；可是一旦有人做了，其余的人就会得意做这件事的并不是他们，就会得意他们没有受到诱惑，还把这个被选中的人作为罪恶的尺度，来测量他们自己的品德，还把他当作一个被神明标出来的消灾移祸者，因而对待他也心怀畏惧，尽管他们同时还对这个人在这件事情上所占到的便宜垂涎不止。所以当时认真出价码来争购这块地的就只有曼茨和马蒂二人；经过一番相当固执的竞争之后，曼茨争到了手，这块地就拨给他了。官方人员和看热闹的从田里一哄而散，那两个农人还在自己的地里忙了一会儿，离开时又彼此遇到了。马蒂说："现在你要把你的地，连旧带新合并在一起，然后再分成一般大的两块来种吧？假如是我得到了这块地的话，至少我是要这样办的。""我当然也要这样办，"曼茨答道，"因为当一块地来种，对于我未免太大了。可是我方才要讲的是：我已经发觉，你新近还在这块现已属于我的田地的下端斜着割了好大的一块三角地去。也许你以为这整块地反正是你的，割不割都一样。可是现在这块地既然属于我了，你得明白，我不容许有这样没有道理的一弯，要是我把这条线重新弄直，我想你准不会反对吧！总不该有什么争执吧！"

马蒂也像曼茨一样冷冷地回答道："我也看不出有什么可争执的！据我所知，这块地你买来就是这样的。大家都曾亲眼目睹，这块地在这一个钟头之内并没有改变一丝一毫！"

"废话！"曼茨说道，"过去的，我们用不着多计较！可是过分的仍然还是过分的，一切事到最后总得有个合情合理的解决；这三块地从来就是这样笔直地并列着，像比着尺子画出来的一般；现在你在这中间来这样一条可笑的、违情悖理的曲线，这岂不是大开玩笑，要是让这个弯曲的三角留在地里，人家要给我们俩起外号儿了。非把它去掉不可！"

马蒂笑道："你怎么一下子就怕起别人的笑话来啦！这倒也好办；这一道弯儿一点都碍不着我；你要是生它的气，好吧，我们就把它弄直，可是不能在我这边弄，这一层你要是嫌空口无凭的话，我可以给你立字为证！"

"别讲笑话了，"曼茨说道，"一定要把它弄直，就在你那边弄，气死你也得这样！"

"到底怎么办，反正有事实会证明的！"马蒂说，然后两个人就各自走开，谁都不再看对方一眼，却向着不同的方向凝望着天空，仿佛在那里发现了什么奇观，必须集中全副心神去注视似的。

第二天曼茨就打发一个小做活的，一个打短工的姑娘，和自己的小儿子萨利到那块地里去，把野草和灌木连根拔掉，堆成堆，为的是以后可以更方便地把石头运走。这次他不顾孩子母亲的抗议，把不到十一岁的、从来还没有被督促去做任何工作的男孩一同派出去，乃是他作风上的一种改变。他这样做时还讲了一大套严肃正经的道理，看来似乎是想以这种严格督促自己骨肉的办法，把自己在罪行中过活的感觉来麻醉一下，这种不义之行现在已经开始悄悄地产生后果了。派出去的那一小帮人这时候正在高高兴兴地除着野草，起劲地砍着那些在那里繁殖了许多年的奇异的灌木，以及各种各样的植物。因为这是一种不平常的、简直可以说是乌七八糟的活，做起来不需要什么规则和细心，所以就成了一种娱乐。他们把这些在太阳地里晒干了的野生东西堆了起来，大声欢呼着烧掉，浓烟散布得好远，年轻人在烟里跳来跳去，好像着了魔一样。这是这块不幸的田地里最后的一次欢会，马蒂的女儿，年轻的芙兰琴，也偷着跑出来，奋勇帮忙。这件新奇而又使人兴奋的事情，给她一个好机会，再和她幼时的伙伴接近一次，孩子们在自己的火边活跃非凡。后来又加入了一些别的孩子，就集合成一个非常快活的团体；但是只要他俩一被分开，萨利立刻就想法回到芙兰琴身边，她也总是快活地微笑着，想法溜到他那里去。这两个天真的孩子都觉得，这一个盛大的日子仿佛永远不可以完，而且永远不会完似的。可是刚近傍晚，老曼茨便到这里来看看他们工作的成绩，虽然已经完了工，他还是为着这场欢喜骂了他们一顿，把这个团体吓散了。同时马蒂也出现在他自己的田地里，一看见他女儿，就把手指插进嘴里尖锐而横暴地向她吹起了口哨，吓得她赶忙跑过去，他不知道为什么就给了她几个耳光，于是两个孩子十分悲哀，哭着回家去了，至于他们现在为什么这样悲哀，方才又为什么那样快乐，他们这时候实在是同样糊涂；因为父亲们这种粗暴的态度本身就是相当新奇的事实，还来不及让天真的孩子们了解，也就不能更深地震撼他们。

以后几天里，曼茨派人把石头拣起来运走，这已是一种比较重的活，必须由成年人来做了。这桩活总没个完，仿佛世界上所有的石头都堆到这里似的。但是他不让人把这些石头干脆从田里弄走，却一车一车地倒在那争执未决的、已经被马蒂仔细翻耕过的三角形地头上。他先前已经画好了一道直线作为地界，现在就把他们二人自从开天辟地以来扔过来的石头，都卸在这一小片土地上，筑起了一座雄伟的金字塔，这个东西，他想他的对头是懒得去移动的。马蒂料不到有这么一手；他以为曼茨终究不过是照旧拿着犁去干活，所以一直在等着看他以耕地者的姿态出来。直到几乎是既成事实的时候，他才听说曼茨在那儿建立了美丽的纪念碑，就怒气冲冲地跑出去，一看见那一堆好礼物，又跑回把区长找来，暂时先就那个石头堆提出抗议，请求将那一小片土地依法扣押。从这天起，这两个农人就一直打着官司，不闹到倾家荡产决不罢休。

　　这两个一向非常聪明的人，现在见识都短得像根干草截儿似的；每人心里都充满了世界上最褊狭的正义感，谁都不能也不想了解，怎么对方会这样公然违法，擅自霸占这块有问题的、不起眼的三角地呢。在曼茨这方面，另外还加上一种爱好对称以及平行线的奇异趣味，对于马蒂那样狂妄地坚持保留那一条最荒谬的、最恶毒的曲线，他感到自己真正是受了欺侮。可是他们俩却一致相信：对方这样混账无礼地占自己的便宜，想必是把自己看成一个顶无用的傻瓜，因为人们或许敢这样对待一个软弱无能的可怜虫，却不敢这样对待一个顶天立地的、聪明而能自卫的人。他们谁都觉得自己那宝贵的荣誉受了损害，因而不顾一切地赌气打着官司，听任弄到倾家荡产，从此他们的生活就如同噩梦里的两个堕入地狱的鬼魂所感受的痛苦一样，这两个鬼魂同坐在一条狭窄的木板上，正顺着一道黑魆魆的河流往下漂去，可是彼此不和，打起架来，你拉我扯，以至同归于尽，他们却自以为已经抓住了自己的祸根。由于有了这样一件糟糕的事，他们两个就落入了一帮狡猾之徒的魔掌里，这帮人给他们俩的不正常的想象力打气，使它膨胀成了庞大无比的气泡，塞足了极其无用的废物。特别是塞尔德维拉城里的那批投机家，这场官司对于他们是一注横财。不久，这两个打官司的人背后都有了一帮中人、告密者和顾问，这些人千方百计地弄走了他们俩所有的现款。因为这一小块有石头堆的土地——石头堆上一大片荨麻和刺蓟已经又开花了——还不过是一段复杂的历史和生活方式的根苗或基础而已，在这段历史和生活方式的演变中，这两个五十岁的老头儿还在培养新的习惯和作风，抱定新的原则和希望，跟他们以往那些迥乎不同。他们越糟蹋钱，就越渴望有钱，财产越少，就越固执地想发财，要把对方超过。他们让人家引诱，上了各种的当，还年年不断地购买一切在塞尔德维拉大量推销的外国彩票。可是他们从来没得过一块钱的彩，只是不断地听说别人中了彩，他们自己也几乎中了彩，这份狂热使他们的财富源源不绝地往外流去。有时候那些塞尔德维拉人还闹恶作剧，捉弄这两个农人糊里糊涂地去买同期开彩的彩票，于是他们俩便把压倒和毁灭对方的希望寄托在同一彩票上。他们把一半时间耗费在城里，每人都在一个小酒馆里设立了大本营，让人家摆布得头昏脑热，糊里糊涂地大吃大喝，花费的时候每人心中却也都暗暗叫苦，于是这两个人原本为了不被人家看作傻瓜才跳进这场斗争里来的，现在却表现出是特等的傻瓜，而且也被大家看成这样。另一半时间，他们若不是无精打采地在家里躺着，就是去干一干活，那时他们就疯了似的着急起来，狠命地督促工人，想把耽误下来的活补上去，这样一来把正当可靠的工人都吓跑了。于是他们的光景越来越不堪设想，没过十年，他们就已经浑身是债，像只鹳鸟似的单腿立在自己财产的门槛上，经不起一阵微风了。可是不管他们过的日子如何，他们之间的仇恨却一天深似一天，因为每人都把对方看成自己的祸根，看成自己永世的仇敌和毫无理性的冤家对头，认为这是魔鬼故意放在世间来毁灭自己的。他们彼此就是远远地看见，也要吐口唾沫；他们家里任何一分子都不许和对方的妻子、孩子或仆人说一句话，有一点违犯就要受到极粗暴的处分。在全部生活日趋贫穷和恶化的过程中，两个太太的作风却迥乎不同。马蒂太太是良好的门第出身，经不起这个变故，在她女儿还不到十四岁的时候，就憔悴死了。相反地，曼茨太太却适应这个已经改变的生活方式，把自己发展成为一个恶劣的伙伴，不用别的，只消把她固有的几种女性的毛病放纵起来，造成坏习气就够了。她把好吃零嘴变成无节制的贪食，嘴尖舌快变成了专门的胡说乱道、谄媚和诽谤，随时运用这套本领口是心非地乱说，在人们中间挑三窝四，而且颠倒黑白，愚弄自己的丈夫。她原来的那种坦白表现在爱好天真的闲话上，现在变成对于干这套虚伪勾当厚颜无耻得一点都不在乎了。于是她不但不受丈夫的气，反而背地里耍他；他要是胡作非为，她就变本加厉，不让自己受一点委屈，完全成了这个破落户的女大都督了。

于是可怜的孩子们现在可倒霉了，他们不但对自己的前途不能怀抱美好的希望，连一个快活惬意的青春都享受不到，因为到处无非是吵闹和忧愁。芙兰琴比起萨利来处境显然更坏，因为她已没有了母亲，在凄凉的家庭里孤独地忍受着粗暴的父亲的专制。十六岁的时候，她就已经是一个身材窈窕、很有风度的少女了；她那深褐色的头发接连不断地打着卷儿，几乎垂到她那双亮晶晶的褐色的眼睛上去，深红的血色透过浅褐的面颊，在娇嫩的嘴唇上闪出深绯色的光泽，这些都是罕见的美丽，使这黝黑的女孩子具有一种特殊的风姿和表征。热烈的生趣和喜悦在这女孩子的每根纤维里颤动着；只要日子稍微好些，就是说，当她不受过分的折磨，不担过多的忧愁时，她就笑了，并且表现出好玩好闹的样子。但是忧愁烦扰她的时候可真够多的；因为她不但要分担家庭的愁苦和日益增长的贫困，还要照顾自己，至少要让自己穿得干净整齐些，无奈她父亲在这方面一点钱都不肯给她。于是芙兰琴要想把她那漂亮的人品打扮打扮，要想得到一件最朴素的礼拜天穿的衣服，要想拼凑几条彩色的、几乎是一钱不值的围巾，都困难极了。因此这漂亮快活的女孩子在各方面受着委屈和阻挠，很少机会去犯虚骄这个毛病。并且正当她刚刚懂事的时候目睹了母亲的痛苦和死，这个记忆又是加在她那快活热烈的性格上的另一重拘束，因此每逢这个好孩子看见太阳露出来，就不顾一切地笑逐颜开，那种天真无邪的高兴样子是极其可爱、极其动人的。

乍看来，萨利的境况似乎没有这样困苦；因为他现在是一个又漂亮又强壮的年轻小伙子，知道如何自卫，至少他表面的态度就不容许人家虐待他。他确实看到他父母把家业管理得很糟糕，而且仿佛记得，早先并不这样；的确在他的记忆中还好好地保留着他父亲以往的形象——一个稳健、聪明而安静的农人——而现在他看见就是这同一人，变成了一个白发苍苍的糊涂虫、吵架鬼和懒汉，狂暴嚣张，胡说乱道，在成百条愚妄危险的道路上行走，像只龙虾似的一点钟一点钟地倒退。这种情形，一方面固然使他不高兴，常常心里充满了羞耻和苦恼，又因为没有经验，不明白事情怎么会弄成这个样子，另一方面，母亲一味地对他讨好，又把他这些忧愁麻醉了。因为她为了更安稳地过她那缺德的生活，为了有个好党羽，也为了满足自己的自大狂，对他总是有求必应，给他穿得又干净又漂亮，无论他搞什么来开心，她都一概加以赞助。对这一切他都欣然领受，却并不怎样感激，因为他觉得母亲撒谎撒得太多了；他既然对这些都没什么兴趣，所以就漫不经心、糊里糊涂地爱干什么就干什么，不过倒还不曾干过什么坏事，因为他现在还没有受到老一辈的坏影响，还感觉到青年人大体上必须纯朴、安静，而且还得要相当能干。他恰恰像他父亲在这个岁数时的情形一样，这便使父亲不由地对儿子起了一种敬意，并且怀着惶惑的良心和痛苦的回忆，向自己的青年时代致敬。萨利虽然享受着这种自由，但是对于自己的生活并不感觉快活，他感觉眼前没有什么正经事可做，而且也没什么正经事可学，因为曼茨家里早已谈不到什么有系统的工作了。他最好的安慰就是对于他的独立自主和暂时不受非难的生活感觉骄傲，这股子骄傲使他赌气让日子空空过去，不把眼睛正视将来。

他所受的唯一的拘束就是他父亲仇视所有姓马蒂的以及一切与马蒂有关的东西。但是除了马蒂曾经祸害过他父亲，而且马蒂家的人也一样地对他们怀着敌意以外，别的他什么都不知道，所以他不难做到既不看马蒂也不看他女儿，并且也不难作出一个初步形成的、几乎是温和的敌人样子来。相反地，芙兰琴因为受的苦比萨利更多，并且在家里也更无依无靠，所以她对于表示一种形式上的敌意，并不觉得起劲，她认为自己只是被那穿得整整齐齐而且显然比较幸福的萨利瞧不起而已；因此她总是躲避着他，无论在哪儿，只要他离得近了，她就赶忙走开，而他也懒得拿眼瞅她一下。结果，他已有好几年没在近处看见过这个女孩子了，一点也不知道她长成了什么样子了。然而他有时候却很迫切地想念她，而且每逢谈到马蒂家，他就不由地单单想到这女孩子，她现在的模样如何，他不大清楚，可是他记得她从前那种可爱的样子。

现在这两个仇敌中，第一个支持不下去而不得不离开家园的，却是他的父亲曼茨。这一步占了先是因为有个太太帮他的忙，又有个儿子也跟着一块儿花费。相反地，马蒂在他摇摇欲坠的王国里却是唯一的消耗者，他女儿就只许像一头小牲口似的干活，什么都不得享受。但是曼茨除了听从塞尔德维拉的恩人们的忠告搬进城去做酒店老板以外，一点别的办法都想不出来。一个在田里干了一辈子活的农人，带着残余的家产搬到城里去开小酒馆，想做一个干练的和气生财的老板，以为最后补救之策，而事实上他心里连一点和气劲儿都没有，这种景象看起来是很悲惨的。当曼茨一家人从院子里搬出来的时候，人们才看出他们已经穷成什么样儿了；因为他们装在车上的无非是陈旧破烂的家具，从这些家具上就看出他们好多年没有修理也没有添置过什么。但是那位太太坐在这一车破烂家具上面，还是穿上了一身盛装，并且摆出一副充满希望的面孔，已经以未来的城市太太的身份带着轻蔑的神气俯视这些乡亲们了，这些人却满怀同情地从篱笆后面注视着这奇怪的搬家队伍。她打算以她的聪明可爱蛊惑住全城的人，她想只要她一坐到一家富丽堂皇的大酒店里当起了老板娘，就一定要把她那蠢笨的丈夫所不能办到的事都办成功。但是她心目中的大酒店其实只不过是一个鄙陋不堪的小酒馆，坐落在一条偏僻狭窄的小巷子里，刚有别人在这儿做生意破了产，塞尔德维拉人就把它租给了曼茨，因为他还有几百块钱的款项可以收回来。他们还卖给他儿小桶掺水的酒和酒馆里的家具：一打不值钱的白玻璃瓶子，同样数目的玻璃杯，几张枞木桌子和几条长凳子，这些桌子凳子原先都是漆得血红的，现在已经有好多地方蹭坏了。窗前用钩子挂着一个铁圈，在那儿吱咧吱咧地响着，铁圈中间有一只锡做的手，正把一壶红酒往酒杯里斟着。此外门口还挂着一捆干枯的冬青树枝，这些东西曼茨都一股脑儿租下来了。由于这些情形，曼茨并不像他太太那样高兴，相反地，却满怀不吉祥的预感，气冲冲地赶着一匹瘦马往前走着，那匹马是向新搬来的农人家里借来的。他最后一个蹩脚的小长工在几个星期以前就离开他家了。当他这样赶着车子上路时，他分明看见马蒂带着嘲笑和幸灾乐祸的神情在路旁不远的地方搞什么，他就咒骂他，认为他是自己唯一的祸根。车子刚一开动，萨利就加快脚步，赶到前面，独自顺着小路向城里走去。

"我们到了！"车子在小酒馆前面停住时，曼茨说。他太太大吃了一惊，因为这实在是一家凄惨的客栈。人们都赶到窗口和门前，来看这新来的庄稼老板，并且怀着他们塞尔德维拉人的优越感，作出一副一副又怜悯又嘲笑的面孔。曼茨太太怒气冲冲地含着眼泪从车上爬下来，打算暂时先磨一磨自己的尖口利舌再开腔，就一直跑进屋里去，摆出尊贵的架子，今天不再让人家看见她；因为她对于现在正往下卸的破床烂桌感觉到羞耻。萨利也觉得难为情，但是他不得不去帮忙，和他父亲一同在那条小巷子里稀奇古怪地摆了一堆东西，破了产的人家的那些孩子就立刻在这一堆东西上跳来跳去，拿这家穷乡下佬开心。房子里面看起来还更凄惨，完全像一个贼窟。墙壁粉刷得很坏而且潮湿，除了那间黑暗阴森的、摆列着早先本是血红颜色的桌子的雅座以外，就只有几间又小又坏的屋子，搬走了的那家住户到处留下令人灰心丧气的秽物和垃圾。

开始是这样，以后也就这样下去了。最初几个星期，尤其是晚上，还时常有满满一桌客人来，都是由于好奇，想看看这个庄稼老板，看看有没有什么好玩的。对老板，他们没有多少可看的，因为曼茨笨手笨脚，死死板板，既不和气，又郁郁不乐，一点也不晓得怎样行事，而且也不想晓得。他又笨又慢地把杯子斟满，没好气地放在客人们面前，想说些什么，但是一句都说不出。他太太现在倒更热心地兜揽起客人来，确实把客人们吸住了几天，可是和她所想的完全相反。这位胖墩墩的太太给自己拼凑了一套特殊的家庭服装，她自信穿上这个就有不可抵抗的魔力。她在一件本色的亚麻布乡下式裙子上配了一件旧绿绸子小上身，围上了一条棉布围裙，系上了一个破旧的白领子，把她那疏疏朗朗的头发在鬓角上卷起了一个个滑稽可笑的螺旋卷，在头后的小辫子上插了一把高高的拢梳，带着一种造作的媚态，扭扭捏捏，迈着跳舞步子走来走去，可笑地撅着嘴巴，好显得甜蜜些，她用有弹性的脚步跳到桌边，一面送上杯子或是盛咸酪饼的碟子，一面微笑着说：“是这样么？就这样！好极啦，好极啦，你们诸位先生！”以及诸如此类的蠢话。因为虽然她一向尖口利舌，现在却由于对这些生人感到陌生，以至于一句得体的话都说不出来。待在这里的那些极下流的塞尔德维拉人都用手捂着嘴，笑得要死，在桌子底下用脚踢来踢去，说道：“天哪！这可真是个活宝！”“一个天仙！”另一个人说，“要说瞎话天打雷劈！到这儿玩玩可真划得来，像这样的女人我们好久没见过了！”她丈夫分明理会到这种情形，就对她怒目而视；用拳头在她的肋骨上杵了一下，小声说道：“你这老母牛！你这是干什么哟？”“别搅我，”她没好气地说道，“你这老笨虫！

你没看见我怎样卖力气么？没看见我知道该怎么对付这些人么？这不过是些像你一样的破落户！尽管让我搞下去，不久就要有更体面的顾客到这儿来了！"一两支细小的蜡烛照见了这一切情景；他们的儿子萨利却跑了出去，到那黑洞洞的厨房里，坐在灶台上，为他的父母痛哭失声。

　　但是顾客们不久就看腻了善良的曼茨太太供献给他们的这套把戏，就又到那些使他们觉得更舒服，并且可以拿这个怪酒店开心的地方待着去了。这里只偶尔才有个孤零零的顾客，喝上一杯酒，对着墙壁打呵欠，或者破天荒地来了一整帮客人，拿暂时的热闹喧哗骗骗这一家可怜人。他们在这狭窄的、几乎连太阳都见不着的墙角落里感觉烦闷不安，而曼茨从前曾经整天地在城里躺着，现在却觉得在这几堵墙中间过活是不可忍受的。他一想到空旷的田野，就愁眉苦脸地瞪着天花板或地板发愣，刚跑到狭窄的大门口，就又跑回来，因为街坊四邻都大张着嘴盯着这位已经被他们称为"凶老板"的店主。没隔多久，这家人便穷得精光，手里什么都没有了；要想吃点东西，就得等到有个顾客来，花一小笔钱，换一点还算是现成的酒，但是他如果想要一根香肠或者诸如此类的东西，就常常弄得他们伤透脑筋。再过不久，他们连酒也只有在一个大瓶子里贮藏着的那一些了，这还是他们暗地里从另一个酒馆里装来的，于是他们现在就得做个没酒没面包的酒店老板，不吃正经饭，只讲和气生财。到后来简直只指望没有一个客人来才好，就这样在他们的小酒馆里蹲着，活也活不成，死也死不了。曼茨太太有了这些惨痛的经历，就又把绿色的小上身脱了下来，再度改变作风，正如从前她培养过几种女性的毛病，现在又培养起几种女性的美德来，因为已经到了生死关头了。她任劳任怨，想法扶助老的，教导小的；在各种事物上也多多地牺牲自己。一句话，她那一套作风已发生了一种良好的影响。这种影响固然达不到多远，也改善不了什么，但是比完全没有或者相反的影响总要好些，至少对于过日子是有帮助的，否则，这一家人一定老早就垮台了。现在她能本着她的见识在琐碎的事情上出不少的主意，如果她的主意显然是毫无价值而且证明不灵，她也情愿受男人们的气，总之，她直等年纪老了才去做那些如果从前肯做成效就更大的事情。

为了勉强得到一点糊口的东西和消磨时间起见，父子两人就捉起鱼来，就是说，用钓鱼竿到河边允许人垂钓的地方钓鱼。这也是塞尔德维拉人破产以后一个主要的勾当。每逢天气适于鱼儿就饵的时候，就看见这些人成"打"地带着钓鱼竿和桶溜达出城，如果顺着河的两岸走去，每隔一截就可以看见有一个钓鱼的人蹲着。这一个穿着一件长长的古铜色便服，光着两只脚站在水里；那一个穿着一件溜尖儿的燕尾服，旧毡帽歪戴在耳朵上，在一棵老柳树上站着；再远一点，就有一个人穿着破烂的大花睡衣在那儿钓鱼，因为他再没有别的衣服可穿了，他一只手拿着长烟斗，一只手拿着钓鱼竿。沿着河水转一道湾，就看见有一个上年纪的、秃头大肚子的汉子，一丝不挂地站在一块石头上钓鱼；这个人虽然站在水边，两只脚却黑得令人以为他是穿着靴子。每人身边都有一个小罐子或者小盒子，里面有蚯蚓蠕动着，他们在不钓鱼的时候就经常去挖掘这种东西。每逢阴云四起，天气闷热阴沉，现出有雨的样子时，人数就更多了，一个个纹丝不动地站在长流的河水旁边，像一画廊圣人和先知的画像一般。乡下人赶着大车毫不在意地从他们身边走过，河里的船夫也不向他们看一眼，他们却低声埋怨这些捣乱的船只。

假如在十二年以前，当曼茨赶着他那一套好牲口，在那座俯瞰着河岸的小山上耕地时，有人向他预言，说他有一天将会和这些古怪的圣人们为伍，也像他们似的钓起鱼来，他准会气得了不得。就连现在他还是急急忙忙地从他们背后走过，奔向河水的上流，好像一个地狱里的冤魂，想在黑暗的水边找一个安逸僻静的地方以便领受永劫之苦似的。他和他儿子都没有这个拿着钓竿站着钓鱼的耐性，他们想起，每逢鱼儿活跃的季节，农人们常用许多别的方法去捉鱼，特别是用手在河里摸鱼；

因此他们带着钓鱼竿只是作个样子，却顺着河岸向上游走去，他们知道那里有名贵的好鳟鱼。

这期间，留在乡下的马蒂，日子也越来越坏，又感觉生活极其无聊，于是放着他那块已经荒芜的田地不去耕种，也想出捕鱼这个勾当来，整天价在水里泼刺来泼刺去。他不许芙兰琴离开自己身边，一定要她在后头跟着，给他提着桶和渔具，穿过潮湿的牧场，涉过溪流和各种水塘，无论下雨晴天，都得要这样，同时她却不得不把家里最要紧的活搁下，因为他们家里再没有别人，事实上也用不着有别人，原来马蒂早已卖掉了大部分的田地，只剩下了很少的几亩，这几亩地，他和他女儿马里马虎地耙种着，或者简直可以说是一点都不耙种。

一天晚上，他正顺着一条深而急的河水走着，河里的鳟鱼跳得很欢，满天垂着含有雷雨的云层，他意想不到地遇见了他的仇人曼茨，正在对岸朝他这儿走来。马蒂一看见他，心里就涌起了一股可怕的怨气和轻蔑；他们已经许多年没有离得这样近过，除了在法庭的被告席上，那里是不许他们骂人的；马蒂现在就怒气冲冲地喝道："你在这儿做什么？你这狗东西！你不会在你那狗窝里蹲着么？你这塞尔德维拉的穷狗！"

"你也马上就要来了，你这坏蛋！"曼茨喝道，"你也捉起鱼来了，所以你也不会耽搁多久的！"

"住嘴，你这该死的狗！"马蒂高声喊道，因为这里河水的波浪，呜呜地喧闹得更厉害了，"就是你害我倒了霉！"这时候河边的柳树也被刚起的大风吹得飕飕地大声响起来。曼茨便不得不用更大的声音喊叫："假如真是这样，我真开心，你这个穷光蛋！""啊，你这个狗东西！"马蒂隔着河向这边喊，曼茨就向那边喊道："你这个牛犊子，你真浑蛋！"马蒂像一只老虎似的顺着河水窜来，想要过河，他之所以生气得更厉害，就是因为他认为曼茨做老板，至少还够吃够喝，并且还算是过着几分有意思的生活，他自己却老朽在那个破院子里，多么无聊，这实在太不公平。曼茨这时候也怒气冲冲地在对岸大踏步走着；他儿子跟在后头，但是并没听这场愤怒的口角，却好奇而且惊异地望着对岸的芙兰琴，她也跟在她父亲背后，由于害羞，眼睛瞅着地，鬈曲的棕发便都垂到她的脸上。她一只手提着装鱼的木桶，一只手拿着鞋袜，她的衣服，因为怕弄湿了，往上卷着。但是一理会到萨利正在对岸，就把衣服放了下来，现在便使她感受三重累赘和苦恼，因为她除了拿着所有那些用具以外，又得提着衣服，同时还不免为了这场口角心里难过。假如她抬起头来向萨利看一看，她会发现，他既不像早先那样神气，也不那样骄傲，而且也是够苦恼的了。芙兰琴就这样害羞地、心烦意乱地瞅着地上，萨利也只顾注视着这个在极端贫困中依然窈窕秀美的人儿，看着她这样狼狈而柔顺地往前走着，他们都没有理会到，父亲们已经沉默了，但是却怀着更大的怒气向一座木板桥冲去，这座桥架在离这里不远的河上，现在一眼就能望见。天上打起闪来，电光离奇地照亮了黑暗而凄惨的水景；灰黑的云里也响起沉闷的、隆隆的雷声，巨大的雨点落了下来，这时候那两个狂怒的人同时冲上了狭桥，桥在他们脚下直晃，两个人彼此抓住，举起拳头就朝那由于愤怒和迸发的悲伤而苍白颤抖的脸上打去，假如那些向来稳重的人们，一时由于傲慢，不慎，或者是为了自卫，以至当着陌生人们的面，打起人来或者挨几下子打，那就已经很不像话了；但是比起这两个彼此熟识已久的老头子，由于深仇大恨和全部生活历史演变的结果，而彼此赤手空拳地揪住互殴时所感到的这种深切的惨痛，那还不过是天真的儿戏而已。这两个白发苍苍的老头子现在就这样打起架来；也许在五十年前，在他们还是儿童的时候打过最末的一次架，以后在这五十年的长时间里，谁也没有再用手碰过谁，除了在他们友好的时候，或许为了寒暄而彼此握过手；但是因为他们性格的冷淡自负，就连寒暄握手的次数也并不多。他们对打了一两下子以后，就停住了，气得浑身发抖，一声不响地搏斗起来，间或呻吟一下，都咬牙切齿地想把对方从咯吱作响的栏杆上摔到水里去。这时候他们的孩子也都赶来，正看到这悲惨的一幕。萨利一步跳到跟前，去援助父亲收拾他所痛恨的仇人，这个人似乎本来就是较弱的一个，眼看就要败倒了。这时候芙兰琴也扔下所有的东西，拉长声音喊了一声，跳到跟前，抱住她父亲，想保护他，可是这样倒妨碍了他，把他拖累住了。她满眶热泪，带着哀求的神情瞅着萨利，因为他也要去抓她父亲，想把他完全打垮。萨利这时不由地就抓住自己的父亲，用他那有力气的胳膊分开了他和他的对头，使他镇静下来，于是这场斗争就停了一小会儿，或者毋宁说是：这一堆人不住地冲过来冲过去，彼此不得开交了。两个年轻人因而更进一步挤到老人中间，更密切地接触在一起，就在这一刹那间，从云缝里透出了一道明亮的夕辉，照亮了他眼前这女孩的脸庞，萨利就对着这个熟识的、但是已经改变很多而且变得更美丽的面孔端详起来。芙兰琴在这一刹那间也看到了他的惊异，在恐惧和泪眼模糊中，对他微微笑了一下。萨利因为父亲挣扎着想要摆脱他而清醒过来，鼓着勇气，一面苦苦哀求，一面表示坚决的态度，终于把父亲和敌人完全分开了。两个老头子都出了一口长气，一面各自走开，一面又重新咒骂和叫嚷起来；孩子们却几乎一声不吭，安静得像死亡一般，但是在转身离别的时候，却背着两个老人，彼此匆匆地握了握被鱼和水弄得又凉又湿的手。

当双方怒气冲冲地各自走开的时候，云又合拢来，天越来越黑，大雨像河水似的从空中落下。曼茨在漆黑潮湿的路上蹒跚地在前面走着，被倾盆大雨淋得低着头，弯着腰，两手插在裤袋里，脸皮还在颤动，牙齿还在发抖，听任眼泪暗暗地流入他的短硬的胡须里去，免得给人看出来。但他儿子什么都看不见，因为他一面走，一面沉迷于幸福的幻影中。他既没有理会到雨，也没有理会到风暴，既没有觉到黑暗，也没有觉到悲惨，身心内外都轻松，明朗，温暖，觉得自己富足安乐，有如一个王子一般。他一直想着那美丽的面孔上的一刹那的微笑，现在过了好半个钟头，他才去报答这一微笑，怀着无限的热爱向着夜色和风雨，向着那心爱的面孔笑起来，这个面孔从四处的黑暗中浮现在他面前，他仿佛觉得，芙兰琴在路上一定也看见了他这一笑，而对之心领神会了。

　　第二天他父亲像是垮了，不肯出门。这一场争吵和多年的贫困都在今天呈现出一种新的、更加分明的形象，阴森森地展开在小酒馆的窒闷的空气里。夫妇俩无精打采、胆怯心虚地绕着这个鬼影子打圈圈，从客堂里转到那几间小黑屋子里，从那儿转到厨房里，又从这儿回到了客堂里，在这间客堂里连一个客人的影子都看不见。最后他们就各自蹲在一个角落里，开始了一场疲倦无力、半死不活的口角和责骂，闹了一个整天，有时候吵闹着就睡着了，睡着以后又为令人不安的昼梦所磨难，这些噩梦来自良心深处，把他们重新惊醒。而萨利对于这种情况一点都没有听见，也没有看见，因为他只想着芙兰琴。一直觉得自己仿佛不仅是富不可言，而且还学到了什么正经学问，知道了无穷无尽的"美"和"善"，因为他现在对于昨天所看到的事物，了解得这样清楚，这样确切。这种知识，在他看起来，好像是从天上掉下来的，因而他心里不断地感觉又惊又喜；同时他又觉得，这个使他充满了如此奇异的甜蜜之感的东西，仿佛是他早已知道而且熟识似的。因为什么都不如一种幸福那样丰富，那样不可思议，这种幸福带着如此清楚的形象来到人们跟前，而且还受过牧师的洗礼，完全具有它自己的名字，听起来与其他的名字迥然不同。

　　这一天萨利觉得自己既不懒惰，又不倒霉，既不贫穷，也不失望；倒可以说是十足的忙，忙于回想芙兰琴的面容和身段，一点钟一点钟地过去，想个不停；在这种兴奋的活动中，他却几乎完全捕捉不住他所思念的对象，那就是说，他心里觉得，他现在对于芙兰琴的模样还是不十分明确，他心里固然记得她一个大概的影子，但是要让他描写一下，他却描写不上来。他总看见这个影子，仿佛站在自己面前，并且感觉到它给了自己一种快意的印象，然而他看见这个影子，就像是看见某种我们仅仅见过一次的东西一样，虽然受着它的吸引，可是对它到底还是不认识，他非常高兴，他对于那个小姑娘从前的模样还记得清清楚楚，可是就想不起他昨天看见的她那副模样来。假如他永远不得再见芙兰琴的话，他的记忆力一定也要设法把这副心爱的面孔好好地对在一起，使它分毫不差。但是现在记忆力却狡猾起来，固执地拒绝尽它的职责，因为眼睛在要求它们的权利和快乐了。当下午温暖明亮的太阳照到黑房子的顶层时，萨利踱出了家门，向着他的故乡走去，现在他第一次感觉这故乡是天上的耶路撒冷，有十二座放光的城门，当他走近它的时候，他的心也激动得怦怦跳起来了。

他在路上碰见了芙兰琴的父亲，像是要进城去的样子。那副模样非常疯狂落拓，苍白的胡须已经好几个星期没有刮过，看起来就像一个很坏的破落的农人，把自己的地亩糟蹋光了，现在要去祸害别人。但是当他们彼此走过的时候，萨利不再怀着憎恨，反而充满了恐惧和敬畏，向他瞅了一下，仿佛自己的性命就操在他的手里，宁可向他哀求饶命，不愿以强横态度取得生路似的。马蒂却狠狠地从上到下打量了他一眼，就走开了。这倒正合萨利的心意，他目送这老头子离开了村子，心里越发明白，自己到那儿去实在是为了什么；他顺着早就熟悉的小路，绕着村边，穿过村里偏僻的小巷子，偷偷地走着，一直走到马蒂家的院子前面。他已经好几年没有在这样近处看过这个地方了；因为就当他们还在这村里住的时候，这两家仇人也各自当心，不侵入对方的范围。所以现在他对于这里的情形感觉惊讶，虽然这种情形他在自己家里也早已经历过了；他对着眼前那一片荒凉景象目瞪口呆地出起神来。马蒂的地亩已经一块跟着一块地抵押出去，剩下的只有这所房子，房子前面的空地，一小片园子和河边高岗上那一块地，对于这一块地他死心眼儿，非到万不得已决不放弃。

但是这块地里再也谈不到什么正常的耕种了，从前这里一到收成时节就掀起那么整齐均匀的、美丽的麦浪，现在却把各种各样的烂渣陈种，都从旧匣子和破纸袋里倒出来，扫在一起种上，长出一些萝卜、白菜以及诸如此类的东西，另外还有一些马铃薯，弄得这块地看起来像一个乌七八糟的菜园，又是一个奇奇怪怪的样本儿，专为吃了这顿没那顿的日子而设计的；一到饿了，没有更好的办法可想时，便可以在这儿拔一把萝卜，在那儿拔一提溜马铃薯或是一棵白菜，剩下的就随它去，爱长就长，爱烂就烂。并且什么人都可随便在这里跑来跑去，把这块又美又宽的田地弄得简直就像当年那块成为一切灾祸之源的无主之田的样子。因此这所房子周围也看不见一点种庄稼的痕迹，马棚是空空的，门扇只在一个铰链上挂着，无数的蜘蛛——过了一个夏季，已经长得相当大了——把蛛网张在黑洞洞的门口外面，对着阳光发亮。仓房门大开着，早先把地里的收成运到这里，现在却挂着破旧的渔具，给荒唐的水上营生作个证明；院里连一只母鸡，一只鸽子，一只猫，一条狗都看不见；只有那个泉眼还在，算是一件有生机的东西，但是泉水已不在管子里流了，却从挨着地面的一道裂缝里溢出来，积成一处处小水涡，于是，这个泉眼就成了懒惰的最好的象征。因为虽然芙兰琴的父亲费不了多少事就可以把这个窟窿堵住，把管子修理好，可是他就是不肯，使得芙兰琴现在不得不受这样的罪：连干净水也得从这一塌糊涂里去汲取，洗东西呢，也在地面上的浅水涡里，而不在那个已经干得裂了缝的水槽里。房子本身看起来也是一样的糟糕；窗子有许多地方破了，用纸糊着，但是仍然算是这一片败落景象中最惬意的东西；因为就连残破的玻璃也都洗得干干净净，而且仔细擦过，亮晶晶的，像芙兰琴的眼睛一般，这明亮的眼睛也弥补了她在贫苦中缺乏华服美饰的遗憾。正如鬈曲的头发和橙黄的棉布围巾配上芙兰琴的眼睛非常合适一样，房子周围蔓延着的绿油油的野生植物——临风摇曳的成丛的豆类，还有一大片芬芳的橙黄墙花——配上明亮的窗子也非常合适。豆子到处繁茂蔓延，这儿靠着一根耙柄，或是一枝倒插在地里的秃扫帚把，那儿绕在一枝锈烂了的戟上，这件东西是芙兰琴的祖父作骑兵上士时携带的，那时候叫做短枪，现在由于急需，把它插在豆子畦里了；另一棵豆子又快活地爬上一个在房檐上靠了不知道多少年月，被风雨侵蚀坏了的梯子，又从那儿倒垂到明亮的小窗子上去，正如芙兰琴的鬈发垂到她的眼睛上去一样。这所宅院与其说适于居住，毋宁说富有画意，它相当偏僻，没有近邻，并且这会子哪儿也看不见一个人影；因此萨利就放心大胆地倚在距离这里大约三十步远的一个老仓房边，目不转睛地向这边这所寂静荒凉的房子注视起来。他就这样靠着墙注视了好大一会儿，后来芙兰琴也来到大门口，向前面凝望了许久，像是把全部心神集中在一个目标上似的。萨利一动也不动，眼睛死盯着她。最后她偶然向这个方向一看，就立刻发现了他。他们对看了一会仿佛在观察一种蜃楼海市似的，最后萨利直起身来，慢慢地穿过街道，穿过院子，朝芙兰琴走去。等他走到那女孩子跟前，她就向他伸出手来，说道："萨利！"他攥住她的手，对着她的脸瞅个不休。她被他瞅得满面通红，眼里涌出泪来，说道："你来这儿做什么？""就是来看你！"他回答说，"我们不想再做好朋友么？""可是我们的父母呢？"芙兰琴问道，一面把沾着泪水的脸扭过去，因为她两只手占着，不能遮脸。"他们自作自受，怨得着我们么？"萨利说，"如果我们俩团结在一起，彼此很要好，或许还能够补救这种不幸的情况呢！""那是永远不会有好结果的，"芙兰琴深深地叹息了一下，答道，"看上帝的面，走你的吧，萨利！""你一个人在家么？"萨利问道，"我可以进去一会儿么？""父亲说，他进城跟你父亲找麻烦去了；但是你进来可不行，因为过一会儿你也许就不能像现在这样神不知鬼不觉地走开了。趁着一切还安静，路上也没有人，我央求你，现在就走吧！""不，这样我不走，从昨天起，我就不由地总在想你，我不能就这样走开，我们得谈谈，至少谈上半个钟头或者一个钟头，这会对我们有好处的！"芙兰琴沉吟了片刻，然后说道："傍晚我要上我们那块地里去拔点菜，你一定晓得是哪一块地，我们就只有这一块了，我晓得那里不会有人，因为人们正在别处收割庄稼；你要是愿意的话，就到那里去吧，但是现在你先走开，当心不要让人家看见你！虽然这里再也没有什么人和我们来往，可是他们会乱讲闲话，立刻就会给父亲听到的。"他们彼此把手放开，当下却又攥住了，两个人同时说道："你过得好吗？"但是谁都不回答，却把同样的话重问一遍，只有那能言的眼睛作了答复，因为他们和所有的爱人们一样，再不能运用语言来传达了。最后他们什么都没有说，就半忧半喜地猝然分开。"我很快就出来，你马上就去吧！"芙兰琴还在后面喊。

萨利立刻出了村子，走上那座寂静幽美的高岗，岗上依然伸展着那两块田地，七月的太阳庄严寂静地照耀着，浮动的白云在麦田上空飘过，成熟了的麦子翻着波浪，闪光的蓝色的河水，在岗下起伏地流着，这一切多年来第一次不再使他苦恼，而重新使他充满了幸福和满足，他在麦田和马蒂家荒地的交界处，在稀疏的麦子阴凉里躺下，快活地凝望着天空。

虽然几乎不到一刻钟的工夫，芙兰琴就赶来了，虽然萨利除了想自己的幸福和这一幸福的名字以外，别的什么都没有想，可是当她站在他面前，向他低头微笑时，他还是觉得有点突如其来，意想不到似的，因而又惊又喜地跳起来。"小芙兰琴！"他喊道。她一声不响，微笑着把两只手伸给了他，他们就手拉着手，顺着沙沙作响的麦子走下去，直到河边，又走回来，也没讲多少话；他们沉默、快活、安静地走了两三个来回，于是这一对心心相印的爱人也像一个星座似的，越过阳光煦煦的拱形的岗顶，沉没到岗后去了，正如当年他们的父亲们稳稳地耕着地前进时一样。可是一会儿他们的眼睛离开了他们注视着的蓝矢车菊，往上一瞧，突然看见有一颗黑星在他们前头走着——一个黑汉子，他们不晓得他怎么会意想不到地到这儿来的。他准是在麦子里藏着的。这时芙兰琴吓了一跳，萨利也吃惊地说："那个黑琴师！"在他们前头走的那个汉子，胳肢窝里确实夹着提琴和弓，并且看起来也真够黑的；除了一顶小黑皮帽和他穿着的那件沾满煤烟的黑上衣以外，他的头发和没有剃过的胡须也都是乌黑的，他的脸和两只手也都弄得漆黑；因为他要各种手艺，主要是补锅，此外还给在林子里烧炭的和熬沥青的人们帮忙，只有当农人们在某个地方娱乐和庆祝什么节日的时候，他才带着提琴出来，做一笔好生意。萨利和芙兰琴像耗子似的悄悄地跟在他后头，以为他会头也不回地离开这块地，走得没踪没影的。看起来也真是这种情形，因为他作出仿佛一点都不理会他们的样子，加上他们又被一种奇异的魔力支配着，不敢离开这条狭窄的小路，就不由地跟着这居心叵测的汉子，一直走到田地的尽头，那座毫无道理的石头堆还摆在这里，遮盖着那块依然争执未决的小地角。无数的罂粟花或虞美人草已经在上面繁殖起来，因此这时候这座小山看来是火红火红的。黑琴师忽然把身子一纵，上了这披了红的石头堆，转过身来向四下里瞧着；这一对青年人愣住了，狼狈地往上瞅着这黑汉子；原来这条路直通村里，他们当然不能从他身边走过去，可是他们又不愿意从他眼前打回头。他严厉地注视着他们，喝道："我认识你们，你们是偷我这块田地的人家的孩子，我很高兴看见你们过这样好的日子，我一定还看得见你们在我面前走上无常之路！瞅一瞅我呀，你们这两个小麻雀！喜欢我这个鼻子么？怎么样？"他的确有个吓人的鼻子，像个大曲尺似的从他那枯瘦的黑脸上突出来，或者实在说还更像一根结实的棍棒，插进这个面孔里去了；鼻子下面有一个小圆窟窿似的嘴，古里古怪地撅着皱着，不住地从嘴里往外喷气，吹口哨，呐呐地响。还有那顶小皮帽，看起来也非常古怪，既不圆，又不方，做得那么特别，虽然纹丝不动地在头上戴着，却仿佛每一刹那都在变样儿。这汉子的眼睛除了白眼珠以外，几乎什么都看不见，因为瞳仁滴溜滴溜地像闪电一般转个不停，如同两个兔子顺着锯齿形的路线跳来跳去似的。"瞅一瞅我呀！"他接着说，"你们的父亲都很熟悉我，这村里无论哪个人，只要瞅瞅我的鼻子，都知道我是谁。几年前他们宣布过：有一点钱准备发给继承这块田地的人；我申请过二十次，可是我没有洗礼证和籍贯证明书，我的朋友们——那些看见我出生的流浪人——的证明又没有法律上的效力，所以限期早就过了，我没有拿到这几个铜板，拿到这个我老早就可以迁移出境了。我央求过你们的父亲去给我作证，就说，凭他们自己的良心得认为我是正当的继承人；可是他们把我从院子里赶出去了。现在他们自己也都变成穷鬼啦！总而言之，世事就是如此，我倒也无所谓，如果你们想跳舞的话，我还会给你们拉提琴哩！"说了这话，他就从石头堆的那一边跳下来，奔向村里去了。那里，傍晚的时候，人们把丰富的收成运进仓里，因此都兴高采烈。当他走得看不见了，这一对年轻人就非常灰心丧气地在石头上坐下：他们把互相拉着的手放开，用它来支持忧思沉重的头。因为琴师的出现和他的那一番话，把他们俩从方才孩子似的来回荡着时那种幸福的、忘怀一切的境界中拖出来了，现在一坐在穷困的实地上，明朗的生命的光辉就黯淡下来，他们的心情沉重得像石头一样。

芙兰琴无意中想起了那琴师的怪样子和他的鼻子，不由地突然高声大笑起来，喊道："那个可怜的汉子，样子可太滑稽啦，好难看的鼻子啊！"同时有一种极可爱的、明媚得像阳光似的喜悦，布满在女孩的脸上，仿佛她专等着琴师的鼻子来冲散那一团愁云似的。萨利瞅着芙兰琴，看出了她这种喜悦。她倒忘了喜悦的原因，只图自己快活而对着萨利的脸直笑。萨利惊讶得目瞪口呆，也不由地笑起来，一面注视着她的眼睛，如同一个饥饿的人看到一块香甜的白面包一样，喊道："天哪！小芙兰琴，你多么美呀！"芙兰琴倒对他笑得更加厉害了，还从她那银铃似的喉咙里发出几声短促的、撒娇的笑声，这在可怜的萨利听来，完全和夜莺的歌声一样。"呵，你这小鬼！"他喊道，"你从哪儿学的这个？你在玩什么妖术啊？""哎哟，我的天！"芙兰琴用柔媚的声音说，一面拉住他的手，"那并不是什么妖术！我早就想笑一笑啦！我自个儿固然也曾经为了什么而忍不住笑起来，但那并不是真正的笑；现在我只要一看见你，就想对着你笑了。我真恨不得老看见你才好！你也有点喜欢我么？""噢，小芙兰琴！"他说，一面诚心诚意地呆望着她的眼睛，"我还从来没有瞅过一个女孩子，我总觉得有一天我会爱上你，我不由得不知不觉地一直把你放在心里！""我也一直把你放在心里，"芙兰琴说，"而且还大大地超过你对我的程度；因为你从来没有瞅过我，不晓得我变得怎样了；我可常常从远处，甚至还暗地里从近处好好地端详过你，所以一向晓得你是什么样子！你还记得，我们小时候到这儿来过多少回呀！你还记起那个小车儿么？那时候我们多么小啊！那已是多久以前的事了！人们准认为我们已经很大啦！""你现在多大了？"萨利心满意足地问道，"你准是十七岁吧？""我十七岁半啦！"芙兰琴回答道，"你呢？不用说，我已经知道了，你快要二十岁了吧？""你怎么知道的？"萨利问道。"难道我肯告诉你！""你不肯说么？""不！""一定不？""不！不！""你就得说！""莫非你想强迫我么？""我们瞧着吧！"萨利一面扯着这些傻话，一面让两只手忙着，以笨拙的抚爱方式，来捉弄那美丽的女孩子，看起来就像是一种惩罚似的。她一面抵抗，一面也很耐心地把这无聊的口角继续下去，因为这玩意虽然空洞，在他们俩看起来，却是很妙，很甜蜜的，到后来萨利闹急了，就大胆地抓住了芙兰琴的手，把她按倒在罂粟花丛里。现在她躺在那儿，一双眼睛给阳光刺激得不住地眨着；两颊红得像胭脂似的，嘴半张着，露出两排雪白的牙齿。两道黑眉毛美妙地连在一起，青春的胸脯在一边抚摩一边抗拒的四只手的混战之下，毫无顾忌地起伏着。萨利看见这苗条秀美的人物躺在自己身边，并且知道她属于自己，心里真有说不出的喜欢，觉得她就是一个王国。"你那一套雪白的牙齿还和从前一样哩！"他笑道，"你还记得，我们从前数过它多少回呀？你现在会数了么？""这不是从前那一套了，你这傻孩子！"芙兰琴说，"那些个早已换掉了！"萨利孩子气上来，再要玩一玩这个把戏，数一数那些亮得像珍珠似的牙齿；芙兰琴却忽然闭上了朱红的嘴唇，坐起来，着手编制一个罂粟花冠，然后戴在头上。这花冠编得又密又宽，给这褐色皮肤的小姑娘添了一种奇异迷人的风姿，于是穷苦的萨利就把富人们要出重价才仅仅能够画在墙上来欣赏的人物拥抱在怀里了。现在她却又跳起来，喊道："天哪，这儿多么热呀！我们傻子似的在这儿坐着，让太阳给烤焦吗？来吧，亲爱的！我们到那高高的麦子里去坐坐吧！"他们轻轻地，灵便地钻了进去，几乎一点痕迹都没有留下；他们在金黄的麦穗当中给自己造了一个狭窄的牢狱，坐在里面，麦穗直挺挺的，高过他们的头部，使得他们除了头上蔚蓝的天空之外，看不见世界上任何别的东西。他们当下就彼此拥抱，接起吻来，吻了那么久，直到他们暂时疲倦了，或者也可以说，两个爱人接吻的热劲儿过去了一秒钟或者两秒钟，就在那沉醉的时光里，使人预感到人生的变幻无常。他们听见云雀高高地在头上唱歌，就用他们锐利的眼睛去寻找，每逢他们自以为瞥见了一只云雀在太阳光中闪过，如同一颗在深蓝的天空突然放光或陨落的流星似的，他们就又用接吻作为报酬，并且尽可能地设法互相逗弄，互相占便宜。"你瞧，那儿有一只闪了一下！"萨利小声儿说道，芙兰琴也轻轻地回答道："我听是听见了，可是看不见它！""一定看得见，你看，就在那一小块白云那儿，稍微偏右一点。"两个人就急切地望过去，起先他们都张着嘴，像窠里的小鹌鹑似的，等到他们想象已经看见云雀的时候，他们的嘴就立刻紧贴在一起了。芙兰琴忽然停住，说道："那么说，我们每人都有了一个爱人，这件事已经不成问题啦，你也这样想么?""是啊，"萨利说，"我可不是也这样想!""那么，你觉得你的爱人怎么样啊?"芙兰琴说，"她是一个什么样的东西呀? 关于她你有什么可以谈的?""她是一个非常标致的东西，"萨利说，"她有两只褐色的眼睛，一张红红的嘴，用两只脚跑路; 但是对于她的心，我所知道的比对于罗马教皇还少! 你关于你的爱人有什么可谈的呢?""他有两只蓝眼睛，一张无用的嘴，使着两条莽撞有劲的胳膊; 但是我对于他的思想，比对于土耳其皇帝还不了解!""本来也是，"萨利说，"我们彼此知道得的确很少，真仿佛没有见过面似的，自从我们长大以来，这悠长的年月使得我们如此生疏了! 亲爱的孩子，你的脑子里起过什么念头呢?""嗳! 不多! 尽管我愿意想得很多、很远，但是我的日子一直是这样愁苦，什么痴心妄想都引不起来!""你这可怜的小宝贝呀，"萨利说，"可是我相信，你是外面老实心里机灵的，是不是啊?""如果你很爱我，你慢慢就会知道我的!""假若有一天你成了我的太太?"芙兰琴一听见最后这句话，就微微地发抖，把身子更紧地贴到萨利的怀里，重新温柔地吻了他许久。她一面吻他，一面眼里含着泪，他们俩突然难过起来，因为想起了他们没有希望的前途和他们父母中间的仇恨。芙兰琴叹了一口气，说道："起来吧，现在我得走啦!"他们就站起来，手拉着手，走出麦田去，一眼就看见芙兰琴的父亲，正在前面刺探他们。原来他自从遇见了萨利，就一直以他那种穷极无聊的小心眼儿在那儿揣测，到底萨利独自到村里来干什么。他一面继续在城里溜达着，一面回想昨天那件事情; 纯粹由于怨恨和无聊的恶意，他终于碰对了正确的线索; 猜疑一有了明确的目标，他立刻就从塞尔德维拉的街巷里弄中掉过头来，快步出城，回到村里，在屋里院里和四周的篱笆里寻找他的女儿，可是哪儿都找不着她。他的好奇心越来越大，就跑到村外田里去找; 看见芙兰琴拔菜时常用的那个篮子在那儿搁着，人却不见了，他便沿着邻家的麦地四下里刺探起来；正在这个时候孩子们惊慌失措地走了出来。

　　他们站着不动，仿佛化成了顽石似的，马蒂起初也站在那儿，狠狠地盯着他们，面色变得像铅一样灰白；接着就开始指手画脚，破口大骂起来，样子可怕极了，同时还怒气冲冲地伸手去抓那年轻的小伙子，想把他掐死；萨利看他来势汹汹，吓得往后一闪，退了好几步。可是这老头子现在不来抓他，却抓住那浑身发抖的女孩子，给了她一个嘴巴，把红花冠给打落了，还把她的头发绕在手上，想把她拉走以后再狠狠地揍她一顿。萨利一看见这情景就又立刻跳上前去。一半为芙兰琴着急，一半因为一时的气愤，他想都没想就抓起一块石头，照着老头子的脑袋打去。马蒂微微晃了一晃，就昏倒在石头堆上，把那尖声惨叫的芙兰琴也给拖倒了，萨利当下还从那不省人事的人手里抽出她的头发，把她扶起来；随后就茫然失措地站在那儿，像个雕像一般。那女孩子看见她父亲躺在那儿像死了一样，就拿两只手摸着自己灰白的面孔，浑身颤抖着说道："你把他打死了么？"萨利一声不响，点了点头，芙兰琴就惨叫道："哎呀！上帝呀！我的上帝呀！是我的父亲哪！可怜的人啊！"说着就疯了似的倒在他身上，搬起他的头来一看，头上却没有血流出来，她就又把头放下；萨利在这人的那一边坐下，两个人都瘫痪着双手，一动也不动，眼睛盯着那毫无生气的面孔，静悄悄的像坟墓一般。为了打破僵局，萨利最后说道："他准不会一下子就死了吧？这也真说不定！"芙兰琴扯下一个罂粟花瓣，放在那灰白的嘴唇上，花瓣就微微地动起来。"他还有气儿呢，"她喊道，"快跑到村里去求救吧！"萨利跳起来，正要跑，她又在后面向他伸手，喊回他来说："你可别跟着回来了，也一点别提事情是怎样发生的，我决不说出来。一定不让人家从我这儿探出一点消息！"她把脸转向那可怜的、心里没了主意的男孩子说，说的时候，难过得泪流满面。"你来，再亲我一下，不，走吧，你走开吧！完了，永远完了，我们不能到一起了！"她把他推开，他就不由自主地向着村里跑去。路上碰见一个不认识他的儿童，他就托付这个儿童去把距离最近的人喊来，并且把需要救护的人的地点明确地告诉了他，然后就灰心绝望地走开，在树林里迷惘地徘徊了一夜。早晨他偷偷地跑到田里去，想打听情形怎样了；从早起的人们的彼此交谈中，他听说马蒂还活着，可是不省人事，而且说这是一件怪事，因为谁都不晓得他碰到了什么意外。萨利这才返回城里，在阴暗凄凉的家里隐藏起来。

芙兰琴对他信守誓约；除了说她发现她父亲就是这个样子之外，别的从她那儿什么都问不出来；第二天，马蒂固然还是人事不省，可是已经能转动，能呼吸了，况且又没有人起诉，大家便认定他是喝醉了酒，自己跌倒在石头上的，也就不再追究这件事情了。芙兰琴除了到医生那儿去拿药，或是给她自己做个薄汤以外，便左右不离地服侍着他；因为她黑夜白日地守着病人，又没有人帮她的忙，弄得她几乎好几天都不曾吃过东西。病人虽然早已饮食如常，在床上躺着，他的精神也相当好，可是一直到六个星期之后，他才渐渐恢复了知觉。不过他现在恢复的并不是旧日的知觉，相反地，他说话越多，就越明显地表示出他成了一个呆子，而且发呆的方式还很奇怪。他只模模糊糊地记得这次事故，并且好像觉得那是一件非常开心的事情，与自己没有什么特别关系似的。他总是嘻嘻地傻笑，快活得很。还没起床的时候，他就讲出一大堆又愚蠢又荒唐的无聊话和异想天开的事情，并且还闹傻样儿，把头上黑绒的尖帽子拉到眼睛和鼻子上去，使他的鼻子看起来就像一口罩上枢衣的棺材。苍白憔悴的芙兰琴耐心地听着他说，不禁因为他的痴呆而伤心落泪，这比他从前的横暴还更使这可怜的女儿苦恼；可是有时候老头子做出一件过于滑稽的事情，她也禁不住在愁苦中大声笑起来，因为她的被压制的本性，像一张拉开了的弓，随时准备着弹回去，但跟着却又引起一阵更深的悲哀。老头子一能起床，芙兰琴对他就没了办法：他干的没有一件不是傻事，一面笑，一面在房子周围团团转，或者在太阳地里坐下，伸出舌头，或者对着豆棵子作长篇演说。

这时候他旧日家产的那一星半点的残余也都光了，情况糟糕到了这样的地步，就连他的住宅以及已经抵押了好多时候的最后那一块田地，现在也都得依法卖掉了。因为买了曼茨那两块田地的那个农人，乘着马蒂一败涂地又是大病的当口，迅速地了结了这一场由于争夺一块有石头堆的地头而打起来的老官司。这场官司一输，就把马蒂的桶完全卸了底，但是他疯疯癫癫的对于这些事情再也不知道了。拍卖举行过了；马蒂由教区公费收容在一个专为这类可怜虫成立的养老院里。这个养老院设在这小地方的要冲；人们把这康健贪食的呆子喂得饱饱的，然后载在一辆牛车上，这辆车由一个贫苦的农人赶着，他还要顺便进城去卖掉一两口袋马铃薯。芙兰琴挨着她父亲坐在车上，伴送他作这最后一次到活坟墓里去的旅行。这是一个凄惨愁苦的旅行，芙兰琴却精心地守着她父亲，不让他缺少什么，每逢他们的车子经过什么地方，那不幸者的怪把戏引起了人们的注意，跟在车子后头跑起来，她也不回头看，也不烦躁。最后他们到了城里一所大厦跟前。这里住着一批和他一样的呆子，把所有的长廊、院落和一所快意的花园弄得热闹非凡。这些人都穿着白褂子，冥顽不灵的脑袋上戴着耐久的小皮帽。马蒂一到，当着芙兰琴的面就给他穿上了这种服装，他因此高兴得像个孩子似的，一面唱着，一面来回地跳舞。"上帝保佑你们啊，体面的先生们！"他向他的新伙伴们打着招呼说，"你们这房子真漂亮！回家去吧！小芙兰琴，告诉你妈，我再也不回家了！我实在是喜欢这个地方！嗳嗨！一只刺猬爬过了篱笆，我听它一边爬一边叫，呵，小姑娘，要吻就吻年轻的小伙子，别吻任何一个老家伙啊！是条水儿都流入莱茵河，那个青梅眼睛的姑娘一定得属于我！小芙兰琴，你这就走么？你像死在锅儿里一样，我却是这么快活！母狐狸在地里叫唤：哈喽，哈喽！她心里好难过哟！吼吼！"一个管理员叫他安静些，随后带领他去干一件轻活，芙兰琴就出去找那辆车子。她坐在车上，掏出一块面包来吃；然后就躺在车上，一直等到那个农人来了，和他一同坐车回去。他们很晚才到村里。芙兰琴就回到自己家里，她是在这个地方生的，现在却只许她留上两天了。这是她有生以来第一次完全孤独地留在家里。她生了一个火，好把她仅有的那一点点残余的咖啡煮上，然后就在炉台上坐下，她心里十分难过，只盼望再见萨利一面，盼得她都憔悴了；她想他想得厉害；但是忧愁和烦恼使相思更苦痛，相思又使忧愁更加沉重。她正在两手托腮坐着的时候，有人从敞着的房门走进来。"萨利！"芙兰琴抬头一看，喊道，一面搂住他的脖子。随后两个都吃惊地看了看对方，喊道："你的脸色多么坏呀！"原来萨利的脸色也苍白消瘦，跟芙兰琴不相上下。她什么都忘了，把他拉到炉台上让他坐在自己身边，说道："你是生过病呢，还是也有了什么不幸的遭遇？"萨利回答道："不，我什么病都没有，就是想你想得要命！我家里现在生活得可阔绰啦：父亲窝藏了外来的流氓，据我的观察，我相信他已经成了窝主了。所以只要不出事，我们酒馆里一时是财源茂盛的，直到一个可怕的结局来到才算完。母亲也帮着搞，她是因为死贪便宜，就想把家弄得像样些，并且认为经过她的一番监督和安排，还可以把这不法的勾当弄得妥当有益哩！大家不来问我，我呢，对于这些事也顾不过来；因为我黑夜白天地只想着你。既然有各种各样的流浪人在我们这儿住宿，我们天天都听得到你们家的消息，我父亲为这个乐得像个小孩子似的。今天你父亲给送进了养老院，我们也听说了；我想现在就剩下你一个人啦，我就来了，想看看你！"芙兰琴现在也把她受过的压迫和痛苦，全盘说给他听，可是用的是那样一种轻松亲切的口吻，仿佛是在描写一桩伟大的幸福似的，由于萨利在自己身边，她确是感到幸福。同时她也勉强凑了浅浅的一碗热咖啡，强让她的爱人和她一同喝下。"那么，后天你就得离开这儿么？"萨利说，"你到底该怎么着呢？""那我可不晓得，"芙兰琴说，"我得出去给人家做活！可是没有你，我受不了，我却又永远得不到你，就算没有别的原因，单单因为你打得我父亲成了呆子这一层就不行！这件事会使我们的婚姻建立在一个坏基础上，我们俩心里永远不会坦然的，永远不会！"萨利叹息道："我也已经成百次想要去当兵，或者到一个陌生的地方给人家扛活去，但是只要有你在，我还是舍不得走开，走了以后，也会把我折磨死的。我现在觉得，穷苦使我爱你爱得更热烈更痛苦了，我这样不顾死活地爱你，连我自己都不懂为什么会这样的！"芙兰琴脉脉含情地微笑着瞅着他；他们把身子靠在后面墙上，不再讲话，默默地沉浸在这种超越一切愁苦的幸福之感里：彼此恳切相待，又明白自己为对方所热爱。他们就这样安安静静在那不舒服的炉台上睡着了，没有枕头，也没有褥子，却睡得那么香甜安稳，好像两个孩子睡在一个摇篮里似的。黎明的时候，萨利先醒了，尽可能轻轻地唤醒芙兰琴，但是她一再睡眼蒙眬地倒在他身上，不肯醒来。他便热烈地亲她的嘴唇，芙兰琴这才惊醒了，眼睛睁得大大的，一看见萨利，就喊道："天哪！我方才还梦见了你！梦见我们在结婚那天一同跳舞，一连跳了好几个钟头！我们是那样幸福，打扮得干净整齐，什么东西都不缺少。最后我们想要接吻，心里很着急，可是老是有什么东西把我们扯开，现在才知道，搅扰我们阻碍我们的原来是你！但是多么妙啊，你真就在这里呢！"她急切地搂住他的脖子，就和他接起吻来，仿佛永远没个完似的。"那么，你梦见了什么呢？"她抚摩着他的脸蛋和下巴，说道。"我梦见我顺着一条很长的路穿过一个森林，总也走不完，而你呢，老是远远地在我前头走着；有时回头望一望我，笑着向我招呼，我就高兴得像在天国里一样。我梦见的就是这些！"他们走到敞开的、直接通往野外的厨房门口，面对面一看就忍不住相视而笑。原来芙兰琴的右脸和萨利的左脸，因为睡觉的时候互相贴着，压得很红，另外两边呢，因为受了夜里凉气的侵袭，更加苍白了。他们轻轻地揉着那又凉又苍白的半边脸，为的是把它也弄得红红的；凉爽的清晨的空气，这含着露水的宁静的环境，以及初升的朝霞，都使他们忘情的快活起来。尤其是芙兰琴，仿佛是被一个快活的精灵主宰着。"明天晚上我就得搬出这所房子了，"她说道，"另找个安身的地方。可是事先我要好好地开一开心，只有这么一次，并且同你一道；我要痛痛快快地和你跳舞，无论在哪儿都行，因为我心里总忘不了梦里那一次跳舞！""无论如何，我也一定跟着，看你上哪儿去，"萨利说，"并且，亲爱的孩子，我也很愿意和你一起跳舞啊！可是在哪儿跳呢？""离这里不很远，有两处地方明天有庙会，"芙兰琴回答道，"那里很少人认识我们，也不会怎么注意我们；我在村外河边上等着你，然后我们就可以到我们愿意去的地方去开心，就去一次，只去这么一次！但是，天哪，我们真是一个钱都没有啊！"她又悲哀地接着说，"所以还是去不成啊！""你别管，"萨利说，"我准带些钱来！""可不要从你父亲那儿拿，不从——不从偷来的那些钱里头拿呀。""不，你尽管放心好了！我一直还保存着我的银表呢，我要把它卖掉。""我不想劝阻你，"芙兰琴红着脸说道，"因为我相信，要是明天不能和你跳舞，我非死不可。""要是我们俩能够一起死，那真是好极了！"萨利说。他们彼此拥抱在一起，含悲忍痛地告别。分开之后，却又彼此亲切地对着笑了笑，满怀信心地盼望着明天。"可是你什么时候来呀？"芙兰琴还喊道。"最晚上午十一点，"他回答说，"我们一起吃一次正式的午饭吧！""好，好！最好十点半就来吧！"可是萨利刚一走开，她又叫他回来，并且现出一种突如其来的灰心绝望的神情。"我们还是去不成的，"她痛哭着说道，"我连一双礼拜天穿的鞋都没有，昨天我就不得不穿着这一双整脚鞋子进城去！我没法弄到一双鞋子呀！"萨利呆呆地站着，没了主意。"没有鞋！"他说，"那么，你就得穿着这双去了！""不，不，穿着这双我不能跳舞！""那么，我们就得买一双了！”"到哪儿去买？拿什么买呀？""哎，塞尔德维拉有的是鞋店！钱么，不到两个钟头我就会有啦。""可是我不能跟着你在塞尔德维拉转来转去，况且你那些钱也不够再买一双鞋的！""一定有办法！我要把鞋买好，明天带来！""哎，你这小傻子，你买的鞋准不会合适的！""那么，你就给我一只旧鞋带去吧！先别忙，这样更好：我来给你量个尺寸吧，这倒算不上什么神通！""量尺寸？说真的，我还没有想到这个办法呢！来，来，我给你找一条线儿！"她重新坐到炉台上去，把裙子微微往上一提，就从脚上脱下一只鞋来，脚上还穿着昨天旅行时所穿的白袜子。萨利跪下，拿出全副本领量起尺寸来，用那条线横着竖着量了这只纤巧的脚，在线上仔细打了一些结子。"你这个鞋匠！"芙兰琴说，一面绯红着脸，低下头来对他亲热地笑着。萨利也脸红起来，手里紧握着那只脚，握得超过了必要的时间，弄得芙兰琴越发脸红了，把脚缩了回去，一面却又抱住那狼狈周章的萨利，狂吻了一番才让他走开。

　　他一到城里，就把他的表拿到一个钟表匠那里，卖了六七个古顿①；银表链也卖了几个古顿，现在他觉得自己是够富的了，因为自从他长大成人之后，从来还没有一下子有过这么多的钱。他心里只希望这一天已经过去，礼拜天已经来到，好拿这些钱买到礼拜天自己许给自己的快乐；因为即使后天相形之下显得更为黑暗渺茫，渴望中的明天的快乐却获得一种更稀奇更强烈的光辉。同时他还极满意把时间消磨在给芙兰琴找一双鞋这件事上，他觉得自己有生以来做过的事情当中这是最快乐的一件。他从这家鞋店走到那家鞋店，让人家把所有的女鞋都拿给他看看，最后买到了一双又轻便又精致的，像这样漂亮的鞋，芙兰琴还从来没有穿过呢。他把鞋藏在背心下面，那天就一直没有拿开；甚至带着它一起上床，把它放在枕头底下，因为他今天早晨已见过那女孩子，明

_____

　　①　旧日金币，约合两马克。

天还要见她，所以睡得着实安稳。可是他很早就醒了，起来后开始整理他那一件半旧的礼拜天穿的衣服，并且尽量把它刷新。这件事引起了他母亲的注意，她惊讶地问他想干什么，因为他好久不曾这么注意过穿衣服了。他回答说，他要到乡下去看看，不然，在家里他要闷出病来的。"我看他这些日子有点莫名其妙，"他父亲嘟囔着说，"还偷着东跑西颠的！""尽管让他跑去吧，"他母亲说，"这也许对他有好处，他现在的脸色可真难看！""你有钱去闲逛么？你哪儿来的钱哪？"老头子说。"我一个钱都不要！"萨利说。"给你一个古顿！"老头子回答道，一面把钱扔给他。"你到了村里就可以上酒馆去，在那儿花掉这个钱，省得人家以为我们家里已经穷困不堪了！""我不想到村里去，也用不着这个古顿，你留着吧！""好，你就这样对待钱！等到要用的时候，你就倒霉了，你这个倔强东西！"曼茨喊道，一面又把他那个古顿揣回荷包里去。他太太却说不出今天为什么为了她的儿子感到这般伤心难过，她拿出一条自己不常围而萨利早想要的、缘着红边的黑米兰绸大围巾给他。他把围巾围在脖子上，让那长长的两端飘拂着；他的衬衫领子向来总是往下翻的，现在一股子乡下人的傲气上来，第一次也把领子高高地竖起，越过耳梢，显得很有气概的样子。然后他把那双鞋放在大衣前胸的袋子里，刚过七点，他就动身了。离开屋子的时候，一种奇异的感觉驱使他和父亲母亲握手，到了街上他又回头望了望家。"闹了半天我懂了，"曼茨说，"我看这小子是追什么女人呢；那倒正合我们意！"他太太说："哎，愿上帝保佑！他也许能成功！那对这可怜孩子真有好处呢！""对呀！"她丈夫说，"错不了！只要他晦气也碰上这样一个话匣子，真是享天福了！当然对这可怜孩子有好处！当然哪！"

　　萨利起初朝那条河的方向走去，打算在那儿等着芙兰琴，可是跑到半路又变了主意，一直走进了村里，为的是到家里去接芙兰琴，因为他觉得要他等到十一点钟那真是太长了。"别人跟我们有什么相干？"他想。"谁都不来帮助我们，我是个正经人，我谁都不怕！"于是，出于芙兰琴意料，他到她屋里来了，同样也出于他自己的意料，他发现她已经完全穿好了，打扮好了，坐在那儿，等待着动身的时刻，只是还缺一双鞋。萨利一瞅见这个女孩子，就目瞪口呆，站在屋子当中一动也不能动，因为她看起来美丽极了。她只穿着一件朴素的蓝色亚麻布衣服，可是很新鲜很干净，而且配上她那窈窕的身段非常合适。此外她又戴上一条雪白的棉纱围巾，这就是她的全套服装。她的鬈曲的棕发理得整整齐齐，平时那些蓬松的发卷儿，现在都贴在头上，非常漂亮可爱；因为芙兰琴几乎好多星期都没有出过门，皮肤的颜色变得更娇嫩更透明了，这也一半是愁苦造成的；但是现在爱情和喜悦又把一阵一阵的红光输送到这透明的肤色里去；她胸前佩着用迷迭香、玫瑰和灿烂的翠菊合成的一个美丽的花束。她挨着敞开的窗子坐着，以恬静优美的姿态呼吸着清晨的浸透阳光的新鲜空气；一见萨利出现，就向他伸出两条从胳膊肘起都露着的漂亮胳膊，喊道："你现在就来了，并且到这儿来了，你这样做真对极啦！你可给我带了鞋没有？真的么？现在我不站起来，我要先把鞋子穿上！"他从口袋里掏出那双她渴望得到的鞋，交给了那望眼欲穿的美丽的女孩子，她扔掉那双旧的，一蹬就穿上了这双新的，穿着非常合适。她这才从椅子上站起来，穿着新鞋把身子扭了几扭，很快地来回走了几趟。她把蓝色的长衫稍微往上一提，心满意足地瞅着那装饰鞋子的红绒结子，萨利却不住地注视着面前这个由于快意的兴奋而欢欣雀跃的秀美迷人的形象。"你是瞅我的花束吧？"芙兰琴说，"我没有凑成一个美丽花束么？你要知道，这是我从这一片荒园里找到的最后的花。这儿采一小朵玫瑰，那儿采一朵翠菊，这样一扎，人们就看不出它们是从一片荒芜中采集起来的了！可是现在是我走的时候，园子里一朵花都没有了，房子也空了！"萨利向四下里一望，才发现上次还在这儿的那些家具都搬走了。"你这可怜的小芙兰琴哪！"他说，"他们把你所有的东西都拿走了么?""昨天,"她回答说,"他们把可以挪动的都拿去了,几乎连床都没有给我留下。不过我也立刻把它卖掉了,现在我也有钱啦,你瞧!"她从衣服口袋里掏出几块亮晶晶的新银"塔勒"① 来给他看。"拿着这个,"她接着说,"那位孤儿保护员——当时他也在场——说,要我在城里找个活,并且让我今天马上就动身!""这儿可也真是一点东西都没有了,"萨利向厨房里望了一望,说道,"连一根柴,一口锅,一把刀都看不见! 莫非你连早饭都没有吃么?""什么都没吃!"芙兰琴说,"我本来可以给自己弄点什么来吃的,但是我想,宁可饿着,等会好和你一起多吃些,因为我一想到要和你一同吃饭,就非常高兴,你真想象不出我是怎样高兴啊!""假如我可以接近你的话,"萨利说道,"我就要向你表明,我心里是怎样一种感觉,你这美丽的,美丽的东西呀!""你说得很对,那样一来,你就要把我这套美丽的装束全弄坏啦,要是我们对于这些花儿稍微爱护一点,我这可怜的脑袋也就沾了光了,你常常把它弄得不像样子!""好,来吧,我们现在就出发吧!""我们还得等到人家把床搬走呢;因为随后我就把这空房子锁上,再也不回这里来了! 我的小包袱交给那买床的女人去保管。"于是他们就面对面坐下来等着;待了不久,那个庄稼女人就来了,是一个五短三粗、高嗓门巧舌头的女人,还带着一个小伙子帮她搬床架。这妇人瞅瞅芙兰琴的爱人,又瞅瞅这打扮得漂漂亮亮的女孩子,就目瞪口呆,又着腰嚷道:"哎,你瞧啊,小芙兰琴! 你已经搞得很好啦! 有个客人来看你,你说你打扮得还不像个公主吗?""可不是么!"芙兰琴和和气气地笑着说,"你知道他是谁呀?""哎,我想,这准是那个萨利·曼茨吧? 人们常说:山和谷到不了一起,人倒可以! 可是,孩子,你可要当心哪,你想想,你们两家的父母闹成什么样子啦!""哎,已经改变了,一切都好了,"芙兰琴微笑着,

---

① 旧日银币,约合三马克。

和气坦白地，简直有点谦虚地回答说，"你瞧，萨利是我的未婚夫！"
"你的未婚夫！你瞎说！""真的，而且他是一个有钱的先生，他中了彩，
得到了十万古顿！你想一想，太太！"那女人吓了一跳，惊讶地把两手
一拍，喊道："十——十万古顿！""十万古顿！"芙兰琴郑重地证实道。
"我的老天！这一定不是真的，你骗我呢，孩子！"那女人说。"好吧，
你爱怎么想就怎么想吧！"芙兰琴说。"可是要是真的，你嫁了他，你们
想拿这些钱干什么呢？你真要当一个体面太太么？""当然啰，在三个星
期之内我们就举行婚礼啦！""去你的吧，你是一个讨厌的骗子！""他已
经买下了塞尔德维拉城里最漂亮的房子，有一所大花园和葡萄园；等我
们安了家，你也得来看看我哟，我可指望着呢！""一定去，你这小鬼，
你真机灵！""你看看，那房子漂亮极了！我给你弄一份可口的咖啡，拿
细巧的鸡蛋面包招待你，还抹上黄油和蜜！""啊，你这小流氓！你就打
上我要来的牌吧！"那女人大声说道，脸上带着贪馋的表情，嘴里直咽
唾沫。"你要是晌午来，上市上得累了，随时都给你准备着一份有劲儿
的肉汤和一杯酒！""那可正合我意！""也短不了有些点心和白面包给你
家里那些亲爱的孩子！""可真要把我馋死啦！""要是没有外人在，我们
还可以细细检查检查我的箱子柜子，也一定可以找出一条漂亮围巾，或
者一段剩下来的绸料子，或者一条漂亮的旧带子来配你的裙子，或者给
你一段料子做条新围裙！"那女人打了个滴溜转儿，欢呼着摆动她的裙
子。"要是你男人做地亩生意或者牲口生意能够赚钱，但是缺少现款的
话，你就知道该到哪儿去叩门了。我的亲爱的萨利不管什么时候都很愿
意稳当合算地放一点现款！我自己也可能有一点省下来的零钱，帮助一
个知己的朋友！"现在这女人再也承受不住，感动地说道："我老说你是
个又乖又好又漂亮的孩子啊！但愿上帝保佑你永远平安，并且因为你这
样待我而降福给你！""可是反过来我也要求你好心好意地待我呀！""你
当然可以这样要求我！""我还要求你，在上市以前，每次都把你的货

物，无论是水果，是马铃薯，是蔬菜，先给我送来，供应我，让我放心，我要一个正直的庄稼女人在我手下，这样我可以托靠她！别人买你的货物出多少钱，我也一定万分高兴地照给，你是知道我的！啊！一个有钱的城市太太，坐在城里一点办法都没有，可是需要那么多的东西，要是同一个正直诚实的、对于一切重要有用的事物都很内行的乡下太太有了良好持久的交情，那真是再好不过了！好处有百把种：无论是喜悦是悲哀，是领洗命名或是结婚，是孩子们上学或是领坚信礼，是他们该受深造或是到外乡去！还有闹灾荒、发大水、失火、下雹子，但愿上帝保佑我们，免了这些！""但愿上帝保佑我们，免了这些！"那善良的女人哽咽着说，一面用围裙擦干眼睛，"你是一个多么懂事的，多么有眼光的小新娘啊！并且，你将要一帆风顺，要不；世上就没有天理啦！你又漂亮，又干净，又聪明伶俐，干什么事情都那样勤劳熟练！这村里村外，没有一个比你更美更好，谁有了你，谁就得认为自己是进了天国啦，要不，他就是个坏蛋，我可不依他。听着，萨利！你可得好好地对待我的小芙兰琴，要不，我可要教训教训你！你这幸运儿，有福气折这样一朵玫瑰花儿！""现在你就照着你答应我的，把我这个包袱也带走吧，将来我让人来取！要是你不反对的话，我也许还要亲自坐车来取呢！到那时你准不至于舍不得请我吃一罐儿牛奶吧，我自己也一定带个什么美味的杏仁饼来就着吃！""小鬼！把包袱交给我吧！"芙兰琴把一个长口袋放在那张捆好了的、已经顶在她头上的床屉上面，在这口袋里芙兰琴塞上了她的破烂衣物，于是这可怜的女人站在那儿，头上像顶着一座颤巍巍的宝塔。"一次搬完我真觉得有点太重啦，"她说，"我搬两回不行么？""不行，不行！我们现在马上就得走啦，因为我们要走远路，去看望一些体面亲戚，我们发了财，这些人才出头露面！你当然明白，人情世态是怎么一回事啊！""我明白得很，好吧，上帝保佑你，在富贵荣华中可别忘了我！"

　　庄稼女人带着她的包袱宝塔走了开去，战战兢兢地保持着平衡，她的小做活的在后头跟着，把身子放在芙兰琴那张原先画得华华丽丽的床架中间，头上顶着床架上那块布满褪了颜色的繁星的天盖，像第二个参孙①似的，抓着那两根刻着细花的支着天盖的前柱。芙兰琴把身子靠着萨利，目送着这个队伍，看见这座活动的庙宇正走在花园里，便说道："要是把那件东西放在一个花园里，里面摆上一张小桌子、一个小凳子，周围种上牵牛花，那还是一座精致的凉亭呢！你愿意跟我一块在里面坐坐么，萨利？""愿意呀，小芙兰琴！尤其是在牵牛花已经长起来的时候！""我们还站着做什么？"芙兰琴说，"再没有什么使我们留恋的了！""那你就来把房子锁上吧！可是你想把钥匙交给谁呢？"芙兰琴四下里望了望说："我们把它挂在这枝戟上吧；我听见父亲常常说，这枝戟在这房子里已经一百多年了，现在让它站在这儿当最后的卫士吧！"他们把生了锈的房门钥匙挂在这件生了锈爬着豆蔓的旧兵器的螺形钩儿上，就走开了。芙兰琴面色显得分外苍白，还用手捂着眼睛，萨利只好领着她走，一直走了十二三步之后才好起来。她并没有回头看。"我们现在先上哪儿去呢？"她问道。"我们正式到乡下去玩一次，在那儿不慌不忙玩上一个整天，傍晚我们就一定找得着一个跳舞的地方！""好吧！"芙兰琴说，"我们要整天在一起，高兴到哪儿就到哪儿去。可是现在我很难过，我们马上到那个村里去喝杯咖啡吧！""当然可以！"萨利说，"快走，我们赶快离开这个村子！"

　　不久他们就又到了野外，安安静静地并肩在田地中间穿过；这是九

————————

　①　参孙是力大无比的以色列士师，娶了敌邦非利士人的女儿为妻，被妻子骗出了他力量的来源，因而为非利士人所俘，剜去双艰，后来非利士人的首领在神殿里祭神，命参孙站在两柱中间，在众人面前戏耍。参孙乘机"抱住托房的那两根柱子，左手抱一根，右手抱一根，说：我情愿与非利士人同死。然后尽力屈身，房子倒塌，压住首领和房内的众人。"（事见《旧约·士师记》十三至十六章）

月里一个晴朗的礼拜天早晨，天上没有一点云，那一重重的小山和树林都披上了一层烟霭织成的轻纱，使这个地区更加神秘肃穆，从四面八方传来了教堂的钟声：这儿传来某个富庶的乡村里和谐而低沉的钟声，那儿又听到一个穷苦的小乡村里两口小钟的絮絮叨叨的响声。这一对爱人完全忘了这天终了该怎么办，他们只耽于这种使人胸襟开展的、无言的快乐：穿得干净整齐，像一对名正言顺的幸福人儿似的，自由自在地去游赏这礼拜天的风光。在安息日的寂静中逐渐消逝的任何一种声音，任何一种遥远的呼喊，都惊心动魄地响彻他们的心魂；因为爱情是一个钟，它使最遥远最平凡的声音都引起回响，变成一种特殊的音乐。他们虽然已经饿了，还觉得到邻村去那半点钟的路程不过是猫一跳的距离，他们犹犹豫豫地走进了村口一家饭店。萨利叫了一顿好早点，在准备早点的时间，他们就像耗子一般悄悄地注视着宽大清洁的客堂中进行着的稳当快意的营业。老板同时又是烤面包的，刚烤好的面包熏得满屋子香气，各种各样的面包，一篮子一篮子地装满了送过来，因为做完了礼拜以后，人们就到这儿来取白面包或者喝早酒。老板娘是一个大方整洁的妇人，正在不慌不忙、和和蔼蔼地打扮着她的孩子们；无论哪个孩子一被放开，就毫不认生地跑到芙兰琴跟前，拿出自己的好东西来给她看，又把自己一切得意的事情讲给她听。等到芬芳的咖啡一来，两个年轻人就羞答答地坐在桌边，仿佛他们是被邀请来这里作客似的。可是不久他们就活泼起来，又拘谨又快活地小声儿说话。啊，这好咖啡，浓乳酪，新鲜而且还热和的小面包，美味的黄油和蜂蜜，还有蛋糕以及这里所有的点心，年轻的芙兰琴多么爱吃啊！她这么爱吃这些东西，因为她一面吃，一面还可以瞅着萨利，她吃得那样痛快，仿佛已经持了一年的长斋似的。并且她也喜欢那套精致的餐具，喜欢那些银咖啡匙；老板娘似乎也把他们看作一对正派的青年人，必须好好地招待，因此她也时常坐到他们旁边聊聊天，他俩对她的问话回答得很得体，使她非常欢喜。善良的芙兰琴心里那样愉快，以至于她不晓得她是再到野外去，单独跟自己的爱人一起穿过牧场或森林东游西荡呢，还是宁愿留在这客堂里，至少做上几个钟头在一个富丽堂皇的地方住家的梦。萨利正言厉色地忙着催促动身，仿佛他们要赶一段确定而重要的旅程似的，这样一来就使得去留的选择容易决定了。老板娘和老板一直把他们送到门外，才殷勤恳切地放他们走，因为虽然他们显而易见是贫苦的，但是举止却很大方；这两个可怜的青年人以世界上最礼貌的方式告了别，然后就规规矩矩、稳稳重重地走开。当他们又到了野外，进入一个要走上一个钟头才能走完的橡树林时，他们仍然以这种姿态并肩前行，沉迷在快意的梦境里，仿佛不是出身于被贫困和争吵气氛所弥漫的破落户，而是好人家的儿女，怀着美好的希望在外面闲逛。芙兰琴像有心事似的把头垂到佩着花朵的胸前，两只手小心翼翼地放在衣服上，在森林中又滑又湿的地面上行进；相反地，萨利却挺着他那细长的身子，一面沉思，一面大踏步走着，眼睛盯着一棵一棵的橡树干，像一个农人在考虑砍伐哪些树最合算似的。最后他们从这些徒劳无益的梦里醒来，相对看了一眼，发现他们还一直保持着离开酒店时那种走路的姿态，脸上一红，就黯然伤心地低下头来。但是青年人并不道学，森林是那么绿，天是那么青，这广大的世界上又只有他们两个人，所以他们即刻就又沉醉在这种情趣里面了。不过他们单独行走的时间并不很久，因为一群群散步的青年人，还有一对对做完了礼拜欢唱着来消遣的伴侣，使得这美丽的林间道路上生气蓬勃起来。因为乡下人也有自己选定的散步场所和园林，和城里人一样，唯一的不同就是这些地方用不着花钱来维持，并且还更美丽些；乡下人不仅怀着一种特殊的安息日的情趣到自己那正在开花的和快要熟透的庄稼地里去散步，并且穿过树林，沿着绿油油的山坡，依照仔细选定的路线散步，在这儿挑一个幽美的可以远眺的高岗，在那儿挑一个树林的边缘上坐下来，引吭高歌，安逸自在地让幽美的原野陶冶自己的心灵；他们这样做，显然不是为了忏悔，而是为了开心，所以可以断定，他们对于自然是能够欣赏的，即使撇开它的用处不谈。无论是年轻的小伙子，还是探寻自己青年时代旧路的老太婆，每次散步都要折些绿东西；就连正当盛年的死板的乡下人，在野外走路的时候，一经过森林，也都喜欢折一条细长的嫩树枝，把叶子剥掉，只在尖上留下一簇绿叶子。他们像举一根御杖似的举着它；当他们走进法院或官厅时，就恭恭敬敬地把树枝靠在一个角落里，甚至在办完最严重的交涉之后，也永远忘不了再小心地拿起它来，把它完好无损的带回家去，到了家里才让最小的儿子毁掉它。萨利和芙兰琴一看见这许多散步的人们，心里就暗笑起来，得意自己也是成对成双的，但是他们还是溜到旁边那条更狭窄的林间小路上，消失在幽僻的树林深处了。他们喜欢什么地方就在什么地方停下，忙着向前走一会儿，就又休息一下，正如这时候没有一点云浮现在那晴朗的天空，这几个钟头之内也没有一点忧愁烦扰他们的心神；他们忘了自己是从哪儿来的，也不知道要到哪儿去，并且他们的举动是那样文雅端庄，以至于经过那一切兴奋和骚动以后，芙兰琴那套漂亮朴素的打扮还像早晨那样整齐完好。萨利这一路上的举动，不像一个二十来岁的乡下小伙子，或者一个破落的酒店老板的儿子，仿佛还要年轻几岁，并且受过很好的教育似的；他满怀温柔、体贴和敬重，不住地瞅着他的又标致又快活的芙兰琴，那种样子简直有点可笑。因为这一对可怜的青年人必须在他们获得的这一天限日之内把一切恋爱的方式和心情都经历一下，既要追补幼小时候所失去的时光，又得要舍弃他们的生命，提前作个热烈的结束。

这样他们便又跑得饿了；从树木荫翳的山顶上望见前面隐隐约约的有个乡村时，他们感到非常高兴，想到那里去吃午饭。他们飞快地下了山，然后又规规矩矩地走进这个乡村，正如离开前一个乡村的时候一样。附近没有人认识他们；尤其是芙兰琴，在最近几年里，绝对没和外人来往过，更不用说到外村去过了。所以他们就像是一对讨人欢喜的体面的爱人，为了什么要紧的事出门来似的。他们走进了村里第一家饭馆，萨利叫了一顿丰盛的午饭；人们给他们单独安排了一桌，布置得像节日盛宴的餐桌一样，他们就又安静拘谨地坐在桌边，瞅着那安上打过蜡的胡桃木壁板的美丽的墙壁，那同样木质的、摆着许多又干净又晶亮的碗碟的乡下式碗橱，以及那洁白的窗帘。老板娘殷勤地走过来，把满满的一瓶鲜花摆在桌上。"在上汤以前，"她说，"你们要是喜欢看花，就可以暂时先饱一饱眼福。假若许我冒昧问一下的话，我看你们十有八九是一对年轻的新人打算进城去，准备明天结婚吧？"芙兰琴羞得脸红了，不敢抬起头来，萨利也一声不响。老板娘接下去说道："哪，你们两个当然还很年轻，可是人们常说，年轻结婚长寿，你们看起来至少是很漂亮很有出息的，用不着藏藏躲躲。正经本分的人，要是这样年轻就结了婚，并且又勤奋又忠实的话，是会有相当成就的。不过人们当然也非如此不可，因为时间说短也短，说长也真长，往后还有许多许多日子呢！啊，你瞧，只要我们好好利用这些日子一定会过得很好、很有意思的！我说这些话你们可别见怪，不过我瞅着你们，心里也着实高兴，你们是多么漂亮的一对新人！"女侍端了汤来，也听了几句去，恨不得自己也结了婚，所以就斜着眼睛看了看芙兰琴，在她的心目中，芙兰琴是那样一帆风顺。这个不中人愿的女人在隔壁大发牢骚，对那位正在屋里忙着的老板娘这样说，声音高得人家都听得出来："又是一个十足的穷光蛋，这种模样就进城去结婚了，没有一文钱，没有一个朋友，没有嫁妆，除了受穷讨饭以外，不会有什么希望的！像这些连小上衣都不会穿，连汤都不会做的蠢东西都结起婚来，这还了得！哎哟，我只可惜那个漂亮小伙子，他真是大大地上了那年轻的乡下时髦姑娘的当啦！""嘿！还不给我住嘴，你这可恶东西！"老板娘说，"我可不让人难为他们！那一定是两个正经的青年人，从那些工厂所在的山里来的；他们穿得固然不好，可是很干净，只要他们彼此要好，又肯干活，他们就会比你这骂人精有出息！像你这样不中人愿，想要人来娶你，且等着吧，你这醋罐子！"

芙兰琴就这样享受着一个将要结婚的新娘的一切幸福：一个通达事理的太太的一番好话和鼓励，一个急欲结婚的女人的忌妒，这个女人因为气不过而对她的爱人一面赞美一面惋惜起来了；同时，还有一顿适口的午饭，又有这个爱人陪在身边。她面色绯红就像一朵艳红的石竹花，心里扑通扑通直跳，但是她仍然又吃又喝，胃口很好，对于伺候他们的那个女侍更加客气了，同时却也不免温柔地瞅着萨利，和他说些私话，使得他也心花缭乱起来。他们在桌边安逸自在地坐了好久，仿佛是在踌躇，怕走出这快意的幻境似的。老板娘送上了餐后甜点心，萨利叫了更好更烈的酒来就着吃，芙兰琴刚喝了一点点，那酒便像火似的流到她的血管里去了；她却也当心，只是偶尔才啜一口，并且那样拘谨害羞地坐在那儿，倒像一个真的新娘子了。她一半是顽皮地扮演着这个角色，想尝一尝到底是什么味道，一半也确实是这种心情；她的心由于烦闷和热爱快要破裂了，使她感到在那四堵墙当中过于气闷，恨不得马上走开。他们似乎怕像方才那样孤单地走在路上；因为他们不约而同地顺着大路前进，走在人群中间，也不向左右两边看看。可是一出村子，朝那个有庙会的邻村走去的时候，芙兰琴就把身子靠在萨利的胳膊上，颤抖着声音耳语道："萨利，真不明白为什么我们就不应该结婚，就不应该幸福！""我也不明白为什么！"他回答说，一面拿眼睛注视浸润着秋天温和阳光的牧场，不得不抑制自己，把面孔蹙得非常可笑。他们站住正想接吻，可巧有人来了，只得作罢，继续往前走去。那个举行庙会的有教堂的大村子里，已经由于民众的娱乐活动而活跃起来；从富丽堂皇的酒店里传出了豪华的跳舞音乐，因为年轻的村民在中午时分就已开始跳舞了，酒店前面的广场上搭了一个小小的市场，这个市场是由几张卖糖果糕点的桌子和一些卖廉价首饰的摊子凑成的，摊子周围挤了一大群孩子和那些暂时先欣赏一下就满足的大人。萨利和芙兰琴也走到这些华丽的物品旁边，拿眼睛扫了一遍；原来他们俩同时把手放在荷包里，每人都想送点东西给对方，因为这是他们第一次一同上市场，也是唯一的一次；萨利买了一个姜饼做的大房子，用糖霜粉饰得又白又漂亮，房顶子是绿的，上面落着几只白鸽子，一个小爱神从烟囱里向外窥探，当作扫烟囱的；挨着敞开的窗子，有两个胖脸蛋、红嘴唇小小的小人儿，彼此拥抱着，确确实实是在接吻，因为那个老练而草率的画家，拿笔一点就做成了两个小嘴，这两个嘴便融合在一起了。他还用小黑点代表了很精神的小眼睛，并且在玫瑰红的房门上写着这几句诗：

> 啊，最亲爱的，请进我屋里！
>
> 我一点也不瞒你：
>
> 在里面一切事物
>
> 都只用接吻来算计，
>
> 最亲爱的回答说："爱人哪，
>
> 什么都吓不退我，
>
> 一切我都细细地想过：
>
> 只有你才是我的幸福的寄托！
>
> 如果我记得不错，
>
> 这也就是我的来意！"
>
> 那么就请你带着福星
>
> 进来，履行这个规矩！

依照这几句诗，在左右两边的墙上分别画着一个穿绿色燕尾服的绅士和一个胸部高高隆起的太太，彼此相对鞠躬，往房里让着。芙兰琴回赠给萨利一颗心，这颗心的一面上贴着一个纸条：

一个甜杏仁藏在这颗心里，

我对你的爱却比这甜杏仁还要甜蜜！

在另一面上：

你吃了这颗心，可别忘记这句话：

等到我的褐色的眼睛瞑上了，我的爱情也不会变卦！

　　他们热心地诵读着这些诗句，觉得从来没有任何有韵的印刷品比这几句姜饼上的题词更美更深切；他们把这些诗句看成是特别为他们写作的，因为读出来对他们的情形那样切合。"啊，"芙兰琴叹道，"你送给我一所房子！我也送给了你一所，这才是一所真的呢；因为我们的心现在就是我们的房子，我们住在那里面，这样我们就像蜗牛似的背着自己的房子走了！别的房子我们是没有的！""那么我们可就是这样的两个蜗牛：各人背着对方的小房子！"萨利说。芙兰琴答道："所以我们更不可以分开，好让各人永远挨着自己的家！"他们不知道，在他们的谈话中也说出了类似的警句妙语，跟写在那各式各样的姜饼上的一样。他们继续研究陈列在这里的东西，特别是贴在那一颗颗大大小小装潢不同的心上的这一类甜蜜素朴的爱情文学。他们觉得这一切都很美，都非常中肯；芙兰琴在一颗像竖琴一般上着弦的镀金的心上读到："我的心像竖琴，多弹多奏，也就发出更多的共鸣！"她顿时觉得充满了音乐意味，以至于仿佛听到自己的心弦在那儿起共鸣。这里有一尊拿破仑像，也不免成为录刻恋爱格言的工具，因为下面写着："伟大英雄拿破仑，钢为宝剑土为心；伊人身佩蔷薇朵，伊心坚贞似钢铁。"当他们看去似乎正在各自埋头阅读的时候，却都借此暗地里买了东西。萨利给芙兰琴买了一个镶着绿色假宝石的镀金戒指，芙兰琴买了一个黑羚羊角戒指，上面镶着一根金的勿忘草。他们大概都想在离别时把这些可怜的纪念品送给对方。

　　他们聚精会神地注视着这些东西的时候，把一切都忘了，也没有理会到四周已经逐渐围上了一大圈子人，都在好奇地注视着他们。因为这里既然有许多从他们村里来的年轻小伙子和姑娘，他们便被认出来了，大家都站在离他们有一段距离的周围，惊奇地注视着这一对打扮得整整齐齐的爱人，他们俩却似乎在虔诚的深情中忘掉了四周的一切。"吆，你们瞧瞧！"有人说，"那不就是马蒂家的芙兰琴跟城里的萨利么！他们干脆走到一起啦！你们瞧瞧吧，瞧瞧他们有多么温柔多么亲爱呀！谁知道他们想怎么着呢？"这些旁观者的惊讶，是由同情他们的不幸、鄙视他们父母的堕落和缺德、忌妒这一对爱人的幸福和团结这种种因素稀奇古怪地混合而成的，他们俩在热爱和激动中表现出一种极不平凡的、几乎可以说是高贵的姿态，在那般粗鄙的人们看来，他们这种坦率的钟情和忘我的表现，是和他们的贫苦无依一样的看不顺眼。因此，等到他们最后清醒过来，抬头一看，就看见四面八方都是目瞪口呆的面孔；没有人向他们招呼，他们也不晓得应不应该招呼什么人，这种疏远和不友好的态度，大都由于双方都怕难为情，而不是存心不好。芙兰琴心里一阵子害怕，一阵子发烧，脸色也一会儿苍白，一会儿绯红。萨利拉住她的手，领着这可怜的人儿走开，虽然酒店里的喇叭快活地响着，芙兰琴又那样喜欢跳舞，但她手里托着她的房子，顺从地跟着他走了。"我们不能在这儿跳舞！"当他们已经走得相当远了，萨利说道，"看样子我们在这儿是不大会开心的！""一定不会，"芙兰琴伤心地说，"我想我们最好还是算了吧，我看看，我能到哪儿去住一晚！""不，"萨利喊道，"你得跳一次舞，我已经专为这个给你带了鞋来了！我们要到穷人们开心的地方去，我们现在也属于穷人之列了，那儿的人不会瞧不起我们；每逢这儿有庙会，'小乐园'也同样有舞会，因为那儿也属于这个教区，我们要到那儿去，万不得已时你也可以在那儿过夜。"芙兰琴一想到要让自己破天荒第一次在陌生的地方睡觉，就吓得发抖；但是她还是很随和地跟着她的向导走，因为他现在就是她在世界上所有的一切了。"小乐园"
是一个饭馆，坐落在僻静的山坡上，俯瞰着下面的原野，可以望得很
远，景物非常幽美，但是在这种行乐的日子，这里来来往往的还只有那
些比较穷苦的人，那些小农和小工们的孩子，以及各色各样的流浪人。
这原来是一百年前一个有钱的怪人建筑的小别墅，他以后就再也没有人
愿意住在这里。因为这个地方做什么用都不合适，这古怪的别墅就荒废
了，最后落到一个开饭馆的老板手里，便在这儿做起他的生意。但是这
所房子的名称以及与这名称相符合的建筑样式都给保留了下来。这所房
子只有一层，上面建筑了一个豁亮的平台，平台四角是四大天使的砂石
雕像，用来托着屋顶，这些雕像都完全被风雨侵蚀坏了。屋顶周围的飞
檐上坐着肥头大肚的奏乐的小天使，也是砂石雕刻的，他们奏着三角
铃、提琴、笛子、铙钹和小鼓，这些乐器原来都是镀金的。屋顶内部的
天花板上，平台的胸墙上，以及房子其余的墙壁上，满都是褪了颜色的
壁画，画着一群一群快活的天使，和正在唱歌舞蹈的圣人。但是这些画
都剥落了，模糊难辨，仿佛一场梦似的。此外，上面还爬着密密层层的
葡萄蔓，叶子中间到处垂着将熟未熟的青葡萄。房子周围杂乱地长着些
胡桃树，还有生节的顽强的玫瑰，凭着自己的力量活下去，东一丛西一
丛地滋生着，正如到处乱生的接骨木一样。这座平台是当做跳舞厅用
的；当萨利和芙兰琴走过来的时候，老远就看见一对一对的人在豁亮的
平台的屋顶下旋转，房子周围有许多兴高采烈的客人，一面喝酒，一面
胡嚷乱叫。芙兰琴虔诚地、忧郁地托着她的"爱屋"，正像古画中的守
护教堂的女圣人，托着由于她的功德创建起来的一座大教堂或修道院的
模型似的；但是芙兰琴心里想要成就的那件功德却完全不能实现。她一
听见从平台上传来的狂热的音乐，便忘掉了她的烦恼，到最后她除了要
和萨利跳舞什么都不想了。他们从那些在房子前面和房子里面坐着的客
人当中挤过去——这些人有的是塞尔德维拉城里的破落户，来作一次便

宜的郊游的，有的是从四面八方来的穷人——顺着楼梯走上平台，立刻
就跳起华尔兹舞来，一面目不旁视地看着对方。直到华尔兹舞跳完了，
才向四下里看一看；这时候芙兰琴已经把她那"房子"挤碎了，正要为
这个伤心难过，忽然发现他们正好站在黑琴师的旁边，就更加惊慌起
来。他坐在一把放在桌子上面的椅子上，还是像平日那么黑；只是在他
的小帽子上插了一条绿栎树枝，脚旁边放着一瓶红酒和一个酒杯，虽然
他拉提琴的时候，两条腿不住地踢踏，以此来表演一种蛋舞，可是从没
有把酒杯踢翻过。他旁边还坐着一个美貌的但是愁容满面的青年人，手
里拿着一只号角，此外，还站着一个奏低音弦琴的驼子。萨利一见这琴
师，也吃了一惊；那人却挺和气地跟他们打招呼，喊道："我早就知道，
我还会给你们拉拉琴的！所以你们尽管开心好啦，小情人们，跟我干杯
吧！"他把满满的一杯酒递给萨利，萨利就干杯祝他健康。琴师一见芙
兰琴吓成那样，就和颜悦色地想法安慰她，还开了几个近乎文雅的玩
笑，把她逗笑了。她又胆大起来，他们现在很高兴在这儿碰到了一个熟
人，而且还多少受这琴师的特别保护。他们不停地跳舞，在旋转、歌唱
和喧哗中忘掉了自己和周围的世界；房子里外这一片嘈杂的声音，从山
里发出，传到那逐渐被秋日黄昏的银色烟霭笼罩起来的远方。他们一直
跳到天黑，大部分玩耍作乐的客人都嘈嘈杂杂一歪一晃地向四面八方散
去。剩下的就是那些真正的流浪人，他们没有家，玩了一天，还想再玩
上一夜。这些人当中有的似乎和琴师很熟，穿着他们那种杂色的服装，
样子非常奇怪。特别引人注意的是一个年轻的小伙子，穿着一件绿颜色
的厚绒布短上衣，戴着一顶打折的草帽，帽子上还套着一串山梨红做的
花冠。他带着一个轻狂的女人，这女人穿一条樱桃红带白点的棉布裙
子，头上还绕着一个用葡萄蔓做的帽箍，两个鬓角上都垂着一串青葡
萄。这是所有的人中间最放荡的一对，他们毫不疲倦地跳舞唱歌，没有
一个角落不跳到。另外还有一个细长身材的美丽姑娘，穿着一件褪了色

的黑绸子衣服，头上系着一块白布，布角一直垂到背上。这块布上面织着一道道红条，是一块好亚麻布手巾或餐巾。布下面露出一双绀蓝色的炯炯有光的眼睛。在她的脖子上戴着一个用山梨红串成的六股项链，一直垂到胸前，代替了最美丽的珊瑚项链。这个姑娘一个劲儿地独自跳舞，固执地拒绝跟任何一个男孩子跳舞，然而却以一种有丰韵的轻快的姿态在舞场里回转着，每逢转过那个愁容满面的吹号角的人眼前，她就微笑一下，而那个人却总是掉过头去不理。另外还有几个快活的女人，跟着她们的保镖的，样子都不十分漂亮，可是反而更快活些，彼此之间也最和睦。天已经完全黑了，老板还不肯点灯，因为他肯定地说，风会把蜡烛吹灭，况且月亮马上也就会出来，就他从这些贵客们手里收到的钱来说，借着月光招待招待也就够好的了。大家欣然接受了他这番讲话；全体客人都站在通风的大厅胸墙旁边，等着月亮出来，这时候月亮的红光已经出现在地平线上了；月亮刚一出来，它的光辉就斜斜地射在"小乐园"的平台上，他们也就在月光下面继续跳起舞来，并且跳得那样安详，那样规矩，那样心神畅快，真像是在百把枝蜡烛光下跳舞似的。这奇异的光辉使大家更加亲密了，萨利和芙兰琴也不由地加入这共同的狂欢中去，和其他的人跳起舞来。但是每逢他们分开了片刻之后，就又找到一起，庆祝一次团圆，仿佛互相寻找了多少年，最后才遇到似的。萨利一和别的女人跳舞，就哭丧着脸，显出不高兴的样子，不断地扭过头去找芙兰琴，但是她从他身边翩翩舞过时却不看他；她面色绯红，像一朵红玫瑰似的，无论和谁跳舞，她似乎都快乐得了不得。"你忌妒么，萨利？"当乐师们累了，休息一会时，她问他道。"一点都不！"他说，"我连怎么个忌妒法都不知道！""那么，在我和别人跳舞的时候，你为什么那样生气呢？""我生气不是为这个，而是因为我不得不和别人跳舞！我不能忍受和任何别的女孩子跳舞，假如不是你，我就觉得仿佛怀里搂着一块木头似的！你呢？你怎么样呢？""呵，只要我是在跳舞，又知道你也在场，我就永远像在天堂里一样！但是我相信，只要你走开，把我丢在这儿，我一定会立刻倒在地下死去的！”说着他们已经走下了平台，站在房子前面；芙兰琴用两只胳膊搂住他，微微抖颤的苗条的身子紧贴着他，被热泪浸湿了的灼热的脸蛋贴在他的脸上，哽咽着说：“我们是不可能在一起的，但是我又离不开你，连一刹那，一分钟都离不开！”萨利拥抱住这女孩子，使劲搂着她，狂吻起来。他的烦乱的思想挣扎着想找出路，可是一条出路都看不见。即使他的穷苦和前途无望的出身可以克服，但是他的年轻和他的没有经验的热情却使他无法经受长期的考验和舍弃，况且还有他把芙兰琴的父亲弄得终身痛苦这一层关系。在中产阶级社会里，只有名声很好、良心无愧的婚姻才能使人幸福，这种感觉在他和在芙兰琴是同样亲切，在这两个贫苦无依的人的心里，这就是荣誉之火的最后的残焰，这种火焰从前在他们家里燃烧得那样炽烈。那两位自己觉得有把握的父亲正因为妄想以增加产业的方式来提高这种荣誉，才那样轻率地把一个不知下落的人家的田产据为己有。在他们看起来，这是毫无危险的，可是他们由于这一个小小的错误，却把荣誉的火焰吹灭了。这种事情当然天天都在发生；可是命运有时候就安排一个实例来给人儆戒，让两个以这种方式来增加自己家庭的荣誉和产业的人碰到一起，这时候他们准保就会像两只野兽一般互相残杀，最后同归于尽。因为不只是坐在宝座上的扩张领土者会打错算盘，有时候住在最鄙陋的茅屋里的扩张领土者也会打错算盘，得到跟自己的企图完全相反的结局，荣誉的纹章转眼就变成了耻辱的招牌。萨利和芙兰琴在幼小的时候还看见过家庭的荣誉，记得他们曾经是教养得很好的小孩子，他们的父亲看起来也和其他的人们一样，殷实富裕，受人尊敬。以后他们分离了很久，等到重新遇到的时候，同时都在对方身上看见那已经消逝了的家庭幸福，但双方的爱恋倒更加热烈地胶着在一起了。他们是非常愿意快活幸福的，但是却需要一个良好的基础，这在他们看起来是办不到的，可是他们沸腾的血液又恨不得立刻流到一起。"已经很晚了，"芙兰琴喊道，"我们得分开了！""难道让我回家去，把你一个人丢在这儿么？"萨利喊道，"不，我不能这样！""那么一会儿天亮了，我们的情形也好不了什么！"

"我来给你们出个主意吧，你们这两个傻东西！"一个尖锐的声音在他们后面喊道，接着那个琴师就来到他们面前。"你们愣在这儿，"他说，"你们互相爱慕，可是又不知道该怎么办。我劝你们，就这样结婚吧，不要犹豫啦。你们跟我还有我的好朋友们一同到山里去，在那里你们用不着牧师，用不着花钱，用不着字据、名誉和床铺，只要你们彼此同意，什么都用不着！到我们那儿过活决不坏，空气很合乎卫生，要是勤勤恳恳，东西也够你吃的；绿树林就是我们的房子，爱住哪儿就可以住在哪儿，冬天我们给自己造起最暖和的窑洞，或者钻到农人家的暖和的干草堆里去。好吧，赶快决定，立刻在这儿举行婚礼，然后跟我们走，那样一来你们就摆脱了一切的忧愁，永远永远在一起了，至少你们高兴在一起多久就多久；因为过着我们那种自由不羁的生活，你们会活到很老，这话你们尽管相信好了！可别以为我因为你们的老子对不起我而对你们怀恨在心！决不会！看见你们落到这步田地，我固然高兴；不过这样我也就满意了，你们要是跟着我走的话，我还要帮你们的忙，给你们效劳呢。"他说这番话的语气确实是很诚恳，很亲切的。"现在让你们稍微考虑一下，不过你们要是听我的劝告，就跟着我走吧！什么都不用顾虑，只管结你们的婚，谁的意见都不要问！想想树林深处那快活的结婚床，要是你们嫌太冷，就在一个干草垛上也可以！"说了这话他就到屋里去了。芙兰琴在萨利的怀抱中发抖。他说道："他这番话你觉得怎样？我想倒也不坏，把整个世界丢开不管，我们乐得彼此相爱，不受阻碍和限制！"他这话与其说是正经话，倒毋宁说是当作一个灰心丧气的笑话来讲的。芙兰琴却一面吻他，一面很坦白地回答道："不，我不愿意到那里去，因为那里的情形也不合我的心意，那个拿着号角的人和那个穿绸子衣服的女孩子也就是这样结合的，并且据说曾经好得要命。现在听说那个女的上星期第一次对他不忠实了，这件事他简直百思莫解，所以才那样伤心，跟她生气，也跟那些打趣他的人生气。她却作出一种恶作剧似的忏悔，独自跳舞，不跟任何人说话，她这样做，其实也还不过是打趣他而已。但是看那可怜的乐师的样子，今天一定就会和她言归于好了。有这种事情发生的地方，我可不愿意去，因为我永远不愿意对你不忠实，虽然我为了得到你，别的什么我都肯忍受！"可怜的芙兰琴在萨利的怀抱里越来越热烈；因为自从中午那位老板娘把她认作新娘子，并且还这样介绍过她而她也不曾否认的那个时候起，新娘子的热情就已经在她的血液中燃烧起来，她越觉得没有希望，热情就越发放荡不能控制。萨利的情形也一样的糟糕，因为琴师那一番话，尽管他无意听从，却把他的头脑搅乱了，他心里没了主意，结结巴巴地说道："进来吧，我们至少还得吃点喝点儿什么呀！"他们走进了客堂，这里除了那一小帮流浪人以外，再也没有别人了，这些流浪人已经围坐在一张桌子旁边，正在吃简单的饭。"我们那一对新人来啦！"琴师喊道，"你们赶快高兴起来，准备结婚吧！"他们被人强让到桌边坐下，避免了他们独自相处时的窘境；他们很高兴能和人们暂时在一起混混。萨利叫了酒和更丰富的饭菜，盛大的欢乐便开始了。那个生闷气的人已经和他的不忠实的爱人言归于好，这一对爱人正在神魂颠倒地彼此温存抚爱着；另外那一对放荡的爱人，又唱又喝，也不乏爱情的表示，琴师和奏低音弦琴的驼子在那儿胡弹乱奏。萨利和芙兰琴安静地相互拥抱着；忽然那个琴师命令大家肃静，接着就举行了一个好玩的仪式，据说是举行结婚典礼。人们让他们两人拉着手，然后这一伙人站起来，一个挨一个地走到他们跟前，向他们祝贺，并欢迎他们入伙。他们听任别人摆布，一声不响，把这件事当做一个玩笑看待，同时却又冷一阵热一阵地浑身发抖。

　　这个小小的团体，受了越发强烈的酒的刺激，现在越来越喧哗兴奋了，到末后那琴师突然催促大家出发。"路远得很，"他喊道，"半夜都过了！起来！我们来护送这一对新人吧！我在前头拉着提琴开路，让这个队伍像个样子！"这两个没了主意的无依无靠的人儿，既然没有什么更好的办法，而且完全心慌意乱，就又听任人家把他们安排在队伍前面，其余的那两对排在他们后面，那个驼子肩膀上背着他的低音弦琴殿后。黑琴师在前面开路，像着了魔似的拉着提琴冲下山来，其余的人在后面跟着，又笑，又唱，又跳。这个疯狂的夜行队伍就这样穿过了静悄悄的田野，穿过了萨利和芙兰琴的村庄，村里的住户早已睡了。

　　当他们穿过一条一条的静悄悄的巷子，从他们已经失去的家宅跟前走过的时候，一股痛苦的狂热劲儿攫住了他们，他们就跟在琴师后面和其他人比赛着跳起舞来，接一阵吻，笑一阵，又哭一阵。当琴师领着他们走过那座有三块田地的小山时，他们也跳着舞上山，到了山顶，那黑汉子加倍疯狂地拉起提琴来，一面又蹦又跳，像个魔鬼似的，他的伙伴们放肆喧哗，也不在他之下，把个寂静的山头弄成了一座真正的勃洛克峰①，连那个驼子也背着他的乐器气喘吁吁地跳来跳去，大家似乎谁也看不见谁了。萨利把芙兰琴搂得更紧，强迫她站住；因为他先清醒过来了。他热烈地亲她的嘴，好使她沉默下来，因为她只顾高声唱歌，已经完全忘掉了自己。最后她才明白了他的用意，两个就站定了听着，一直听到他们的放肆喧哗的送亲队顺着田野叫嚣着走去，在上游的河岸上消逝了，那些人还没有理会到已经失落了他们两个。提琴声，女孩子的笑声，男孩子的欢呼声，在苍茫的夜色里还响了好长一段时间，最后一切都寂静无声了。

---

　　①　勃洛克峰是德国哈尔次山的主峰，根据德国传说，在五朔节（五月一日）的前夜魔女们骑着扫帚把到这里来，和魔王一起狂欢。

"我们已经摆脱了这些人，"萨利说，"但是我们怎样摆脱自己呢？怎样互相规避呢？"

芙兰琴不能回答，靠在他的脖颈上深深地出着长气。他说："是不是让我把你送回村里，叫醒他们收留你？明天你就能自奔前程了，你一定会一帆风顺的，到哪儿你都可以生活！"

"难道没有你我也能生活？"

"你必须忘掉我！"

"我永远不能！莫非你能这样么？"

"问题不在那个，我的心肝！"萨利说道，一面抚摩着她的灼热的脸蛋，因为这时她热情地把脸蛋在他的怀里扭来扭过去。"问题就在你这方面；你还这么年轻，哪条道路你都能走啊！"

"你还不是一样么，你这个老头子？"

"来。"萨利说，一面拉着她走开。但是走了几步就又站住了，为的是更方便更亲热地互相拥抱。宇宙的静谧深入他们的心灵，变成了音乐，他们只听见下面缓缓而流的河水，发出柔和悦耳的潺潺声。

"周围够多么美呀！你没有听见有什么声音像一支美丽的歌曲或一阵铃声么？"

"那是潺潺的水声啊！此外一切都是静悄悄的。"

"不，另外还有一种声音到处响着！"

"我想，我们听见的怕是我们自己的血液在我们的耳朵里呜呜地响着吧！"

他们细听了一会这些想象的或者真实的声音，这些声音不是来自广大的寂静，就是他们把月光的魔力误认作了声音，因为这时候月光正在那一片低低笼罩着四周原野的白茫茫的秋雾上面浮动着。芙兰琴忽然心里一动；她一面在贴身的内衣里摸索着，一面说道："我还给你买了一个纪念品，想要送给你！"她说着就把那只简单的戒指给了他，并且亲自给他戴在手指上。萨利也把他的戒指拿了出来，戴在芙兰琴手指上，一面说道："原来我们是不约而同！"芙兰琴把手举起，在那淡淡的银辉里细细地瞅着那只戒指。"哎呀，这只戒指够多么美呀！"她笑着说，"现在我们可真订了婚啦，你是我的丈夫，我是你的妻子，就让我们想一想我们是订过婚了，想一会儿，直到月亮上那一条雾影过去，或者直到我们数到十二为止！你来吻我十二下吧！"

萨利的爱确实是和芙兰琴的一样热烈，不过结婚这一问题在他心里却不像在芙兰琴心里那样热烈鲜明，成为一个断然的"要不"——"就得"，成为一个直截了当的"活着"还是"不活着"，不像她似的能够感觉到这一点，并且以她那热情的果断直截了当地在其中看到了"生""死"问题。但是现在他终于恍然大悟了，年轻的姑娘心里这一种女性的直觉，在他心里立刻变成了一种狂热的欲望，一片白热的光辉把他的心灵照得雪亮。虽然他已经热烈地拥抱抚爱过芙兰琴，现在他却以一种完全不同的更狂暴的方式去做，这儿那儿地乱吻起她来。芙兰琴虽然自己也是极热情的，却立刻感觉到这种变化，她浑身剧烈地颤抖着，但是，还没有等到月亮上的那一条雾影过去，她也感染了同样的变化。在相互调情和挣扎的当儿，他们的戴上了戒指的手遇到一起，紧紧地互相握住，仿佛是自动地举行婚礼，没有经过意志的指使似的。萨利的心脏，一会儿跳得像锤子打似的，一会儿又平静下去，他气喘吁吁地低声说道："我们只有一条路了，芙兰琴，我们在这个钟头结婚，然后离开人世——那边就是深水——到了那里就再也没有人能把我们分开，反正我们也已经结合过了——时间短也罢，长也罢，对于我们也就无所谓了。"

芙兰琴立刻说道："萨利——你刚才讲的，我心里早已想过，也决定这样去做，就是说，我们可以去死，死了，就什么都完了——好吧，你就对我起誓，保证你要和我一同这样做！"

"这个主意说它是件事实都可以，除了死以外，再也没有谁能把你从我手里夺去!"萨利发狂地喊道。芙兰琴却深深地出了一口长气,眼里流出喜悦的泪来;她抖擞起精神,像一只小鸟似的轻盈地跳跃着,穿过田地,向着下面的河流奔去。萨利赶忙追她,因为他以为她是要逃脱他,芙兰琴却以为他是要拉住她,于是他俩就一个跳着去追,一个跳着奔跑,芙兰琴一面跑一面笑,像一个不愿让人捉住的孩子似的。当他们来到河边,相互抓住的时候,两个孩子异口同声地问道:"你已经反悔了么?""不!我还越来越高兴呢!"他们又异口同声地回答。他们摆脱了一切忧愁,顺着河边向下游走去,走得比急流的河水还快,急急忙忙地要寻找一个安身的地方;因为他们受热情的驱遣,现在就只看到他们结合时那种幸福的陶醉,人生其他部分的全部价值和内容都集中在这一件事情上;至于随后就来的死和毁灭,在他们看来,只是一口气,一片虚无,他们对于这些情况,比起一个胡乱花钱的人对于消耗完了最后的财产第二天将怎样过活这一问题,还要更少考虑。

"让我的花先给我打前站去吧!"芙兰琴喊道,"你瞧瞧,它们都凋谢啦,都干啦!"她把花从怀里拿出来,扔到水里,一面高声唱道:"我对你的爱却比甜杏仁儿还要甜蜜!"

"停住!"萨利喊道,"这儿就是你的婚床!"

他们已经来到一条由村里通到河边的车道旁边,这里有个上岸的地方,一只大船,高高地装满了干草,在那儿停泊着。他一股子野劲儿上来,立刻就开始去解那坚实的绳缆,芙兰琴笑着抓住他的胳膊,喊道:"你要做什么哟?莫非我们活到最后还要偷农人的干草船么?""这就算是他们送给我们的嫁妆,一张漂浮着的床铺,这样东西,还从来没有一个新嫁娘有过呢!况且他们在下游还会重新找到他们这份财产,因为它总是流向那里去的,他们不会晓得这船曾给人做了什么用处。你瞧,它已经摇晃起来了,就要漂走啦!"

那只船停在更深的水里,离着河岸有好几步远,萨利用他的胳膊把芙兰琴高高地举起，涉着水向那只船走去；但是她非常狂暴不羁地抚爱他，像一条鱼似地泼刺着，使他在流动着的水里几乎站不住脚。她竭力把脸和手浸到水里去，喊道："我也要试一试这清凉的水！你还记得，我们第一次的握手吗，我们的手多么凉多么湿啊？那时候我们捉鱼，现在我们自己要变成鱼啦，变成两条又美又大的！""安静些，你这惹人爱的小鬼！"萨利说道，他在撒娇的小情人和波浪之间很吃力地保持着平衡，"要不，就要把我冲走啦！"他把她举到船上，随后自己也跳上船去；接着又把她举到那堆得高高的软而香的货物上面，自己也一跃而上，他们坐在上面的时候，船就渐渐地漂到河心，然后慢慢地转动着，向下游漂去。

这条河一会儿穿过又高又暗的森林，被树荫遮蔽起来，一会儿又穿过空旷的田野；一会儿傍着寂静的村落，一会儿傍着孤独的茅屋流过去；流到这儿进入一种静止状态，好像平静无波的湖泊似的，那只船也几乎停住了，在那儿它又绕过山岩流去，把睡梦沉酣的两岸迅速地丢在后面；晨光刚一升起，这条银灰色的河水里就现出了一座砦堡突兀的城市。将落的月亮，红得像赤金似的，向着上游的地方照出了一条明亮的道路，那只船慢慢地在这条路上横着漂来。等到它走到城市附近的时候，在秋晨的清寒中，两个模糊的人影彼此紧抱着，从那一堆黑乎乎的东西上滑到寒冷的水里去了。

过了一会儿，那只船碰上了一座桥，没受什么损坏，就在那儿停住了。后来人们在城市下方的河里发现了尸体，并且查明了尸体的来历，那时候报纸上就这样登载着：一对青年男女，出身于两户彼此仇视的赤贫破产的人家，这两个青年先在庙会上一同跳舞开心，痛痛快快地玩了整整一个下午，然后跳河寻了死。这件事大概是和一条从那个区漂到城里来而没有船夫驾驶的船有关。人们猜想，是那对青年人把这只船偷走了，为的是在船上举行他们那绝望的、背弃神明的婚礼，这件事又是热情放荡不羁和伤风败俗的现象日益增加的一个表征。

雷格尔·安慕兰夫人和她的小儿子

　　雷格尔·安慕兰是一个流落异乡的塞尔德维拉人的妻子。这个人做过这小城市后面的一个大采石场的业主，在他经营的期间，曾以塞尔德维拉的方式进行开采。那座山是砂石构成的，全城的房子几乎都是利用山上的好砂石建造的；而以房子作抵押的债务也实实在在都是从建筑用的石头算起的。因为在塞尔德维拉人看来，作为进行活跃的交易的资料和对象，这样一个采石场比什么都合适，所以这采石场就像一座摩岩开凿的罗马舞台一样，业主们一个追着一个匆匆忙忙地从上面跑了过去。

　　安慕兰先生是个块头相当大的汉子，需要消费大量的鱼、肉和酒，还需要大块天蓝的、樱桃红的和带有富丽堂皇的格子花样的丝绸料子来做又肥大又漂亮的背心。他本来以做纽扣为业，有时候一天也做上几个钟头绕纽扣的活。可是他身体一年一年地发福，这种坐着不动的生活方式就不再合乎他的口味；等到后来他发财致富，真正过上了费阿喀亚人①的生活：有了红色天鹅绒背心、金表链和图章戒指，他就歇业不做纽扣了，而在塞尔德维拉投机家的一次重要的首脑会议上接收了那个采石场。现在他可找到了一种适当的活动的生活方式：天气晴和，他就带

———————

①　费阿喀亚人是希腊传说中的一个民族，擅长航海，过着安逸幸福的生活。事见荷马史诗《奥德赛》。

着装满证券的红色信夹子，拿着一根上面用银质的平头钉钉着标尺的漂亮手杖，溜达到采石场去，用手杖在人家抵押给他的石层上戳来戳去，擦着脑门上的汗，向风景优美的地方眺望一番，然后匆匆忙忙地跑回城去办理他的正经事：推销信夹子里的各种证券，坐在凉爽宜人的酒店客堂里搞这种工作是再好不过的。总之，他是个十足的塞尔德维拉人，包括他在政治上的动摇性在内，这却也是他垮台过早的原因。原来，某一个金融城市里的一个属于保守派的缺乏幽默感的资本家，曾对这个采石场投入了一些资本；他认为这样就是支持了一个精明强干的同道。后来有一天安慕兰先生一时失口发出非常危险的自由主义的论调，弄得满城风雨，那个资本家就生了气；这也是理所当然，因为政治上的反复无常，表现在一个身穿华美的天鹅绒背心的大胖子身上，是最讨厌不过的！这位愤怒的后台老板突然收回了他的投资，谁都没有想到他会来这一手，这一下子就迫使惊慌失措的安慕兰提前离开采石场，跑到外乡去了。

人们很少看见个子高大、身体肥胖的人吃苦挨饿，因为这种人对于照顾他们那贪得无厌的身体都有一种有效力的、令人信服的才能；食品是不可能长久逃避这种人的身体的，肚皮这座磁石大山在强烈地吸引着它。所以逃出故乡的安慕兰在远方也能够快快活活地混饭吃，虽然他再也发不了什么大财，但在外乡却还是大吃大喝，跟在家里一样。

现在塞尔德维拉的人们商量，在他们这些人当中谁最适合在这采石场充当一段时间的业主；他们的计划却又受到了打击；谁都没有料到安慕兰先生遗留在家乡的妻子这时候对这些砂石提出了要求，她凭着娘家给她的那笔陪嫁的资产把采石场弄到了手；宣布要继续营业，并且要尽可能地还清她丈夫欠人家的债务。原来这时候她丈夫已经身在大西洋彼岸，再也回不来了，她才这样做。人们千方百计地劝她打消这个主意，并且阻止她这样做；但是她表现出异乎寻常的坚决、机警和慎重，人们对她无可奈何，因而她真就成了采石场的东家。她让采石场的人员在一位外乡来的好工头的领导下，勤奋地正规化地工作起来，并且破天荒地不把企业再建立在有名无实的证券交易上，而把它建立在实际生产的基础上。对于这种做法，人们更想要加以阻挠。但是对她毫无办法，因为她是个妇女，并且是一位善于精简节约的母亲，跟塞尔德维拉的老爷们相比，她是没有什么开支的，所以就能够很容易地打退一切进攻，还清一切有根据的债务。虽然如此，情况还是非常困难，她不得不夜以继日地集中自己的勇气、聪明和力量，筹划部署，以保持自己的阵地。

雷格尔太太是从外乡嫁到这小城市里来的，她是个精神饱满，身材高大，意志坚强的妇人，头上梳着结实有力的黑发辫，黑黑的眼睛显出沉着锐利的目光。她和丈夫结婚后生了三个男孩，一个大约十岁，一个大约八岁，一个大约五岁。她常常仔细认真地观察这三个孩子，心里考虑，他们值不值得她为他们维持这个家庭，因为他们毕竟是塞尔德维拉人，并且将来也还是塞尔德维拉人。但是，因为这些孩子终究是她自己的孩子，自尊心和母爱一再促使她鼓起很大的勇气；她自信，在这件事情上，她也有自己的方针办法，和塞尔德维拉风行的办法迥乎不同。

有一天，晚饭后她在桌子旁边坐着，想这些事想得出了神。面前摆着营业账簿和一堆账单。孩子们睡在卧房里的床上，卧房门开着。她方才还手里拿着灯仔细看了看这三个睡着的孩子，并且特别注视了一下那个和她最不像的小儿子。他的头发是金黄色的，鼻子扁平，向上掀起；她自己的鼻子却是修长笔直的，显得神情严肃。小弗利慈的嘴不像她的嘴那样清秀整齐，轮廓鲜明，却是双唇肥厚，向上翘起，显出倔强的样子，连睡着的时候也是这样。这一切都是从他父亲那里遗传来的；当初她和她丈夫结婚的时候，她喜欢他的就是这些特点，现在她喜欢这个小男孩的也正是这些特点，同时却又因为这些特点而对这个孩子非常不放心。某一种面貌，一旦打动了一个人的心，就是什么灵丹妙药也起不了相反的作用；所以老头子走了，她再也见不着他了，安慕兰太太倒也高兴；但是在这最小的孩子身上他给她留下了他的外貌的忠实摹本，对于这个摹本她是百看不厌的。

她正在为这些事情操心，可巧那个领班或者工头这时候进来了，要跟她一同检查各项事务以及营业的情况，商量许多重要的事情。他是个又漂亮又有作为的小伙子，细高的身材，健壮的体格，他的生活方式很有节制，并且为人很勤奋，能够吃苦耐劳，同时在思想上却有一种淳朴的机智，这种机智和女主人的优良品质结合起来，保证了营业的顺利进行，使塞尔德维拉人的种种心劳日拙的阴谋诡计都遭受了可耻的失败。但是同时他又是个人，所以他总是先想到自己，他在为自己打算的时候，觉得要是能够在这里当家作主，开辟一个久居之地，倒也不坏，所以他也曾一再恭恭敬敬地向雷格尔太太建议，劝她经过法律手续跟她逃亡在外的丈夫离婚。

她很明白他的用意；但是，要她根据可耻的理由，公然跟她喜欢过的、曾经一同生活并且有了三个孩子的丈夫离婚，这件事是违反她的自尊心的；单是为了替孩子们打算，她也不愿意让一个外人当家作主，她至少想把家庭表面上的完整维持到三个儿子都长大成人，能够从她手里接管一份没有拆散的家产；因为她打算不顾一切困难，积累起这样一份家产，让这里的人们看看，她娘家那里是怎样一种家风。所以她就紧紧地约束着这个领班，这样一来她反倒使自己陷入了更加狼狈的境地；因为这个领班看见她对他的进攻进行抵抗，看出她是个性格坚定的人，就真正爱上了她，并且从这时候起，他拼命想要实现他的愿望。因此他就改变了做法：从前一直是把她当作女主人，正大光明地向她求婚，现在无论她走到哪里，他都热烈地追求着她，一有机会，就用脉脉含情的媚眼瞅她。对他说来，这似乎是一个有利的改变，因为真正热烈的追求，比向一个人表示任何正大光明的求婚意图，都更能打动和软化一个人的心。虽然雷格尔太太这时候并没有丧失节操，也并没有爱上这个领班，但是她要想拒绝他而又要不同他决裂，不失掉他这样一个助手，对她说来，这却更加困难了。谁都知道，女人的一种主要癖好，就是在不作重大牺牲的条件下，尽可能地保留一些有用的朋友和党羽。

这个领班走进屋子的时候，两只眼睛炯炯有光，显得异常明亮，因为他方才和一些作生意的人打过交道，喝了一瓶子烈酒，还为了东家太太的利益理直气壮地同他们争论了一番。他在向她报告事务跟她一起算账的时候，常常冷不防地瞅她一眼，显出精神恍惚、情绪激动的样子，好像有什么心事似的。她把椅子稍微向旁边挪了挪，开始警惕起来，同时却忍不住微微地笑了一笑，像是嘲笑这个年轻的小伙子突然有了这股子冲劲儿似的。这小伙子却冷不防攥住了她的两只手，想把这位漂亮太太拉到身边，同时又像方才他们商量事情的时候那样为了不至于吵醒孩子而用半高不低的声音开始向她热烈地献起殷勤来，劝她千万不要把一生这样孤寂地空空度过，而要聪明些，及时享受他的忠实不二的爱情。她既不敢采取迅速的行动，也不敢大声说话，怕在这不适当的时间把孩子们吵醒；尽管这样，她还是很生气地小声对他说，要他松开她的手，立刻出去。但是他并没有把她的手松开，反而攥得更紧了，还用迫切动听的话，劝告她重视自己的青春美貌，说她让这样美好的东西不经享受就消逝掉，可真是太傻了。她看透了她的敌人的用心，他两只眼睛炯炯地闪光，显露出内心的狡猾和对生活的热爱；她看出他不过是想通过这种热烈的情欲的途径来制服她，使她受自己支配，这样一来，她的独立自主就悲惨地结束了。她还拿嘲笑的目光看他，让他明白她是知道他的用意的，同时她在继续挣扎着，想尽可能安静地摆脱他。但是，他却以更大的力量和更急切的攻势来回答她的挣扎。她和这个年轻力壮的小伙子就这样拉来拉去，挣扎了好久，谁都没有能够更进一步，只是有时候晃得桌子咯吱咯吱的响，有时候发出一种被抑制的愤怒的呼喊或者叹息的声音。这位贤惠的太太就这样一方面惦记着卧房里睡着的那三个孩子，一方面又受到这觉醒着的生命的热烈冲击，在二者之间摇摆不定，痛苦异常。她年纪还不到三十岁，又已经被丈夫遗弃了好几年了，她的血液流得和别人一样又快又热；怪不得她终于停止抵抗了片刻，发出了深深的叹息，在这片刻的时间，她心里又怀疑起来：这样忠实不移、吃苦耐劳地生活下去，到底值得值不得；是不是自己的生活终究还是最重要的；也像别人那样做法，主动去享受能给自己消愁解闷的事物，不让这胆大妄为的追求者独占便宜，这样做法是不是更聪明些；也许塞尔德维拉的风气就是这样下去啦！在她这样考虑的那一刹那间，她的手在领班的手里抖颤起来，领班一感觉到这个有利的转变，便立刻又努力进攻。要不是在这个时候出现了意外的援救，即使这勇敢的太太再次进行抵抗，也许他还是要取得胜利的。

原来这时候她的小儿子莆利慈又急又气地喊了一声："母亲！有贼啦！"说着一下子就跳进这间屋子里来，样子十分像个幼小的圣乔治①。金黄鬈曲的头发披散在他睡得红红的脸上；两只蓝眼睛却炯炯有光，现出可爱的愤怒的神情，他把小嘴撅着，显得倔强勇敢。他的雪白短小的衬衫像十字军战士的战袍一般飘动着。这位小骑士用赤裸的胳膊挥动着一根有粗大的镀金顶球的窗帘棍，一见领班跳了起来，就用全力照着他的脑袋打去，打得他狼狈万分地揉着凸起来的大包，眼里真正充满了泪水。安慕兰太太却拦住了这男孩子，绯红着脸喊道："莆利慈，你怎么啦！这是弗洛连，他碍不着我们哪！"孩子难为情地搂住母亲的膝盖不放，开始痛哭起来；母亲把他抱起来，紧紧地搂着他，同时也忍不住笑了。她打发惊慌失措的弗洛连走开。弗洛连虽然恨不得打这孩子几个耳

——————————

① 圣乔治是基督教圣者（死于公元三○三年）。根据传说，他曾斩恶龙救出阿雅公主。一般都把他描写为一个披甲持枪骑白马的美少年。

光，却还是逆来顺受，狼狈周章地退了出去。等他走出去了，她随后就赶忙把房门插上；接着就站在屋子当中深深地出了几口长气，心里在想什么。她用胳膊抱着这勇敢的孩子；孩子用左胳膊搂着她的脖子，右手还一直攥着那根顶头发亮光的棍子，用它来拄着地。她凝视着孩子的面孔，在他的脸上乱吻起来，最后她又拿着灯走进卧房，去看看那两个大孩子。他俩睡得像土拨鼠一样，什么都没有听见。所以，他们虽然长得像她，看起来还是两个糊涂虫；那个最小的长得像父亲，却证明是个机警的精明勇敢的孩子，看起来很有出息，能够培养成老头子本来应该养成而没有养成同时也是她当初在丈夫身上求之不得的那种品格。她一面心里琢磨着性格遗传上这种神秘现象；看到这个长得和自己从前热爱的丈夫一模一样的孩子比那个懒懒地睡在床上长得和自己一模一样的孩子要强得多，她对于这个事实，不知道应不应该高兴；一面把这小孩子抱了回去，放在他的小床上，给他盖上被子，下定决心，今后要把她的忠诚和希望全部寄托在这幼小的圣乔治身上，以报答他幼年时候这一件侠义行为。"这两个糊涂虫也还是我的孩子，"她心里想道，"要是他们也想往好道儿上走的话，就让他们跟着走好了。"

第二天早晨小弗利慈似乎已经把这件事忘掉了，并且关于这件事他们母子二人终生都没有再提过一个字。儿子虽然把经历过的比这件事情要晚得多的事情都逐渐忘光了，但是这件事他却记得清清楚楚。他分明记得，领班刚一进屋子，他就醒了，因为他是个机灵孩子，虽然方才睡得很熟，这时候却什么都听得见。于是，他把那一番谈话，一直到严重的阶段，每个字都听到了；虽然听不懂说的是什么，却预感到事情有些危险不对头，就为母亲提心吊胆，害怕起来；等到他与其说是听到了勿宁说是感觉到了这场低声的搏斗时，他就跳起来去援助她。那时候，谁能够探索孩子各种潜在能力的来龙去脉呢？当他清清楚楚地认出了这个工头时，是谁教给这个小鬼那种不自觉的闪电般快的机诈，假装看见了贼，因而就那样自然地照着对方的脑门打去？

他母亲却也说到哪里就做到哪里，把他教育成了塞尔德维拉城的一个好人，而且还属于那些一生正直不苟的少数人之列。她究竟是怎样做法和怎样取得成效的，却很难说；因为她实际上是采取了尽可能少对孩子进行教育的方针，她的教育工作差不多只限于让这棵和她自己是同样木材的小树在她身边跟着她一齐生长。精明强干的有良好教养的人们，要想把自己的孩子教育得好，这比起一个自己还是文盲的村夫去教孩子读书总要容易得多。她的教育艺术大致说来就是这样：不必温柔溺爱就能让她的小儿子体会到母亲是怎样热爱他，因而他就感觉到必须随时随地让母亲喜欢，这样一来，就使得他无论在什么场合都想到她。她让他多跟自己在一起，而对他的自由活动并不一一加以阻止，这样他就接受了她的作风和思想方式，因而不久他就自然而然地不做任何不合母亲心意的事了。她总是让他把衣服穿得很朴素，可是穿得很好，而且也相当考究。这样就使得他对自己的衣服感觉舒服满意，毫无问题，而不至于在这件事情上去费心思，因而也就不会爱好虚荣，永远不至于养成那种老想穿得再好些或者和现在不同些的怪毛病。对于吃东西方面，她也采取了类似的方针；三个孩子无论想吃什么，只要不太费钱，吃了又没有什么害处，她都满足他们的愿望；她家里无论什么人吃东西，孩子们也都有份儿；但是，她家每顿饭尽管都非常有规律，并且非常丰富，她对待饭食的态度却是随随便便，满不在乎，这样就又使得小茀利慈自然而然地学得对于饭食也不特别重视，只要吃饱了，他就不再去想那些听都没有听说过的山珍海味了。只是由于大多数善良的妇女们讲起食品和烹饪来都自命不凡；信口胡吹得太厉害，孩子才常常会有嘴馋好白吃人家东西的毛病，等到他们长大了，这种毛病就会变成好享福好挥霍的习气。奇怪得很，在所有日耳曼民族的国家，人们都认为把锅碗敲得最响的无论什么时候手里都摆弄着一些食品的妇女是最良好最贤惠的主妇；

难怪日耳曼民族的老爷先生们都成了非常讲究吃的人，他们把供应充足的厨房看成人生幸福的基础，完全忘记了，在这短促的人生旅程上，吃饭实在是一件次要的事。安慕兰太太对待钱财也是这样；她不像其他作父母的人那样心劳日拙地把金钱看得神圣。一到可以让儿子知道她的财产的情况时，她就让他知道，并且让他替她数钱，放到钱柜里去；一到他能够区别各种类型的钱币时，她就给他一个小小的存钱的匣子，完全听他随意支配。他要是干了什么糊涂事，或者是犯了严重的偷吃零嘴的毛病，她也并不把这种事情当作刑事罪来处理，而是用三言两语向他证明这种事情是如何荒唐不对头。他要是偷了东西，或者把不应该属于他的东西据为己有，或者做了一件使一般父母惊慌失措的事——偷着买了什么东西，她也不天翻地覆地大闹一场，而只是简单坦率地把他作为一个没有脑筋的傻小子羞他一顿。可是一遇到他的言谈举止有些小气，不高尚，她却更为严厉地对待他，这种情形当然也是很少见的；但是一旦发现这种情形，她就毫不留情地严厉地教训他一顿，狠狠地打他几个耳光，让他永远忘不了这个不愉快的事件。别的人则常常以相反的方式处理这些事情：孩子要是拿钱做了错事，或者甚至从什么地方拿了东西，父母师长就莫名其妙地恐慌起来，害怕他将来会要犯罪，好像他们自己知道，一个人要想不变成小偷或者骗子是怎样困难似的！这一类的事情，一百件中倒有九十九件是孩子在不自觉的成长过程中一时心血来潮，莫名其妙地做出来的，在他们眼里却变成了阴森可怕的刑事法庭处罚的对象，什么都不讲，就讲绞刑架和监狱。仿佛他们认为所有这些天真可爱的幼小者，一到懂事的时候，不可能会由于人的自爱甚至仅仅由于爱面子就自然而然地不愿做贼当流氓似的。反过来，他们对待千百件忌妒、猜忌、虚荣、傲慢、道德上的自私和自满等方面的比较微小的倾向和表征又是多么温和友善多么放纵姑息呀！那些正直的教育家很难看出一个孩子的本性从小时就喜欢花言巧语撒谎骗人，但是他们却狠命地大声吆喝一个由于淘气或者由于难为情而破天荒地撒了一个笨谎的孩子，因为在这里他们抓住了一个具体的方便的把柄，好对着那惊慌失措的有虚构天才的幼小者咆哮如雷地大喝一声："你不许撒谎！"遇到弗利慈撒这种笨谎时，雷格尔夫人就睁大眼睛，惊讶地看着他，只是对他这样说："你这傻小子，这是什么意思？你为什么扯这些谎话？你以为你能够骗大人们么？人家不骗你，你还不高兴，趁早别开这样的玩笑啦！"遇到他为了掩饰所犯的过错迫不得已而撒谎的时候，她就用严肃而亲切的话向他指出：做过的事情并不能因为他一撒谎就算没有做；她还会设法让他明白，如果他老老实实地坦白承认自己所犯的错误，他心里会觉得更好受些；但是，她并不对这个谎言再进行审讯追究，她处理这件事情的方法是完全把他撒谎还是没有撒谎这个问题丢开不谈，这样一来，他不久就觉得用谎话来开脱自己毫无用处而且是卑鄙的，因而也就不屑于撒谎了。但是，要遇到他稍微露出一点点这样的倾向：想要把自己所没有的某种品质硬加到自己身上或者把某些自己觉得很妙的表情和态度加以夸大，或者想给自己脸上贴金，但是又没有这种材料，她就用尖锐严厉的话责备他，要是她觉得他做的事情实在太可恶太难堪了，她甚至还要打他几拳头。同样，她要是看见他在玩的时候为了占小便宜而欺骗别的孩子，她给他的惩罚，比起在他矢口抵赖更大的过错时，还要严厉些。

同时，她进行这全部教育所费的话，简直还没有我们在这里用来说明这套教育方法所费的话那么多；当然，这套教育方法，与其说是根据一种预先思考出来的或者甚至是从书本里得来的体系，还不如说是凭借安慕兰夫人自己的品格。因此，这套教育方法中的一部分，对于没有她那样品格的人，是行不通的，另外还有一部分，例如她对待衣服、食物和钱财的态度，很穷苦的人也无法采用。因为，例如在没有饭吃的人家，吃饭自然就时时刻刻成为最迫切的要事，既然全家的目的要求都是吃饭，在这种情况下，教育出来的孩子就很难去掉嘴馋好吃的毛病。

尤其是在萧利慈较小的时候，他母亲在教育上所费的功夫是非常少的，因为，正如我们所说的，她与其说是用唇舌还不如说是用她的整个人格来进行教育，所以这种教育方法就和她的生活其他方面打成了一片。人们要是问起，她进行教育的方式既然这样轻松不费力气，她的特殊的忠贞和她的决心又在哪里呢？对于这个问题可以这样回答：就在于她对儿子的爱，通过这种爱，把自己人格的本质印到他的人格中去，使自己的本能变为他的本能。

但是使她不得不对萧利慈采取一些有目的性的强有力的教育措施的时候也终于来到了。当萧利慈已经成年，自己认为已经受了教育了，就在这时候母亲却真正警惕起来，因为他走上正路还是走上邪路，现在是个关键。她只有很少的几次对萧利慈的年轻人的独立自主心采取了决定性的强有力的措施，但是每次都非常及时，而且来得那样突然、具有启发性和意义，所以都不缺乏持久的作用。

当萧利慈快要十八岁的时候，他已经是一个漂亮的年轻小伙子，金黄的头发，蓝蓝的眼睛，样子很好看，无论做什么事都非常稳重而且有高度的独立自主精神。自从十四岁起他就在采石场好好工作，现在已经把关于露天工作的业务领导权接过来了。他面上显出严肃、精明的神情，心里却快活开朗，最使他母亲高兴的就是他善于和所有的人们来往而并不沾染他们的习气。他要是觉得家里太闷，想出去和其他的年轻小伙子们来往，她也并不加以阻拦；但是这位留神观察的太太却高兴地看到：萧利慈今天和这个人来往，明天和那个人来往，来往的人常常更换，对这些年轻的塞尔德维拉人的作风，他却没有沾染上任何特殊的癖好，他把他们看透了，只是在他认为适当的时间之内和他们在一起玩玩罢了。她也高兴地看到：他慷慨大方，在聚餐的时候请人吃几瓶酒，自己却从来没有得到不良的后果；他虽然到处参加活动，却没有卷到不利的或者可耻的纠纷中去；他了解事务进行的情况，却并不是一个鬼鬼祟祟的人和密探。他也有自尊心，而并不傲慢，一到需要自卫的时候，也善于自卫。所以雷格尔太太心里很高兴，她想这才是正当的作风，自己的小儿子并不是个傻瓜。

这时候她注意到：他一遇到漂亮的女孩子就脸红起来；就是难看的女孩子他也以批评的眼光注意地观察；要是屋子里有个圆圆胖胖、又漂亮又活泼的太太，他就难为情起来，但是同时却偷着拿眼睛盯着她。从这三个征兆安慕兰太太推断出两件事实：第一，他一点都没有堕落；第二，要是真正存在着使他在本市的交际场中干出蠢事来的危险，那么，这种危险只能来自塞尔德维拉的女人们；想到这里，她心里就立刻说道："你这小冤家，你准是在这方面打主意吧？"

这个城市的美人们，心术并不见得比她们的丈夫们更糟糕；她们一到了半老不老的年华，还想笼络住自己的丈夫，使他本来想要分散的精力保持许多。不过，既然男人们喜欢随随便便，寻欢取乐，所以，只要是行得通的话，她们也不甘落后。谁都晓得，女性的种种过错和不正当的行为，到头来总落个同样的结局：闹出对于和她们同谋共犯的先生老爷们的吉凶祸福发生种种影响的那个古老的笑话来。自然，在这方面，塞尔德维拉也要比其他地方搞得更热闹些。

安慕兰夫人睁着她的黑黑的眼睛，怀着愤怒不安的心情注意地观察，人们想要在什么时候，以什么方式，败坏她的儿子。不久就出现了一个机会，使她站在母亲的立场来进行干涉。市政会议厅举行盛大的结婚典礼，一对新人都是正得势的最好热闹的最快活的小集团里的人。和瑞士其他地方一样，在塞尔德维拉人举行结婚典礼那天夜晚的宴会和跳舞会上，有两种客人：一种是真正被邀请来参加婚礼的客人，另一种是这些客人的朋友或亲戚，这些亲戚朋友把种种开玩笑的庆祝婚礼或点缀宴会的礼物送给客人们，礼物上附有各种不同的妙语、诗句和影射性的言辞。他们为了这个目的而化装，穿上各种各样和要赠送的礼物相配合的滑稽可笑的服装，戴上面具，各自去找自己的朋友或亲戚，走到他们的椅子背后，把礼物交给他们，还讲几句话。莱利慈·安慕兰已经决定去给一位小表妹送一些礼物，他母亲因为这位姑娘年岁还很小，而且一向品行端正，所以也没有反对他去。不过，他之所以想去送礼主要还不是由于受到这位小表妹的引诱，而是因为他常常听见人们把某些妇女们在一起的时候那种风流快活的情景很动听地描写给他，他心里有了一种模糊的愿望，想到这些风流快活的妇女们当中去厮混一下。只是对于选择什么样的化装，他还是犹豫不决，到晚上才决定听几个熟人的话，打扮成女性的样子。他打定这个好玩的主意跑回家里时，母亲刚出去了，他立刻就按照这个主意去做。他忽然想到母亲的衣橱，就在衣橱里乱翻起来，一个女仆一面笑着帮他的忙，翻了好久，弄得乱七八糟，也没有想到这样做有什么不好。最后他把顶好顶华丽的衣服一件件找出来，放在一起，擅自选用。他穿上母亲只在隆重的场合才肯穿的那件最好最漂亮的衣服，又从许许多多的盒子里翻出一些绉领丝带和其他的装饰品。这还不够，他又把母亲的项链戴上。这样粗枝大叶地打扮了一下，就去找他的同伴们去了，在这段时间他们也都化装完毕。这里有两个活泼好闹的姐妹替他加了加工，使他的化装全部完成：特别是把他的金黄的头发理得极其漂亮，又恰到好处地给他的胸部也加了工，装饰成妇女胸部的样子。他坐在椅子上任凭周围这两个毫不腼腆的女孩子随意去搞，脸上却也一阵一阵发红，想着即将到来的情景他的心快活得怦怦直跳，同时他的良心却惶愧不安起来，开始悄悄地对他说：这件事情还是不大对头吧。因为这种缘故，他提着盛礼物的小篮子跟大伙一同向市政议事厅走去时，一路上眼睛总瞅着地，现出羞羞惭惭，忸怩不安的样子，真像个女孩子似的，当他这样出现在结婚的晚会上，他就引起出席的人们，尤其是妇女们的普遍赞美。

在这段时间他母亲已经回到家里，看见自己的衣橱开着，还看到盒子匣子被他掠夺后的惨状。当她最后听到这种情况之所以发生是为了什么目的，还听到他寄托着很大希望的人穿着女人衣服出门去了，而且穿的还是她的最好的衣服，她先是气得要命，接着又感觉一阵比怒气还大的不安；因为在她看来，再没有比穿着女人衣服去参加塞尔德维拉的婚礼更容易把一个青年人引入邪途的了。她因此连晚饭都吃不下去，怀着万分不安的心情来回走了一个钟头，不知道怎样从临头的危难中把儿子抢救出来。她不愿意直截了当地派人把他叫走，用这种方法来羞他一下；她又怕他会给人家留住不放或者自己不肯回来，这种顾虑也不是没有理由的。可是，她深深觉得，这一个晚上就能够使他确定不移地向着坏的方面走去。因为实在放心不下，她最后还是直截了当地决定亲自去把儿子叫走。由于千丝万缕的关系，她勉勉强强找到了一个借口，亲自参加婚礼晚会半个钟头。她很快地换了衣服，挑选的是一件比平时穿的稍微好些的衣服，却又够不上隆重严肃，以免显得自己对这轻松快活的聚会过于尊重。她就这样到市政议事厅去了，只有一个女仆陪伴着她，在前面给她打着灯笼。她先走进饭厅，这时候第一次宴会和赠礼的游戏却已经举行过了，赠礼的人都已摘下面具，跟其余的客人混在一起。大厅里只看见几个男客，有的玩牌，有的喝酒。她便上了楼向着一个古式的回廊走去，从这里可以俯瞰大厅，大厅里正举行舞会。这个回廊里挤满了各种各样的人，他们都是没钱没势的，只许在这里参观跳舞，就像京都的老百姓参观王公的大婚一样。因此，雷格尔太太能够观看舞会，而不被人注意。舞会进行得相当庄严隆重，用它那死板可笑的仪式勉强把一般参加舞会者的色情和肉欲掩盖起来。因为塞尔德维拉人的作风也就是这样；他们勿宁说是按照"什么时候做什么"这句俗话行事。既然他们可以不费什么劲就能举行和享受一个根据他们的看法是贵族式的舞会，他们又何乐而不为呢？

　　但是，在跳舞的人们当中却看不见弗利慈·安慕兰；他母亲东张西望地找了他好久，可是越找越找不着他，她越是找不着他，就越想看见他，这时候不再和从前那样仅仅是由于不放心的缘故，而且也是因为她真正想看看他实在是什么样子：他男扮女装，穿着不合身的衣服，邋邋遢遢，天晓得到什么地方游荡去了，他这样胡来会不会已经落得轻薄而又荒唐可笑呢？在对这些情形进行调查的过程中，她走进了和这道高高的回廊通着的一个侧道，侧道尽头是个窗子，上面挂着窗帘，这窗子的作用是让光线射到这条侧道里来。窗子是向着一间较小的会议室开的，这是一间古老的哥特式房子，那个窗子就高高的开在房子的墙壁上。她把窗帘稍微掀开了一点，低着头向下面的房子里一看，在奇形怪状的枝形灯架射出的相当微弱的灯光下，瞥见有一个较小的团体好像是在那儿悄悄地兴高采烈地谈着天。雷格尔太太仔细一望，就认出了七八个已经结了婚的妇女，她方才已经看见她们的丈夫在饭厅里大言不惭地押大注赌钱。这些妇女坐了小小的半个圈子，前面坐着同样数目的青年男子，向她们献殷勤求爱。这些人当中也找不到弗利慈，她母亲倒觉得高兴，因为这几位太太的小圈子是绝对说不上令人放心的。原来她已经把她们一个一个地检阅过了，这些人都是比较年轻的妇女，每个都被人认为有她特殊的危险性，她们在城里虽然说不上名声很糟，却也有神秘人物的称号，这在此地风气开通的情况下也还是够严重的。坐在那儿的第一个是那个模样不算难看的阿黛勒·安德劳，人们总觉得她的样子有些肉感迷人，却也说不出所以然来；她会在静悄悄的片刻偶然眯缝着眼以特殊的方式瞅瞅所有在座的年轻人，把一种奇异的含着十足希望的情欲的火星射到他们的心坎里去。但是她会狠心地明目张胆地刷掉十个这样的年轻人，好让第十一个人在一个妥当的时间更为正式地快活一下。那里还有热情的尤丽·海德尔，她在尽可能多的人们面前公然狂热地抚弄自己的丈夫，暴露她心中对他的无限醋意，不断控诉他的不忠实，她一直这样做下去，直到有个第三者对这冷酷无情的丈夫的地位又忌妒又羡慕起来，企图分享这种热情。这里还有温柔的爱美琳·阿克士坦正在悲伤，她是个受气的女人，因为她什么都没有学过，又不好好管家，所以被丈夫虐待；她面色苍白憔悴，谁要肯安慰她，她就眼泪汪汪地倒在谁的怀里。还有品质很坏的丽丝琴·奥夫德茂也在这里，她老不断地造谣生事，挑拨是非，直到有个被她污蔑的人生气极了，对她报复，在没有人的时候逼得她无路可走才算了事。其次，除了两三个不顾一切，干脆为所欲为的风流人物之外，剩下的就是安详的苔雷莎·顾特，她态度极其冷淡，既不向右看也不向左瞧，对什么人她都不敷衍，人家跟她说话，她都怠答不理，可是，她要是偶然被卷进一个冒险的事件而受人攻击时，她就出人意料地像傻子似的笑起来，任凭人家随意摆布她。最后，还有轻浮的凯特琴·安哈克也坐在那里，她随时都背着一大堆秘密的风流债。

安慕兰夫人了解了这一妇女集团的情况之后，她庆幸至少总没有在这里看见她儿子，正要因为这个感谢上帝时，忽然发现这些人中间还有一个女性。安慕兰太太虽然相信自己曾经见过这个女性，但是乍然一看，还是认不得她。这个人身材高大，体魄雄伟，有女丈夫气概；头发金黄鬈曲，长相显得有些莽撞大胆，可是这时候却娇羞怯怯，脉脉含情地坐在风流快活的妇女们中间，很受她们的重视。安慕兰太太再一看就认出了这是她儿子，同时也认出了他穿的是她那件紫罗兰色的绸子衣服，而且看见这件衣服他穿着多么合适；她心里也不得不承认，他打扮得巧妙动人。但是同时她又看见，这个快活的团体正在做一种社交性的游戏，坐在他一边的一个女人吻了他一下，同时他也吻了一下坐在他另一边的一个女人，这时候安慕兰夫人认为时机已经到来，她可以报答她儿子在五岁的时候对她立下的功劳了。

她立刻下楼，进了那个房间，大家冷不防都吃了一惊，她却谦恭和气地向他们打招呼。大家都难为情地站了起来，因为她虽然在这个城市里饱受人家的批评议论，可是她无论在什么地方出现，还是引起大家的尊敬。年轻的男子们带着老实的难为情的神色恭恭敬敬地向她招呼，平时越是放荡的，现在就越老实；女人们当中没有一个愿意显出自己和本城最可尊敬的太太有什么别扭，或者不善于和她应酬，因此，他们心神稍为安定下来以后，就笑语喧哗地拥挤在她的周围。最惊慌失措的却是弗利慈，他穿着母亲那件衣服，显得十分狼狈，不知道怎样才好；因为现在他突然感觉到的惊慌就在于穿着这件衣服；母亲用严厉的目光看了他一眼，他还认为她看的对象还只是这件衣服的良好的绸料而已。他心里还没有其他严重的顾虑，因为，在大家都快活的时候，开开玩笑，似乎是太平常的事情，没有什么不可以的。等到大家重新坐下，安慕兰夫人和和气气地和这些青年人谈了一刻钟的话以后，她就向她儿子使了个眼色，让他到她跟前来，对他说她要走了，要他陪着她回家。他表示非常愿意陪她回去，她就用严厉的语气小声对他说："要是我愿意让一个女人陪着我的话，葛雷苔方才给我打灯笼来的，我还不是可以把她留在这里！你劳驾先回趟家，换上一件比你身上这件对你更相称的衣服再来好不好！"

　　现在他才觉得事情有些不妙了；他绯红着脸走开，匆匆忙忙地走过大街，穿的那件衣服碰在他的脚上沙沙作响，他觉得非常不习惯，守夜的人又疑神疑鬼地目送着他，这时候他才真正感觉到这套服装对于一个年轻的共和党人是不合适的，穿着这样的衣服是见不得人的。他回到家里匆匆忙忙换衣服的时候，忽然想起，母亲这时候是孤单地坐在市政议事厅里陌生人当中，想到这点他就莫名其妙地忽然生了气，为母亲的体面担心，因而他就赶紧回到那儿去接她回来。他还以为这样准时回来就是对她表现一种真正骑士式的殷勤，即使有什么不对的地方，这样一来也就完全抵消了。安慕兰夫人向在座的人们告辞回家，她和儿子并肩走着，一路上绷着脸一言不发。到了家里，她叹了口气，坐在她常坐的沙发椅上，沉默了一会儿，然后站起来，一把抓起放在那儿那件漂亮衣服，扯了个粉碎，一面说道："这件衣服我现在可以扔掉了，因为我再也不穿它了！"

"这是为什么呢？"弗利慈惊讶地而又低声下气地说道。

"我的儿子穿着这件衣服在淫荡的女人们当中坐过，他自己也像这样的女人似的，这件衣服我怎么还能穿呢？"她回答说，说着就哭了，让他睡觉去。"嘿嘿，"他一面走，一面说道，"也不见得就那样危险。"但是，他的头脑受了打断了的欢乐和母亲这番话的刺激，怎么也睡不着；所以他有功夫去想一想这件事情；他发现母亲的话有些道理；不过，他之所以这样觉得，还只是因为他自己对方才那些在一起玩的人也是看不起的。这种解释反而使他骄傲自满、洋洋得意起来，等到看见母亲第二天早晨还是绷着脸，显出很不开心的样子，而且一连几天都是这样，他才逐渐明白事情的原因了。关于这件事以后谁都没有再提过一个字；然而，弗利慈这次是得救了，因为他在母亲面前比在全世界任何其他的人面前都感觉羞愧。

好几个月以来，她一直没有发现什么可以使她心里产生新的忧虑的事情；可是有一天，有个年轻貌美的乡下姑娘到他家来找活做，弗利慈目不转睛地端详起她来，最后，他什么都忘掉了，走到她跟前去摸她的脸蛋。他自己却也立刻吃了一惊，就跑出去了；母亲也吃了一惊，那位乡下姑娘满脸绯红，气得转身就走，再也不待下去了。安慕兰太太一看这种情形，就拦住了她，经过一番劝说之后才把她留下来了。安慕兰太太心里想道，现在到了决定成败的紧急关头，同时她又觉得，一贯使用的那套单纯的消极办法再不能够使这年轻小伙子就范。因此，当天下午她就到她儿子跟前去。这时候他正坐在房子后面葡萄架底下吃点心。从这里向外望去，可以看见远方的山谷和蓝色的高原，那里住着别的人家。她搂住他的肩膀，用慈祥的目光注视着他，说道："亲爱的茀利慈！你再给我乖乖地待上两三年，肯听我的话，我就从我娘家那里给你找个顶漂亮顶贤惠的媳妇，保准使你能够以此自豪！"

茀利慈脸红起来，两只眼睛看着地，很难为情，嘟囔着说："谁说我想要个媳妇？""你是得要一个！"她回答道，"就像我所说的那样，要个又贤惠又漂亮的；但是只有等到你配得上的时候才可以；因为，把个贤淑的姑娘弄到咱们这里来受罪，这种事我是不干的！"说着就吻了吻她好久好久没有吻过的儿子，然后回到房里去了。

茀利慈却一下子觉得奇怪起来，从这时起，他的心思就全放在这样一位又贤惠又漂亮的妻子上面，这种思想使他非常得意，经常占据着他的心灵，使他无心再看塞尔德维拉的任何女人。母亲把这种思想传达给他时的温柔态度，使他的愿望有了一个更为内在更为高尚的方向，因为人家这样好心待他，他感觉到自己是有人疼爱的。不过，他并没有等待两年期满和母亲的安排，而是不久就开始在礼拜天天气晴朗的时候下乡，特别是到母亲的家乡去游玩。从前他简直一回都没有来过这里。母亲的亲戚朋友们更加殷勤地招待他，因为他们非常喜欢这个漂亮小伙子，在他们看来，像他这样一个正经、稳重、不说大话的塞尔德维拉人也是一个奇迹。他真正和那个地区的人搞得很熟了，这一点他母亲也看得很清楚，却并不加以干涉；但是她没有料到，还没有等她往这方面猜测，他儿子就已经找到了一个十全十美的爱人。这个爱人，在他看来，和母亲向他夸耀的那一切品格都完全符合。她一听到这件事，很不放心，急欲知道这个女人到底是谁，就积极进行调查，结果发现他这时候已经大功告成，这使得她又惊又喜；因为她对他选择对象的眼光和判断力只有赞美而已，对他那样怀着不变的忠诚和喜悦，追求他所选中的少女，她也只有赞美而已，而且这样一来，她也终于看到自己免除了费尽心机千方百计去进行教育的麻烦。

　　这个暗礁刚刚平安绕过，就出现了另一个暗礁，而且看来更为危险。这又给了安慕兰太太一个机会，去考验自己的聪明。因为莘利慈现在到了开始政治活动的时候了，这比任何其他的活动更使得他和同城的市民发生联系。由于年纪轻，有见识，在尽自己的职责上问心无愧，也由于遗传得来的先天智慧，他是个自由主义者。至于安慕兰太太，虽然人们根据平常肤浅的看法，也许会因为她对自己生活环境里的大部分人无法看得起就认为她是贵族脾气，但是她实在并非如此；因为她对世界上一般人的尊重比她对一部分人的轻蔑要更崇高些，更细致入微些。凡是自由主义者都相信自己和世人都有优点，坚信人们能维护这个信念。非自由主义或保守主义则建立在怯懦和褊狭的基础上。怯懦和褊狭却难以和真正的大丈夫气概相结合。两千年前开始了一个时代，在这个时代，一个人只有同时又是虔诚笃信的基督教徒才算得上完美的英雄和骑士；因为那个时代人道主义思想和启蒙思想是存在于基督教中的。今天，人们可以这样说：一个人无论多么勇敢，坚决，如果他不能够成为一个有自由主义思想的人，他就不是一个完全的人。雷格尔·安慕兰夫人自从对丈夫失望以后，在男子道德问题上，她的趣味一直是要求过严，因而她是不许人家缺乏坚强、巩固的自由主义精神的。再者，她丈夫当年向她求婚的时候，也曾经风头十足地炫示过青年人的急进主义精神，当然，他卖弄这种精神的方式多半还是和学徒卖弄第一只怀表一样。

　　撇开这些趣味上的原因不谈，她出生的地方也是一个自来人人都有自由主义思想的地方，并且在历史上无论遇到什么时机它都显出是个坚决、有为、始终如一的小城市；每逢人们传说：“某某城市的人说过这样的话或者干过那样的事！”这个城市的人就等于带动了整整一个州区，给了其他的人一个有力的推动。因此，安慕兰夫人一遇到就某一个争论明确表示她自己的意见时，她并不想听塞尔德维拉人是怎样讲法，而只想听她幼年时候的家乡的人们是怎样讲法，并且她的思想也倾向那里。

　　这一切原因就足以使荛利慈不经过特殊的研究便成为一个良好的自由主义者。对荛利慈来说，第二种危险是在人们有言论自由和进行合法活动的自由并能自己制造政治空气的地方对有政治热情的人产生的一种危险，这就是这样的人有变成游手好闲好坐酒馆的危险；这种危险，在塞尔德维拉比在瑞士其他城市当然还要大些，这些城市，跟整个旧大陆一样，还保持着安逸自在的东方人的生活方式，人们在酒馆里喝着酒或是在享受着什么的时候，还悠闲自在地，像在梦幻中似的讨论最重要的事情，而且不厌其烦地讨论来讨论去。但是这种做法是不应该的；因为悠闲自在地喝一杯好酒就是一种目的，一种报酬或者一种结果，要是讲到它的更深刻的意义，行使政治权力也不过是为了达到这一目的而采用的一种手段而已。对荛利慈来说，这种危险却并不严重，因为他对于秩序和劳动已经太习惯了，而且塞尔德维拉这个地方正好也没有什么可以吸引他去跟别人学的。对他说来，更大的危险是成为一个老讲一套话，并且总爱听自己讲话的碎嘴子和吹牛大王，因为在这样的青年时期最容易把人引到这条道路上来的，就是对某些原则和意见过于锐敏的感受性，这些原则和意见，正因为对大家都有好处，对所有的人的福利都有关系，人们可以毫无保留地加以卖弄。

　　荛利慈真正开始黑夜白天都谈起政治来了，他老把一件事情喋喋不休地扯来扯去，并且养成了一种幼稚的习气，爱以盲目的肯定来麻醉自己，行起事来就仿佛确实得要按照他的主观愿望和主张进行才行。在这个时期，他母亲只有一次乘他正慷慨激昂的时候，冷不防说道："干吗老这样絮絮叨叨地大谈政治？我不爱听这些！你要是舍不得停止，那你就到街上去谈，要不就到酒馆里去谈，在屋子里这样嚷我受不了！"

　　这一番话说得正是时候，把荛利慈的高谈阔论给打断了，弄得他张口结舌，不知道说什么好。他走出去，把这件奇怪的事情仔细一想，才开始觉得羞愧起来，这时候事情已经过去好半个钟头了，他才羞得面红耳赤，从此以后他的毛病可治好了，他习惯于以多思考少说话的方式来搞政治。因为"碎嘴子"和"纸上谈兵的政治家"，这出自妇女之口的一次责骂，真是一针见血地打中了他的要害。

和这个相反的第三种危险证明是格外大些，这就是由于精力使用不当而遭受毁灭的危险。尽管塞尔德维拉人平常在政治情绪上是变化无常的，但是对于一切志愿军义勇队组织总是坚持参加。每逢附近有什么地区需要用暴力摧毁顽抗的政权，吓倒实力薄弱的多数，或者武装支援顽强不屈的少数时，无论当时大多数人的情绪如何，每次总会有一队武装起来的人从塞尔德维拉开往出了乱子的地方，这些人观看风色行事：有时候借夜色和雾的掩护走偏僻小路，有时候在明朗的白天走通衢大道。因为这些人觉得在天气好的时候，六七十个人成群结队，好好地武装起来，背着打靶时用的好枪支，带着沉重吓人的铅弹和银元，到乡下逛上几天，把银元花在占领区域的饭店里好好地享受一下，向着其他的志愿队大声欢呼，碰杯祝贺，天下事是再没有像这样开心的了。其他的志愿队也同样是以或多或少的热忱来对待这件事的。因为只有当有规律的和奔放的，约束的和自发的，稳定的和革命的这几种因素结合在一起时才构成了生活，并把生活向前推进。所以对于这些人的行动也只有说一声："你们可要仔细考虑一下，你们这样干会有什么结果！"而已。可是，塞尔德维拉人都体会到自己的运气不佳：历次出发不是太早就是太晚，到达的地方又不是原定的目标，经过三番五次的反复讨论，酒也喝足了，才决定回家，要不是在回家的路上至少向空中打几排子弹开心的话，简直就连一枪都不会放。但是，对他们来说，这也就够了，他们总算到过那里，而且全国都说：塞尔德维拉人也出动了，他们阵容整齐，净是些身上挎着来复枪荷包里装着金表的壮丁。

萧利慈第一次听到这样性质的出征，正好他已经到达能够参加的年龄，而且这次又是师出有名，他就马上跑回家去，因为时间紧迫得很，队伍立刻就要出发。到了家里，他穿上最好的衣服，身边带上足够花用的钱，把弹药筒囊套在身上，拿上他那枝保养得极好的步枪，因为这时候他已经是一个年轻力壮的正规的队长，不想拿着那枝自己还不会使用的贵重的打靶武器去装模作样，而只想等到一遇见敌人就实实在在地极其热心地把那枝轻便的步枪装上子弹向敌人开火。他心里不想别的，就想望见那最后的一个山头，转过路上最后的一道弯，看到憎恨的敌人，好向他们噼噼啪啪地开起火来。

他一点行李都没有带，并且几乎没有顾得向母亲告别；她在一旁瞅着他，气得什么似的，心怦怦地直跳，但是什么都没有说。"再见！"他说了一声，"最晚明天或者后天我们就回来啦！"说了就走，连和她握手都没有，仿佛他只是出去到采石场督促工人去了。她也随他去，没有表示反对，因为她不愿意在这漂亮的小伙子受到时间和经验的教训之前，对他这初次勇敢的表现加以阻止。当他轻松愉快地大踏步走开时，她反而满意地目送着他。不过，她并没有真正走到窗前，而是站在屋子当中向外面望着。并且，她自己的性格很勇敢，心里并不怀着特殊的忧虑，尤其是她很知道，塞尔德维拉人这一类的出征向来都是怎样的结果。

荮利慈也确实在第二天清早就回来了，他相当惭愧地偷着走进了家门。他身体疲倦，又熬了夜，而且由于喝酒过多，精神恍惚，情绪恶劣，连一点经验或成就都没有获得，只是东跑西颠，把那套好衣服给糟蹋坏了，钱包也花得空空的了。

这时候，其他的人也都成群结队地溜达回来。他们把衣服一换，在荷包里重新放了一些钱，就匆匆忙忙地跑到酒馆里去，为的是在那儿讨论讨论这次失败的进军，并且要在这劳而无功的行动之后把身体滋补一下。荮利慈不像这些人一样：他睡了整整一个钟头，然后就一声不响地做起自己的事情来。母亲一看见这种情形，就高兴起来，心里想道："这孩子用不着人家说，自己就知道好歹。"

可是，还不到半年，就又出现向另一方面出兵的机会。塞尔德维拉人果然又出发了。这次是要推翻一个受到稍微占多数的笃信天主教的农民支持的邻州政府。因为这些农民居然和他们的文明的敌手们一样巧妙、活跃、热烈地奉行自己的宗教信仰和政治见解，在选举过程中，也像他们一样紧密地团结起来，保持着战斗的姿态，他们的敌手们就感觉非常气愤，决定要给予这些顽梗不化的笨蛋一个沉重的打击，让他们看看谁是国家的主人；四邻各州有许许多多同党的同志都答应前来支援，真仿佛只要把一条鲱鱼的脑袋咬下来，说一声："这是一条鲑鱼！"它就会变成鲑鱼了。但是，在变革时期，一种新的精神流行的时候，沿袭下来的正义，由于失去了内核，其陈旧的外壳，不再有任何价值，这时候就得先学会并且习惯于一种新的正义感，才能够使"正义维持得最长久"，那就是说，使它和新的精神一样长久地存在下去，直到新的精神也变得陈旧了，人们又重新开始对正义的外壳进行分析和争论时为止。看见这次塞尔德维拉人和历来一样，几十个人集合起来，组成一个小小的义勇队，准备出发去协助邻州把它所憎恨的政府推翻，安慕兰太太心里很高兴，她想，这些武装起来的纸上谈兵的政治家，要是认为她儿子也会跟着走的话，他们这回可就要大受其骗了；因为根据她以往的经验，这个勇敢的孩子向来都是受到一次经验教训就改过自新的，所以，这次他一定不想去参加。可是，你瞧！在她还以为萧利慈是在搞自己的工作的时候，谁都没有想到他忽然在家里出现了。他把刷子以及一些其他的武装用具和几件内衣塞到一个旅行时用的背包里，套在脖子上，和装满子弹的弹药盒交叉着。接着就又拿起他的枪来，用拇指把枪上的扳机来回扳了几下，试一试枪机的弹力如何，然后把枪放下来背着，准备出发。

"这回，"他说，"我们要采取另一个办法，再见吧！"他就这样走开了，并没有受到母亲的阻拦，因为母亲看得很清楚，他是认真前去参加，所以这次她也不可能对他的行动加以阻拦。但是，她现在忽然更加忧虑起来，一时面色变得苍白，同时却又高兴看见他态度那样坚决。第二天，塞尔德维拉的队伍又完全和过去一样，还不知道战场的情况如何，就回来了。原来，他们刚刚越过边界，就发现那个州区人心非常激动，农民看见人家以这种姿态出现在他们的领土上，和暴力主义盛行的时代一样，大家都愤怒极了。但是这些农民并没有阻止他们前进，只是带着嘲笑的面孔在路旁站着，好像是说，先让这些入侵的敌人暂时向前散个步，等到他们回来的时候再仔细瞅瞅他们。塞尔德维拉的人们觉得这种情形很不妙，因此就决定等到约好要来的其他的几支援军开到后再向前进。但是，这些援军并没有来，并且谣传这次暴动已经过去，并且结果很好，他们最后就又动身回家；只是莆利慈·安慕兰是个例外：他倔强大胆地和大家分了手，独自一个人从敌区当中穿过，向着敌人的首府前进。原来，方才他让他的伙伴吃喝聊天，自己却去打听消息，一听见说他母亲的家乡有一群年轻小伙子几个钟头之后就来到了，他就打定主意去和这些人会合在一起。因为他放心大胆地走去，走得很快，所以他果然平安无事地碰到了他们，立刻就和他们一同前进。但是，这回起事是失败了，因为那个风雨飘摇的政府由于侥幸遇到了一些有利的偶然事件，这次又没有倒台。政局刚一明朗化，农民就纷纷集合，向着首府抢先涌进，挡住了志愿队的去路。这样一来，莆利慈和他的伙伴们还没有到达那个城市，就陷入两大队武装农民的包围中。他们打算奋勇突围，因而立刻就发生了战斗。这时候，莆利慈发现自己在面对着陌生的村庄和教堂的尖塔不住地装子弹，开枪射击，随后又装子弹，同时又听见钟声齐鸣，似乎是在声讨这种无礼的入侵，并发泄这被侵犯的土地的怨愤。这一支小小的队伍向哪里移动，那里的农民就大声喧哗着稍微向后退一退，因为他们的壮丁都穿上军服开往城市去了，在这里抵抗侵略者的，多半是老年人和未成年的儿童；他们都是受了教士们，教堂管理员们，甚至是受了妇女们的鼓动而来的。但是这些人的队伍却越集合越密；等到其中有几个人受了伤以后，从这自称为民兵队的黑压压的一群受惊的老人、妇女、教士的身上，才真正表现出这受侮辱的区域的愤怒。这时候钟声淹没了一切喧哗扰攘的声音，把愤怒的吼声传到遥远的乡间。威胁着义勇队的那道包围圈却越来越缩小，一些又坚决又有经验的老年人带头前进，不久，义勇队就做了俘虏。看到这里的居民都反对他们，他们就干脆投降了。一个人在公开作战的时候被自己祖国的敌人俘虏，这是一种灾祸，它只不过和任何其他的不幸一样而已，却并不比其他的不幸更使人难过；但是要是被本国同胞作为犯了暴行的政治敌手俘虏起来，这可是世界上最屈辱难堪的事。当义勇队被解除武装，给人民团团围住时，凡是能够想象出来的"光荣"称号就像雨点似的落到他们头上来了：什么州区和平的破坏者呀，别动队呀，强盗呀，无赖呀，这些还是他们所听到的最温和的称呼。此外，他们还被人前前后后地仔细瞧看，像看野兽一般；他们越是显得服装整齐举止体面，农民似乎就越生气这样的人竟会干出这样的勾当来。

　　这些义勇队员现在没有别的事可做，只有随时服从人家的命令，要他们站着他们就站着，要他们走他们就走，他们本来是想来夺取人家的权力的，现在却听从这多头的君主任意摆布，要他们东就东，要他们西就西。这多头的君主现在充分使用起它的权力来了；俘虏老爷们一表示出抗拒的意思或者不愿意服从命令时，就免不了被拳打脚踢。人人都声色俱厉地给他们一个良好的教训："你们要是蹲在家里，还用得着听我们的！谁叫你们到这儿来呢？你们这群流氓，你们既然要来统治我们，现在我们也要统治你们啦！你们干这种勾当领的是什么津贴？你们打这个仗领的是什么饷？你们的军需处在哪里？你们的将军在哪里？莫非你们就常常这样悄悄儿地不带号兵出发么？还是把号兵派回家去报告你们的胜利呢？你们到这儿来用铅子儿向我们的空中乱打，难道你们认为我们这里的空气比你们那里坏么？你们这班老爷们，已经吃过早点了么？还是想啃啃青草呢？就是吃青草你们也活该！莫非是你们以为我们这里没有正式国家，我们在我们这小小的州里什么都代表不了，所以才没经许可就成群结队地在这里东游西逛起来么？你们是想在这儿打狐狸呢还是打兔子呢？你们可真是我们这个联邦里的好盟友，竟想拿着枪支来夺我们正当的权力！你们可以向邀请你们来这里的那班人道谢；因为人家要给你们预备一顿好饭食啦！你们可以暂且尝一尝我们看守所的伙食；这种饭食是占决定性多数的健康卫生的豌豆，加上惩罚叛国罪的严厉刑法的盐巴调味做成的；等到你们坐满一年监牢之后，就准许你们吃掉微微占少数的熏猪肉来庆祝你们光荣的进军，那时候你们可别把牙齿都咬下来呀！你们这次干的事当然也并没有超过一个良好散步的范围，这对于健康也是有益的，特别是在人们似乎是没有什么正经工作和运动的时候；不过，人们也得要经常注意，看看散步是在什么地方；不脱帽进教堂，拿着枪到和平的国土去散步是不礼貌的呀！要不就是你们因为我们还有宗教信仰，愿意尊敬我们的教士，便以为我们不成其为一个国家啦？我们就愿意这样！我们在这片土地上居住，资格恰恰和你们一样的老；你们这伙暴徒，现在站在这里一点办法都没有啦！"

周围的人们就这样不住地向他们大放厥词；因为胜利者现在控诉对方的这些罪行，不是他们自己已经犯过的，便是一旦环境和个人的精力许可，他们自己随时都做得出来的，所以他们才越发显得这样能言善辩，滔滔不绝，正如一个贼看到偷来的珍珠宝贝又被人家偷走时会让人听到他用最雄辩的口才发泄他的怒气一样。人类把畜生的恬不知耻的特性带到了道德领域中，他们确实相信自己是有这样一个为所欲为的对自己有益的权利的，所以他们的所作所为就和街上的小狗一样天真幼稚。被俘房的志愿队只好忍受一切，一心一意想避免因任何挑衅行动而遭受体刑。他们也只能做到这一点。其中年岁较大世故较深的人都抱着最大可能的幽默感来忍受这种苦头，因为他们预先看到事情的结局不会像表面看来那样危险。其中某一个人认出一个在那儿骂人的农民曾在自己铺子里买过一把镰刀，要不就是买过一定数量的苜蓿种籽，还欠着账；他心里想遇见机会对这个农民所说的尖酸刻薄的话加以报复。这个农民理会到有人注视他，认出了这人是谁，并没有立刻停止责骂，却背着人把目光和词锋转移到人群中另一个方向，然后渐渐退到阵线后面去了，人情世态就是这样又愉快又稀奇地交织在一起。弗利慈·安慕兰却灰心丧气难过极了。他有两三个伙伴已经战死，尸身还躺在那里，其他的伙伴也负了伤，他看见自己周围的土地都染上了鲜血，自己的枪支和荷包都被人家拿走了，看见四面八方都是吓人的面孔，这时候他忽然从轻率狂热的兴奋中清醒过来，快活的战斗日子的阳光黯淡失色了，快活的噼啪的枪声，片刻的战斗喧哗所构成的快意的音乐也不响了，最后地方当局从混乱的场合中出现，开始进行分配和带走俘虏这样一件枯燥无味的事务性工作，这时候弗利慈的心情就像一个小学生的心情一样：这个小学生在欣赏一件他觉得是为了传之永久而建立的极为合法的恶作剧的玩意时，冷不防给最可恶的小学教员发觉，而且遭到禁闭，在悲哀中觉得一切都完了，世界末日来到了。弗利慈觉得惭愧，却又不知道对谁惭愧；他瞧不起他的敌人，自己却又确确实实地落在他们手中。他曾激昂慷慨地进军去反对他们，现在他们却无论在哪方面都是理直气壮；因为连他们的褊狭或愚笨都是他们良好合法的产业，除了胜利以外，没有任何力量可以反对他们拥有这样的产业，可惜胜利又没有得到。所有那些由于胜利而气焰万丈的老农民的布满皱纹的极端愤怒的面孔，一个个都浮现在陷入又明朗又黯淡的愁苦中的弗利慈的眼前，显得异常鲜明。无论被人带到什么地方，他都看到一些从来没有见过的新面孔，他并没有故意一个一个地去注视它们，然而它们那轮廓分明，明暗微妙的形象，却像是同样数目的谴责，侮辱和刑法一样，深深地印入他的心中。俘虏的行列距离那个城市越近，就越觉得四周的气象更加活跃起来。城里满都是兵士和武装的农民，他们都集合在新近巩固下来的政府周围。人们以凯旋的姿态带领着俘虏们从人群里穿过。反对派昨天还是那样强大，能够争夺政权和随意活动，现在却连一点痕迹都看不见了；他们代表的是个粗野的令人讨厌的世界，和弗利慈所想的完全不同，这个世界自称是最有道理的无可怀疑的，它似乎只是奇怪人家怎么还会对它怀疑，加以攻击。因为凡是跳舞的人都觉得提琴是为自己拉的，如果许许多多的人都是这样想法，这种主观想象就会膨胀到无穷无尽。俘虏最后被人家安置在塔牢和其他建筑里，这里已经有同样好大喜功的人们居住着，于是弗利慈也被监禁起来，自然没有和塞尔德维拉的人们一道回家。

塞尔德维拉人采取这样的办法来为自己这次进军失败进行报复：他们立刻一口咬定胜利的敌人怀着残酷透顶的毫无忌惮的报复心，逃回来的人都认定俘虏们会被枪毙。还有一些人，平日也并不算糊涂，现在却真正相信，狂热过火的农民把被俘的志愿队员一个个绑在两块夹板中间，锯成两段，还有几个志愿队员被他们钉死在十字架上；这些人还把诸如此类的话加以传扬。

雷格尔夫人一听到这种种过火的事情和猜疑过度的说法，她起先感觉的恐惧就去了一半，因为人们的愚蠢常常使自己把它对心中有数的人所产生的影响加以调节，使之不再为害。假如塞尔德维拉的人们只是说恐怕俘虏会被人按军法枪毙，她一定会愁得要死；但是，一听见人们说俘虏被锯解和钉死在十字架上，她就连枪毙俘虏的说法都不再相信了。不久她果然接到她儿子的一封短信，根据信里所说，他确实是被囚在塔牢里，请求她即刻付出一笔保证金，这样就可以把他保释出来。好几个伙伴已经通过这种方式被释放了。原来，那个胜利的政府经济非常困难，通过这种方式就得到一些求之不得的额外收入，因为事后它只要把收到的保证金变为同样数目的罚金就行了。安慕兰太太满高兴地把信塞在怀里，然后悠闲自在不慌不忙地开始凑集和筹划这笔需要付出的款项，这样，大约过了八天，她才准备带着这笔款子起程。这时候第二封信来到了，这是她儿子找到机会，暗地里发出的。信里央求她赶快去，因为看见他的身体这样受那些可恶的人们摆布，那简直是不可忍受的事。他和他的伙伴们都像野兽似的被人关起来，既吸不到新鲜空气也没有运动，大家不得不一起用木制的调羹从一个大木桶里去舀麦片粥和豌豆菜来吃。她看了这封信微微地笑了笑，把行期又推迟了几天，等到这个身陷囹圄的精力充沛的小伙子整整坐了十四天监牢以后，她才把赎金、几件新内衣和好衣服包好，雇了一辆车，起程去看他。到了那里，她又听说最近就要对所有不是著名的主谋者宣布大赦，特别是对外乡人，因为起先还以为养活这些外乡人不是没有好处的，现在却不再指望从这方面得到什么进款了。听见这个消息，她又在旅馆里停了三天，准备随时去赎回她儿子。他因为年纪轻倒也不很被人注意。大赦也果然宣布了，这是因为那个得到胜利的政党为了节约起见，这次采取了真正聪明的做法：不从报复或惩罚，而从胜利本身去认识自己的力量，求得自己的满足。这样一来，灰心绝望的弗利慈终于看见母亲在监狱门口等候自己。她让他吃饱喝足，给他换上新衣服，然后带着免于交纳的保证金和他一同坐车离开那里。

现在他看见自己在母亲身边，受到很好的照顾，身体也有劲了，就问母亲为什么让他坐这么多天的监牢？她简单地，在他看来是相当得意地，回答说："就是没有办法把这笔钱早些凑足。"但是他对她的各种事务的现况了解得非常清楚了，确确实实地知道，款项可以到什么地方去筹措提取。所以，他不相信她这种托辞，而又追问起她来。她说，他在塔里坐牢挣了不少的钱，并且得到机会，取得良好的经验，他很可以感到满意了。在这段期间他一定有功夫体会出什么道理来的。"闹了半天你是故意让我蹲在那里的，"他目瞪口呆地看着她说，"在你做母亲的心里难道也真的认为我坐监牢是罪有应得么？"听了这话，她并不回答，只是在车里快活地高声大笑起来，他从来还没有看见过她这样笑。他面对这种情形不知脸上应该作出什么样的表情，只是皱缩着鼻子作出怪样子。一见他这样，她就更大声笑起来，搂住他，吻了他一下。他没有再说什么，从这个时候起，人们看得出来，他在监狱里确实学到了一些东西。

他现在对自己的性格远比以前更认真更严格地加以约束；他永远不再受这样的诱惑：凭着一股子不正当的或者轻率的干劲而对暴力挑战，以致身陷虎口，不仅自己丢脸，而且对任何人都没有好处。他并不打算干脆永远不再参军，因为事件的发生是无法预先推算的，一个人的热血一旦沸腾起来，是无法命令它安静下去的。不过，现在对于任何只是表面的轻率的战斗冲动他是有把握克服的。这一种经验对于这个年轻人的整个为人起了重大的作用，他处理一切事务的本领似乎都有所提高，而且进步得加倍的快，他年纪还不到二十岁，处理起事情来已经十分老练。所以现在安慕兰夫人就让他和他要娶的那个少女结婚，过了一年，就生了一个漂亮的小儿子。这时候，他心情固然总是快活的，可是对待自己热心从事的业务却越发严肃稳重，因为他的妻子总是那样喜气洋洋，心胸开朗，充满了笑声。这是由于她太喜欢这个家庭的缘故；她和婆母也处得非常好，虽然她是另一种良好的性格，和婆母迥乎不同。

现在雷格尔夫人的教育工作似乎已经胜利完成，她可以放心瞻望将来了。因为她那两个大儿子性情固然懒惰，可是脾气都很好，她让他们跟在精明强干的弗利慈后面，把他们也拉扯得像个样子了，等到他们长大成年，她采取谨慎的措施，让他们到别的城市去学习手艺，他们学成后就留在当地，为以后的生活打下基础。他们为人都有点自由散漫，但是也还正经老实。关于他们，像从前一样，以后也没有什么可讲的。

　　萨利慈已经成为一位令人尊敬的家长了，可是在一件许多普通母亲不大关心的事情上他还得再接受母亲一次教训。他结婚后差不多两年，塞尔德维拉所隶属的那个小小的州区需要重新任命最高政治会议的成员，因而需要进行四年举行一次的选举，然后还要根据选举的结果来任命行政和司法官员。上次举行主要选举时，萨利慈还没有选举权，现在是他第一次有资格参加这种活动。这时候州里非常平静。各种矛盾已经有几分调和，各党派的主张都彼此接近了；在每个角落里人们都在辛勤地劳动着，对于法典中陈旧的条文进行了修改，辛辛苦苦地制订了新的法律，好的坏的都有，修建公共建筑，锻炼自己的行政能力，使它灵活熟练而并不失之轻率，但是也不迂阔拘泥，目的在于把每个人都放在他熟习的并能忠诚负责的工作岗位上来使用，最后还在于对待每个以自己的特殊方式表现出好心好意而本人又不是压迫者和憎恨者的人都能够公平合理，毫不冤枉。这一切工作，在塞尔德维拉的人们看来，都极端枯燥无味，因为在这种平平静静的发展中是没有什么刺激性的。在他们看来，选举要是不带刺激性，没有预备会，宴会，演讲，号召，没有阴谋活动和经过激烈竞争，胜负摇摆不定的惊险局面，就完全不成其为选举了。因此，这次在塞尔德维拉就连仅仅谈一谈选举都是绝对不受欢迎的。相反地，大家都忙于建立一个合股经营的大啤酒厂，设计一个合股经营的忽布①园，因为他们忽然心血来潮，觉得这样一个规模巨大的啤酒厂，有广大良好的酒仓，酒店和凉台，会给城市带来新的繁荣，使它远近闻名，游客众多。萨利慈对于人们在这方面的努力是毫不关心的，可是他也不关心选举，尽管四年以前他曾经渴望能够参加选举。他心里想，既然国家一切都很顺利，就不必去从事政治活动了，即使他不去选举，国家机器也不会因此就停止了。他觉得，天气这样好，同一些老年

――――――――――

　　①　忽布花是使啤酒带苦味的原料。

人坐在礼拜堂里，是很别扭的；而且，仔细观察起来，本年的选举甚至还带有一点庸俗可笑的色彩，因为它简直就是一件平平静静照章行事敷衍塞责的举动而已。弗利慈是不怕负责的；但是，和所有的年轻人一样，他却憎恨那些较小的职责；这些职责强迫我们在不适合的时刻穿上好衣服，戴上好帽子，到一个没有意思的或者悲惨的地方，例如洗礼池，坟地或者法庭之类的地方去。安慕兰夫人却认为塞尔德维拉人现在养成的这种作风是一种无耻的不可忍受的作风，正是因为没有人前去参加选举，她才加倍地愿意她儿子前往参加。所以她偷偷地把她的意思告诉弗利慈的妻子，动员她去说服弗利慈，在举行选举的那一天正式到会，投一位能干的人一票，即使只有他一个人投票也要去投。要么就是因为这位年轻的妇女在这件她自己都不大关心的事情上没有必要的口才，要么就是因为这位年轻的男子不愿意再把妻子培养成为自己的一个新的教育者，总而言之，他当天大清早就出门到采石场去了。到了那里，他就在五月天温暖的太阳地里忙来忙去，极其热心认真地工作着，仿佛得要把世界上所有的活在这一天做完，以后太阳就永远不会再出来似的。这一下子她母亲可生了气，她打定主意，非得让他到礼拜堂去不可。她把她那几条依然还是黑得发亮的发辫绑了起来，戴上一顶宽宽的草帽，胳膊上挎着弗利慈的大衣和帽子，匆匆忙忙地出了门，向城市后面山腰上广大的采石场走去。在那条为了把石头运下山去而开辟的长长的弯弯曲曲的车道上行走的时候，她注意到，二十年来采石场凿进山里够多么深了，还估计了一下她所得到的并且保持完整的这份良好的没有问题的产业。她看见一层层的山坡上有许许多多的工人在打石头，这些工人早已由弗利慈监督，不用工头了。在这座山的最高处，新鲜洁白的石坑上面长着一片绿油油的山毛榉林；她望见弗利慈正在那儿跟一小群人把头挤在一起注视着什么，因为他已经把上衣和背心都扔在一边，所以她一看见那件较白的汗衫就认得出那个人是他。同时，他们也看见她了，向她呼喊，要她当心。她低头弯腰躲到一块岩山底下，安静了片刻之后，高处就发生了剧烈的震动，许许多多的小石头和土块像雨点似的往四下里落下来。她自己对自己说："他不去尽他公民的责任，在这里望空中崩石头，还不定以为自己干的是什么了不起的英雄事业呢！"她到了山上，停下来喘息一下的时候，弗利慈斜着眼睛匆匆忙忙地瞅了瞅她给他拿来的上衣和帽子，就热心查看他方才崩开的窟窿，用码尺在石头上拨来拨去，像是没有理会她在那里似的。等到他实在没法再躲避她的时候，他就说道："母亲，早，你来溜达溜达么？这个天儿散散步可真好！"说了就又想躲开。她抓住他的手，把他拉到一边，说道："我给你带了上衣和帽子来了，劳你驾去选举吧！要是城里人没有一个人前去投票，那可真是一件可耻的事情！"

"现在又要在这样的好天儿坐在闷得人要命的礼拜堂里，散发选举票，可真够呛！"弗利慈不耐烦地回答说，"下午你自然又要准备去给什么人送殡，让我也跟着跑腿，好把这一整天的功夫完全浪费掉！你们妇女们总好派我们这些人去参加送殡或者小孩的洗礼，这还可以理解；但是你们这样关心政治，对我说来，可完全是一件新奇的事情！"

"自己分所应该，绝对义不容辞的事还得要妇女们劝告，你们才去做，这可真够丢人的！"她说。

"嗳！那你就别这样办吧！"弗利慈回答说，"请问，从什么时候起，国家机器就要由于多一个人少一个人去参加管理而陷于停顿呢？从什么时候起就非得哪儿都有我在场才行呢？"

"说这样的话可不是由于谦虚，而是由于一种隐蔽的自高自大的心理所致！大概你的意思是认为有什么重大的事情，你才必须参加吧；只是由于轻视事物的通常的平静的进程，你们才认为参加这样的活动是降低自己的身份！"

"但是，仅仅我一个人到那儿去，也实在滑稽可笑，"弗利慈说，

"那里除了教堂里的耗子以外，连个人影都看不见，到这样的地方去，岂不惹人注目。"

但是，安慕兰夫人并不让步，她回答道："你仅仅不做塞尔德维拉人所做的那些你觉得是荒唐可笑的事情，还是不够！除此以外你还得要做那些他们认为是荒唐可笑的事情才行；因为凡是这些笨蛋认为是荒唐可笑的事，就一定是合情合理的好事！要想认识鸟类就得看它的羽毛，要想认识塞尔德维拉人就得看什么是他们认为是荒唐可笑的事。他们对于一切琐琐碎碎的小事情，一切不正经的勾当，各种无聊的娱乐和愚蠢的活动，对于所有像认教父聊闲天一类的聚会，大家都努力做到准时参加；但是要他们全体准时去参加四年才举行一次的而且是我们全部公共生活和政治的基础的选举活动，这倒是件枯燥无味，不可忍耐而且荒唐可笑的事情了！这倒要看个人高兴不高兴，方便不方便了！每个人都大声疾呼要求自己的权力，但是这种权力一旦有了一点点义务的气味，他们就又在那里去寻找不行使这种权力的权力了。你们想要代表一个共和国，但是要你们每四年牺牲一个半天，去表示一下对政治的注意，表示一下你们对自己依照约法任命的政府人员满意不满意，你们都懒得去做，这怎样成呢？你们可别说：只要有必要，你们随时都会出席的！谁要是仅仅在某件事情使他发生兴趣，激起了他的热情时才去参加，这样的人总有缺席的一天，那时候他就会给人家钻空子的，而且正是在他意想不到的时候。"

"工人得工价，是应当的，为国家的福利而工作，管理那些通过制度和法律对每个家庭都有最深刻影响的公共事业，这样的人得到工价，也是应该的。单是为了向这些受委托的人表示一下表面上的殷勤和客气，也要求我们至少在选举这一天全体出席，让他们看看，他们并不是悬在空中的。为了在邻居面前显得面子好看，为了给儿童们作个榜样，也要求我们积极地庄严地去进行这种活动，而那些对于玩九柱戏或者参加荒唐无聊毫无意义的活动每天都严格遵守时间的英雄们倒觉得这是一件别扭可笑的事情。"

"假如现在当局，对你们这种不礼貌的表现感觉气愤，大家把工作扔下不管，立刻拂袖而去的话，那怎么办呢？可别说：'这样的事是永远不会发生的！'这样的事实在随时都有发生的可能，等到事情一发生了，你们的主权摆在那里，就像奶油摆在太阳地里一般。因为这种主权在和平时期只有通过良好的习惯和秩序，通过正当合法的轮替瓜代或者强有力的认可才能行使出来，才使人看得见它。你们自己却连露面都不肯，要问，你们为什么这样？就是因为你们愿意这样做才这样做！这种行使主权或者表明主权的方式，至少可以说是荒谬绝伦的！"

"不要怪我说这些话，也不要认为这都是幼稚的想法，妇女们一时心血来潮；假如你们认为抱着这种态度对你们来说是适当的，那可就错了。但是，你们不安于这太平无事的局面。虽然你们对于国事没有什么可以指摘的地方，可是为了使它显得无论如何都是盲目胡来毫无道理，你们才不去选举，或者把这件事交给守夜的更夫去做。就像方才所说的，你们这种做法是为了便于在时机来到时有理由大喊你们塞尔德维拉地方政府在人民当中没有结实的基础。但是，这种做法是卑鄙的，你们的政权达不到你们这座破旧城墙的外面，也是理所当然！"

"老是你们你们的！"萧利慈气愤地说，"我和这些人有什么关系呢？这些人有这样糟糕的想法和动机，那与我有什么相干呢？"

"好吧，"雷格尔夫人喊道，"那么，在这件事情上你就别和他们一样，你就去参加选举吧！"

"这样去是为了让外人说：塞尔德维拉唯一去参加选举的人是妇女们派去的么？"她儿子微笑着推辞说。

安慕兰夫人把手放在儿子的肩膀上，说："人们要是说：是你母亲派你去的，这也并不使你丢脸。要是你这样一个精明强干的小伙子肯听母亲的差遣，这可给我脸上增光！我真要为这件事情感觉骄傲了。最后，你是会向我献个小小的殷勤，使我高兴一下的，是不是啊？"

莆利慈对于这一番话再也没有法反对了。他穿上上衣，戴上帽子，和这位贤良出众的太太一同下山。路上他说道："母亲，我自从有生以来还没有听见过你像方才那样大谈政治呢！我一点都没有想到你会这样长篇大论！"

她笑了笑，然后却又严肃地回答说："实在说，我讲的那一番话，与其说是谈政治，还不如说是好好地站在母亲的立场为你着想。假如你不是已经有了太太和孩子，也许我就不会想说服你了；但是，实际情形既然是这样，我既然看到了我的后代子孙家业发旺的远景，我就认为，在这个家庭里，一切事情要是都能够保持适当的尺度，这也是这样的家庭的一种良好的遗产。要是一个家庭的儿子们及时看到并且学会，需要如何以正确的方式对公共事业表示重视，那么，也许恰恰就因为这个缘故他们才不至于胡作非为。再者，如果他们能够重视公共事业，并且做起这方面的工作来也忠实可靠，那么，他们也就会以同样态度来对待家里的事情。你看，归根究底，我不过是站在一个小心谨慎勤于治家的老祖母的立场行事，人家偏要说我是个恶劣不堪的纸上谈兵的老政客！"

莆利慈发现教堂里并没有六七百人，而是还不满五十个人，这些几乎都是规定和塞尔德维拉的人们在一起选举的四乡的农民。假如到齐的话，农民的人数当然是会比现在多六倍的。但是因为缺席的人确实是在田地里汗流满面地劳动着，所以，他们不来参加，倒勿宁说是一种无关轻重的马虎态度和农民吝惜好天气的表现。他们到这里来要走很远的路，所以他们出席这个会显得更令人钦佩。城里的人出席的就只有领导选举的市区主席，做记录的市区书记，另外就是守夜的更夫和两三个没有钱同那些笑容满面的塞尔德维拉人一起去喝早酒的穷鬼。这位主席先生是个开旅馆的老板，几年以前就已经破产，从那时起一直借他太太的钱继续营业。在这件事情上他受到本城市民们的大力支持，因为他完全是和他们站在一起的人，会吹大话，无论遇到什么纠纷，他作为一个世故很深的老板，都随请随到。他之所以能够高居要职，在这里主持选举，这也是塞尔德维拉人的罪过之一，这些罪过在某一段时间越积越多，直到政府通过一次审讯加以处理为止。农民们大概也有一部分晓得这位主席不大对头，但是他们过于迟缓，考虑太多，没有能够采取任何行动来反对他。萧利慈来到那里的时候，这位主席早已和三四个城里的人马上把这天的事务把持起来了。萧利慈看见这一小群老实正派的农民，觉得很高兴，因为至少他不是孤孤单单一个人在场。他心里忽然涌现出一种敢做敢为的精神，突如其来地向大会要求发言，抗议这样一个破了产的丧失了公民权的人做主席。

这是个晴天霹雳。那位体面的老板的脸色就像一个在地下埋了一千年又复活了的人的脸色一样。所有的人都在东张西望，要看看这位大胆发言的人是谁。但是事情既然是那样简单，连小孩子都看得出来，也就不会有人发出任何反对的声音，而且连小声讨论都讨论不起来。这个事件越是使人感觉它是一件从来没有听见过的出乎意料之外的事，现在就越显得是一件容易理解的极其自然的事；它越是显得容易理解，那一小撮塞尔德维拉人就越生气它这样容易理解，生气他们自己，生气年轻的安慕兰，生气世人怎么这样阴险浅薄，竟会抓住最不起眼的最显而易见的事物，把大人物推倒，把局面弄得天翻地覆。那个僭位的主席先生惊慌失措了几分钟之后，就又恢复了开始时的聪明机智；他别的什么都没有讲，只说："如果——如果有人对我的身份表示反对的话——当然，我是不会硬干下去的，就请大会重新选举主席，把选票分发给各个检票员。"

"你在这里根本没有权提任何建议，也没有权指派检票员做任何工作！"萧利慈·安慕兰喝道。那位旅馆老板大人也无可奈何，只好又把这两句闻所未闻的话看成是易于理解，而且近乎平凡浅薄的程度，他一句话都没有再讲，就离开了教堂，那个惊慌失措的守夜人和其他的穷鬼也跟着他走了。只有那个书记留下来没走，继续做记录。萧利慈走到他跟前，严密地监视着他。农民们已经从惊讶的状态中恢复过来，他们利用这个时机把选举这件事迅速地结束了，从他们那个区域里选出了两个精明强干的人来代替原有的两个成员。要是塞尔德维拉人稍微给这两个人留点地步的话，农民们早就高兴看到他们在这个会议里成为其中一员。这次选出了他们是和不到会的塞尔德维拉人原定的计划相距太远了：因为这些塞尔德维拉人满以为他们的主席和那个守夜的人毫无问题地会选出旧有的那两个妖精来，这也是预先在后面一个小房间里匆匆忙忙用了一刻钟的时间决定好的。所以，当他们受了那个遣回家去的伪主席的鼓动，吓得成群结队地跑来，一看记录已经结束，连同选举的结果都已经在法律上生效，他们多惊讶呀！农民们安详地微笑着各自走开；萧利慈·安慕兰在回家的路上却受到市民们的注视：有的带着愤怒的表情，有的现出难为情的样子，有的带着疯狂的嘲笑态度看着他，有的眯缝着眼睛，有的把眼睛瞪得大大的。这个人带着敌意单喊一声"哈"，那个人带着嘲笑的神情单喊一声"吼！"萧利慈感觉现在第一次有了真正的敌人，这些敌人比从前他带着子弹火药出发去攻击的那些敌人还要危险。他也知道，既然毫不留情地判定了一个比自己大二十岁的人的罪状，现在就需要加倍小心，不要掉到陷阱里去。这样一来，生活现在对于他就有了另一种面貌，简直和两个来钟头以前完全不同了。他怀着沉重的心情来到自己家里，为了给自己打一打气，他打算试探一下母亲的口气，看她对于情况这样改变是否还觉得高兴，因为完全是母亲一个人使他走入这种危险境地的。

　　但是，他一进大门，母亲就迎面走来，搂住他的脖子放声大哭，什么话都不讲，只说了一声："你父亲回来了！"不过，她一看到儿子听了这个消息比自己还要狼狈，并且茫然不知所措，她就镇静下来，把儿子抱得紧紧地，然后说道："好，我们是不让他辖治我们的！你只要尽你做儿子的责任，好好地对待他就是了！"这样一来，情况确实又有了新的变化；方才他在街上走着的时候，他还觉得，自己和全城的人处于敌对状态，似乎是最严重的事；现在呢，突然要看到自己面对着自己从来不认识的父亲，只知道他是个狂妄自负，好轻举妄动的人，并且在二十年间又走遍了天下，天晓得他是怎样一个古怪可怕的家伙呀！比起这种场面来，和全城为敌那种顾虑又算得了什么！"他到底是从哪儿来的？他打的是什么主意？他是什么样子？他到底想干什么？"萧利慈问道。母亲回答道："他像是走了什么红运，捞了一把。现在指手画脚地跑进来，仿佛想要对我们慷慨大方，有求必应似的！他的样子是很陌生很粗野的，不过，他确实是那个老头子，我一下子就看出来了。"

　　但是，萧利慈听了这话，心里确实还是非常好奇，他稳步上楼，向卧房走去。母亲却急急忙忙地跑进了厨房，顺着另一条路差不多和他同时走进了卧房，因为她现在觉得看看她亲自教养成人的儿子怎样和她丈夫见面，这就是她历尽千辛万苦所得到的最好的报酬和胜利。萧利慈开门进去，就看见桌子旁边坐着一个块头很大、沉重敦实的男人，他觉得，假如自己年龄比现在大二十岁的话，这个人简直就是自己的模样。这个陌生人衣服穿得很讲究但是并不整齐，他的性格中有一股子潜在的倔强刚愎气质，眼光却现出心神不定的样子；他站了起来，一见这年轻的小伙子走进来，长得和自己一模一样，身材高高的直挺挺的，不比自己矮一点，不禁大吃一惊。不过，这年轻人头上却长着密密的金黄鬈发；他固然也像老头子一样，面上也显出一种沉着的倔强神气，但是，尽管这样倔强，也不免由于天真拘谨而变得面红耳赤了。老人家带着自由散漫的人们所特有的那种为克服内心的窘困而做出的厚颜无耻的神情瞅着他，说道："莫非你就是我的儿子么？"一听这话，年轻小伙子眼睛往下面看着，说道："啊，莫非你就是我的父亲么？我高兴，到底见着你了！"说了这话就又怀着好奇心举目善意地端详起老人家来。但是，当老人家伸出手来，过火地用力去握儿子的手，向他表示自己的力气很大时，他就立刻回敬了一下；他的力量像闪电似的传到老人家的胳膊上去，轻轻地震撼了他的全身。最后，年轻人又彬彬有礼地把老人家引到原来的座位上，和气而坚决地强让他坐下，这时候，这位返回家乡的老人家看见面前站着自己的一个塑造得这样成功的肖像，既和自己相像却又完全是另一个人，心里不由地奇怪起来。雷格尔夫人几乎一句话都没有讲，她采取了聪明的办法，按照丈夫自己的意思去向他表示殷勤：准备丰盛的饭菜来款待他，忙着把最好的酒拿出来斟上给他喝。他坐在自己的太太和儿子中间，方才那种进退维谷的窘态便减轻了几分。借着夸奖酒味好的缘由说出了心里猜度的情形；他就所见到的看出他们日子一定过得很好，他觉得很满意；从这番话又极其自然地过渡到家里情况的叙述。他的太太和儿子并没有畏首畏尾地想法避而不谈，保守秘密；相反地，他们把家庭和产业的情况都坦白地告诉了他。荬利慈拿了账簿和账单来，把各项事务极其在行地清清楚楚向他交代了一番，他听了以后，对于家人的营业这样好，家景这样富裕，惊讶得目瞪口呆了。他直起身来，说道："你们日子过得这样好，人口都平安，我很高兴。不过，我也不是空着手来的；我也辛辛苦苦，奔波劳碌，挣到了一点点钱！"说着就拿出几张汇票和一条塞满了金子的皮带，都扔在桌子上，准有几千"古顿"或"塔勒"。不过，这些钱并不是慢慢挣来的，而是他在美国北部各州过了很久的穷苦流浪生活之后撞到一股好运气一下子抓到手里的；他很世故，关于这一层，一个字都没有提。"我们现在立刻把这些钱投到我们的企业中去，我们要合力经营下去。因为我看到现在这里情形很好，我真正高兴重新干起来，也让当初把我赶走的那些狗东西们看看我的本领。"他说。他儿子却心平气和地给他斟上酒，说道："父亲，我想劝你暂且休息一下，享一享福。你欠的债老早就还清了，你这些钱你看着怎么花好就怎么花吧，即使没有这些钱，在我们家里也不会让你缺什么短什么的！讲到作生意么，我从小时候就学会了，现在我也明白，你当初是因为什么失败的。要想让业务不再倒退，我可得要在这方面自由行动才成。你要是高兴，时常帮一点忙，看一看营业的情况，这样做，也就足够你消遣的了。但是，你要想做我的正式合伙人，那么，莫说你是我父亲，你就是天上来的天使，我都不会接受的，因为你没有学过这一行，请原谅我说句不客气的话，你根本不懂!"这一番话弄得老人家心里非常别扭，而且很窘，但是，他也无词以对，因为这番话说得非常坚决，同时他也看出了他儿子的意思。他把钱包起来，就出门到城里闲逛去了。他走进各种不同的酒店；可是，他看见到处都是新的一代得势，他旧日的伙伴们早已湮没无闻了。并且，他在美洲还养成了和这里有些不同的作风。在那里，为了毫不耽搁地继续那种奔波劳碌忙得连话都顾不得多说的生活，他不得不养成站着喝酒的习惯。至少，他看见过有效率的辛勤不倦的劳动，而且他也曾在美国人当中受过一些磨炼，所以这种成天价坐酒馆聊闲天的习气再也不合他的口味了。他觉得，在自己那井井有条的家庭里受到的款待实在比在这些酒馆里好些，他就不由地回到家里来了，但是也不晓得，应该留在家里还是再出去。他走进腾出来给他住的房间，在那里这位上了年纪的人没好气地把自己的现款扔在一个角落里，像骑马似的跨上一把椅子，把悲哀沉重的脑袋伏在椅子背上，就痛哭起来。他太太走进房间，看见他那样难过，也不得不对他的悲哀表示敬重。但是，她一能够在丈夫身上重新发现可以敬重的地方时，她对他的爱就立刻恢复了。她没有和他说话，可是那天一直没有离开这个房间，起先是安排安排这个，安排安排那个，好让他感觉舒服，最后是拿着她打毛线的用具一声儿不响地挨着窗子坐下，这时这对久别重逢的夫妇才渐渐交谈起来。他们所谈的话是难以叙述的，但是，他们俩的心情都好受些了。从这时候起，这位老先生还让他的受过良好教育的儿子给与他一点补充的教育和指导，他自己毫不反对，他儿子也并没有因为这件事而犯了不孝之罪。这种奇异的课程并没有进行多久，老人家就确实成了一个沉着可靠的参加工作的人了，他在工作上也有过不少的停顿和小小的偏差，但是并没有给家业蒸蒸日上的家庭带来损害和耻辱。这一家人都过着心满意足的富裕生活。雷格尔·安慕兰夫人的血统在这个家庭里枝繁叶茂地派生滋长，因而连弗利慈的许许多多的子女都免于断绝的危险。她自己死后还是骄傲地直挺挺地躺着，从来没有这样长大的女人用的棺材装着这样高贵的尸体抬进过塞尔德维拉的教堂。

三个正直的制梳匠

　　塞尔德维拉的人们证明了，一个城市里如果都是些不正直的或者轻浮的人，这样的城市，在时代和商业的变化中，能够勉强存在下去；三个制梳匠却证明了，如果三个正直人同住在一个房间里，住不了多久，就得打起架来。不过，这里所谓正直，指的不是天理的公正，也不是人类的良心生来就有正义感，而是一种毫无生气的正直，这种正直删去了"我们在天上的父"这段祷告文①里"免我们的债，如同我们免了人的债"这个请求。因为这种正直人是不借债，也不欠债的；他们生活下去，不得罪人，却也不讨人喜欢；愿意劳动挣钱，却不愿意花费分文；只看到认真劳动的利益，却看不到其中的乐趣。这种正直人不打破灯笼，也不点上灯笼，任何光明都不是从他们那里发出来的。他们从事各种不同的行业，只要没有危险性，任何行业，在他们看来，都一样的好。他们最喜欢定居在住着许许多多他们认为不正直的人的地方，因为如果没有这些人在他们中间的话，他们马上就彼此摩擦起来，像两个磨扇中间没有谷粒一样。一旦遇到什么不幸，他们就惊讶极了，并且仿佛被矛枪挑了似的号啕痛哭，觉得自己并没有得罪任何人，怎么会这样倒霉？因为他们把世界看成了一所组织庞大，戒备森严的警察机关，一个

---

　　① 见《新约·马太福音》第六章。

人只要勤打扫自己家的门口，把窗前的花盆摆得稳稳当当，不从窗子里向外泼水，就用不着害怕犯规罚款。

　　塞尔德维拉有一个制造梳子的商店，到四乡赶年市的商贩都到这个商店来趸货，所以，如果勤勤恳恳地经营，这本来是个赚钱的生意，但通常每隔五六年总要换一个老板。这个商店除了制造各种各样的角质刷子以外，还用美丽透明的牛角给乡下美人和使女们制造最精巧的装饰用的梳子；伙计们（因为老板从来不劳动）各凭自己的幻想和手艺，在牛角上蚀雕出出色的赤褐色龟壳云形状的图案。如果把这种梳子对着光一照，就觉得仿佛看见了日出日落时候最瑰丽的景色，红霞灿烂、絮云朵朵的天空，暴风骤雨以及其他光怪陆离的自然现象。每到夏季，伙计们喜欢流动，人数减少，剩下的显得珍贵起来，他们就受到客气的待遇，得到很好的工资和良好的饭食；但一到冬天，大家要找职业，可供雇用的人非常多，他们就不得不屈就了，为挣微薄的工资拼命做工；老板娘天天在饭桌上摆上一碟子酸菜，老板说："这是鱼！"如果这时候有个伙计敢说："对不起，这是酸菜！"他立刻就得卷铺盖，冒着隆冬的严寒到外面去流浪。一到草地发绿，道路可以通行的时候，伙计们就说："这到底是酸菜！"说了就开始打起包袱来。即使这时候老板娘立刻在酸菜上扔上一片火腿，老板说："我的天哪，我当时还认为这是鱼呢！现在仔细一看，这确实是一片火腿！"他们还是迫切地希望到外边去漫游，因为三个伙计被迫挤在一张双人床上睡觉，整整挤了一冬，他们的肋条骨互相碰撞，腰身两边受凉挨冻，这种罪过他们已经受够了。

　　有一次从萨克森某个地方来了一个循规蹈矩、性情温和的伙计，名叫尤波斯特。他对什么事都很随和，干起活来像个牲口似的，并且即使想赶他都赶不走，因而他终于成为这个商店的持久的工具，亲眼看到商店老板屡次更换，原来这几年正是多事之秋，比平常变动更大。尤波斯特在床上睡觉的时候，十冬六夏都是占据靠墙那一边，拼命地把身子挺直；他甘心把酸菜当作鱼来吃，到了春天，怀着诚惶诚恐的感激之情，从火腿上取下一小片来尝一尝。挣来的工资，多也罢，少也罢，他都放在一边；因为他一分钱都不肯花费，把所有的工资都储蓄起来。他的生活方式也和其他的手工业伙计不一样；他从来没有喝过一杯酒，既不和任何同乡也不和其他年轻的伙计们来往；一到晚上就站在大门口和老太婆们说说笑笑，逢到心情特别愉快的时候，还替她们把水桶放在她们的头顶上。聊了一会儿天以后，要是没有多余的活可以加夜班挣额外工资，他老早就睡觉去了。礼拜天即使天气非常好，他也要工作到下午；但是，可不要以为他真像快活的制肥皂的工匠约翰①那样，心情舒畅，高高兴兴地干活；相反地，他在从事这种自愿的劳动时，情绪非常低落，不住地抱怨生活的困苦。一到礼拜天下午，他就穿着肮脏的工作服，趿着一双拖鞋，趿拉趿拉地走过街去，到洗衣妇那里去取洗好的衬衫，熨好的衬衫前胸，硬领，或者好一点的手绢，然后用手平托着这些贵重的东西，迈着漂亮的伙计式的步子，走回家去。有些伙计穿着工作围裙和拖鞋走路时，总保持着一种矫揉造作的特殊步伐，仿佛是在更高的境界中飞翔似的，受过教育的装订工人，快活的皮鞋匠和稀奇独特的制梳匠更是如此。尤波斯特回到自己的小房间里以后，却又考虑起，要不要真正穿起衬衫和前胸来，还是把旧衣服再穿它一个星期——因为他虽然性情温和正直，却是个肮脏鬼——要不要索性待在家里不出门，再干一点活。他想到这里，就对世道的艰难困苦叹了一口气，重新坐下来干活，没好气地用牙齿咬着梳子，或者把牛角制成龟壳云形状的梳子，可是在制造的过程中，干干巴巴，一点没有运用想象力，所以总是千篇一律地在牛角上涂上三个一模一样的非常寒碜的斑点；因为如果没有明

---

①　德国诗人弗利德里希·封·哈格多恩（1708—1754）的一首同名诗里所描写的人物。

确的规定，他对于任何事情都是一点都不肯卖力气的。每逢他决定去散步时，他就要用上一两个钟头的功夫，煞费苦心地打扮一番，拿着他的小手杖，装模作样地踱到门前待一待，怀着自卑和烦闷无聊的心情这儿站一会儿，那儿站一会儿，和其他这儿站一会儿那儿站一会儿的人无聊地闲聊几句，这些人也都是想不出什么正经事可干的，大概都是一些又老又穷、不能再到酒馆去消遣的塞尔德维拉人。他乐意跟这样的人站在一所正在修建中的房屋，或者一块庄稼地，或者一棵受到风雨摧残的苹果树，或者一所新建的纺纱厂的前面，极其关切地详细谈论面前这些事物，它们的得失如何，费用项目多少，谈论一年的希望，农作物的情况，其实对于这一切他都是一窍不通，而且也是漠不关心的；不过时间却是按照他那种所谓最适当、最有意思的方式消磨过去了。那些老年人只称他为有人缘、有理性的萨克森人，因为他们也是什么都不懂的。塞尔德维拉人创立了一个巨大的酿酒股份公司，指望从这上头大大提高自己的生活；广大的房基已经耸出在地面上，尤波斯特好几个礼拜天的晚上拿着手杖在那里东戳戳西戳戳，仿佛是在以内行人的眼光，极感兴趣地考查建筑的进展，仿佛他对于建筑是个老行家，同时又是个极其能喝啤酒的人似的。"还不行哪！"他一次又一次地说，"这是个有名的工程！要成为一个规模极大的企业！不过很费钱，唉，钱哪！可惜得很，在我看来，这一道旋还得稍微再加深一些，墙还得要再结实一点！"他说这些话的时候，心里没想别的，只想着在天黑以前准时回家吃晚饭，因为他和其他的伙计不同，从来不耽误礼拜天的晚饭，老板娘就因为他一个人的缘故不得不留在家里，甚至要在别的方面照顾他，这是他唯一使老板娘生气的地方。他吃了分给他的那一小块烤肉或者香肠以后，还在房间里胡思乱想一阵子，然后上床睡大觉；这对他说来就是个快乐的礼拜天。

　　他虽然性情温和正直，与世无争，内心却也不乏剧烈嘲讽的冲动，比如他常暗地里嘲笑世人的轻浮和好虚荣，他对事物的伟大与重要似乎抱着相当明确的怀疑态度，好像自己觉得有一套更为深刻的思想计划似的。实际上他有时候也作出一副聪明的面孔，在礼拜天进行那些内行的谈话时，尤其如此，所以大家都看得出：他心里怀着重大的抱负，别人所经营建造和创办的一切，比起这个抱负来，只不过是儿戏而已。他在塞尔德维拉做伙计时，日夜念念不忘、长年暗中作为自己指路明星的大计划就是：把挣来的工资储存起来，等到将来有一天，制梳子商店关了门，他的钱也已经攒足了，就把这个商店盘过来，自己来做东家和老板。他的一切行为和努力都以此为基础，因为他看得清清楚楚：一个勤俭的人，一个自行其是，会从别人的粗心大意中吸取经验教训而不致吃亏的人，在这上面一定会繁荣发迹。只有当上了老板，他才会很快地赚到许多钱，以便取得瑞士的公民权，然后才去过塞尔德维拉的市民从来没有度过的那种聪明合算的生活；凡是不能增加自己的福利的事情，他打算一概不管，也不想花费一文钱，倒想在这个城市的轻率的漩涡里尽可能地多捞一把。这个计划又简单又正确，而且可以理解，特别是因为他正在坚定不移地贯彻，并且贯彻得很好；因为他已经攒下了相当数目的钱，这一笔钱他小心翼翼地保管着，根据可靠的估计，届时一定足以使他达到目的。这个安静和平的计划唯一不近人情的地方就是：尤波斯特竟会订出这个计划来；因为他心里没有任何一种力量迫使他偏偏非留在塞尔德维拉不可：他既不爱这个地方，又不爱这里的人，既不爱这个地方的政治制度，又不爱这里的风俗习惯。他对于这一切，和对于他自己的家乡一样，一点都无所谓；他也绝不想回家；凭着自己的勤劳和正直，他在世界上任何地方都可以安身立业，和在这里一样；不过，他并没有自由选择，而是糊里糊涂地抓住了偶然出现在他面前的最初的一线希望，以便依附着它，从中吸取营养而成长起来。俗话说："什么地方我能够享福，什么地方就是我的祖国！"有些人自己决定走出家门见见世面，争取到一些利益，然后衣锦还乡；有些人为了逃避某种非常的状况，本着时代的趋势，成群结队随着新的民族大迁徙一同到了海外；有些人在某个地方找到了比家乡故旧更为忠实的朋友，或者比家乡更中自己意的地方，或者有某种更美好的人情的纽带把他们牢牢地捆住。这些人也的确拿得出较好和必然的理由来说明为什么他们在新的祖国生活得更幸福。上面那个格言不加变动就适用于这些人。不过，这些人既然常住在外国，而且也势必在那个地方做人，对于自己幸福地生活着的新国家起码也得要有感情才成。但是，尤波斯特却简直不知道自己在什么国家；瑞士的制度和习俗在他看来都是莫名其妙的；他只是时常说："不错，不错，瑞士人是关心政治的人！我相信，一个人如果喜欢政治的话，政治当然是一件好事！可是讲到我自己，我是向来不懂政治的，因为我的家乡没有谈论政治的风气。"塞尔德维拉人的习俗引起他的反感和恐惧，每逢他们企图闹事或者游行的时候，他就胆战心惊地蹲在作坊的屋角里，唯恐遭到杀害。尽管如此，他唯一的思想和最不肯告人的秘密就是要在这里一直住到老死。这样的正直人散布在世界上各个地方，他们之所以隐藏在那里，并没有别的原因，只不过是因为偶然碰到了一个好饭碗，便安安静静地抱着这个饭碗混饭吃，对故乡既不怀念，对新居也不热爱，没有远大的眼光，也不注意当前的事物，因此，与其说他们是具有自由意志的人类，还不如说更像某些低级的有机体、奇异的小动物和植物的种籽，偶然被空气和水带到某个地方，便在那儿繁殖起来。

尤波斯特在塞尔德维拉就这样一年一年地生活下去，暗地里攒下来的钱越来越多，他把这份秘密财宝埋藏在自己房间里一块铺地的石板下面。还没有一个裁缝能够夸口说曾经挣过他一分钱，因为他刚来到这里时所穿的那件礼拜天出客穿的上衣仍然完好如故。还没有一个鞋匠挣过他一个子儿，因为他初来时装饰行囊外部的那双靴子直到现在底子都没有穿坏；一年只有五十二个礼拜天，其中只有半数他用来作短距离的散步。没有一个人能够夸口说，曾看见过他手里有一块大的或者小的钱币；因为他一领到工资，立刻就神不知鬼不觉地溜走了，他即使是到城门外去散步，身边也不带一文钱，所以他要花钱，也绝不可能。每逢妇女们带着樱桃、李子，或者梨到工场里来卖，别的工人都买些来解馋，他也馋得要命，却会用这样的办法来解馋：聚精会神地跟大家一起还价，不住地摸弄着那些美丽的樱桃和李子，最后，卖果品的妇女们以为他是个最热心的主顾，撺掇他买，他却乐呵呵地节制口腹之欲，使妇女们目瞪口呆地走开；他自己却心满意足、高高兴兴地在一旁瞅着其他的伙计们吃，还给他们出千百条的主意，告诉他们买来的苹果应该怎样烘烤或者削皮。他没有给过任何人一文钱，却也从来没有对任何人说过一句粗暴无礼的话，也没有提出过什么不合理的要求，或者给人一个难看的脸色；相反地，他极其谨慎地避开一切争端，人家冒昧开他的玩笑，他也不生气。别的伙计们纵酒狂欢，他却怀着好奇心，观察着各种闲话和争吵的过程并加以评判，因为这在什么时候都是一种不花钱的消遣；尽管如此，他却处处当心，不干涉别人的事，唯恐一不小心，自己吃亏。总之他的性格是真正英雄的智慧和坚忍，再加上柔顺卑鄙的小人所特有的毫无心肝所构成的一种稀奇古怪的混合物。

有一次，许多星期以来，商店里就只有他一个伙计，这种不受别人打搅的情况，他觉得安逸自在，如鱼得水。特别是夜里他看到床上地方很宽绰，觉得很高兴，他便充分利用这美好的时间，以弥补来日的缺憾：他不断地改换地方睡，好像有三个身体似的，并且想象床上一共有三个人，其中的两个请第三个人睡觉时要随便些，千万不要拘束。这第三个人不用说就是他自己；他根据这个请求，把整整一条被子都裹在身上，或者把两条腿极力叉开，或者横着躺在床上，或者一阵子天真的兴致上来，在床上翻筋斗。可是，有一天黄昏时候，尤波斯特已经躺在床上了，不意忽然又来了一个找工作的陌生伙计，老板娘指定这个陌生人到这个卧房来睡。尤波斯特正安逸自在地把脚放在枕头上，倒转身子睡在床上，忽然那个陌生人走进屋子来了，他把沉重的背包放下，立刻就开始脱衣服睡觉，因为他已经很累了。尤波斯特像闪电一般快地转过头来，直挺挺地躺在靠墙那边他原来的铺位上，心里想道："他不久就会开小差的，因为已经是夏天了，这时候去漫游是很开心的！"他怀着这种希望，悄悄地叹了几口气，只好逆来顺受；夜间行将出现的彼此肋条骨对碰因而争吵起来的活剧，已经历历如在眼前了。但是新来的伙计，虽然是个拜耶尔人，临睡时却客客气气地向他招呼，然后和他一样安安静静、斯斯文文地躺在床的另一头，整个夜里一点都没有搅扰过他，这使他惊讶极了！这件稀有的异事使他心绪不宁，眼巴巴地看着那个拜耶尔人安逸自在地睡在那里，他却整夜没有合眼。第二天早晨尤波斯特带着极其注意的神情，仔细观察和自己睡在一起的这个奇异的伙伴，发现他也已经不是个年纪很轻的伙计了；这个人向他打听起这里的环境和生活情况来，说话时措辞得体，简直就和尤波斯特自己在同样情况下所要讲的那些话一样。尤波斯特一理会到这点，就采取了缄默保留的态度，连最简单的事情都不肯讲，就像是巨大的秘密一般；但是，反过来，他却努力探听这个拜耶尔人的秘密；因为老远就看得出来，这个人心里也是有秘密的；不然，他又为什么是这样一个通情达理、性情温和、处世老练的人呢？要是他没有什么秘密企图，不打算去占什么很大的便宜，他又何必如此呢？现在他俩就小心谨慎、一团和气地用含蓄的话，委婉曲折地兜着圈子，来侦察彼此的秘密。谁都不给谁一个合理的明确答复，但是几个钟头以后，谁都知道对方不折不扣、恰恰是和自己一模一样的人。这个拜耶尔人叫做傅里多林。他在这一天之内跑到房间里去过好几次，在那里不知道忙着搞什么；当他坐在工场里做活的时候，尤波斯特就乘机也溜进房里，匆匆忙忙地查看了傅里多林的财产，发现他所有的东西差不多件件都和自己那些一样；只是放针的木匣上画着一条鱼，尤波斯特自己的木匣上却开玩笑地画着一个婴儿；尤波斯特时常翻阅的一本破书是一部《法语语法启蒙》，拜耶尔人那里却有一本装订得很好的小书，书名是：《冷热染缸——蓝色染匠必读手册》。书中用铅笔写着：这是我借给拿骚人的那三个克莱采①的抵押品。尤波斯特从这点推断出，这个拜耶尔人是个能攒钱的人，因而不由得向地板上侦察来侦察去，不久就发现有一块石板像是新揭开过的，在这块石板下面也确实放着一件财宝，用半条破旧的手绢包着，用线捆好，分量差不多和他自己那件完全相等，所差的只是他那件财宝是塞在一只短袜子里捆好藏着的。尤波斯特战战兢兢地将石板盖好，他之所以战战兢兢是由于心情激动，是因为对这位陌生的伟大人物感到钦佩；对他的秘密深为不安。他盖好以后，立刻跑下楼去，走进工场，拼命地干起活来，仿佛要把梳子供给全世界似的；那个拜耶尔人也拼命干活，好像除了人间以外，天上也需要梳子似的。以后的八天完全证明了他们各人对于对方的第一个印象是正确的；因为如果说尤波斯特是勤奋知足，傅里多林就是刻苦努力，两个人都对这种美德的艰巨发出同样严重的叹息；如果说尤波斯特快活智慧，傅里多林就显得滑稽伶俐；如果说前者虚怀若谷，后者就是谦恭和气；如果说前者狡猾而爱好讽刺，后者就是诡诈而善于冷嘲热骂；面对着自己害怕的事物，尤波斯特作出一副和平而愚蠢的面孔，傅里多林则装成傻里傻气的样子，像个驴子似的，伪装的巧妙真是无以复加。他们之所以这样，与其说是受了一种竞争心的驱使，不如说是由于练习自觉的技巧所致，在练习时谁都不齿于以对方为模范，效法对方构成完善的品行所必需的一些最优美的特点，以弥补自己之不足。他们甚至还显得非常和睦谅解，像是在干一个共同的事业似的，因而就像两个干练的英雄，在交战以前，表现出骑士风度，彼此互相鼓励一样。可是不到八天，就又来了一个史瓦奔人，名叫狄特里希。他俩心里暗中欢

---

① 旧的小钱币，合 1/60 古顿。

喜，好像得到了一个快活的尺度，可以用来测量他们自己的伟大；他们认为这个小史瓦奔人一定是个小废物，打算把这个人放在他们的美德中间来玩弄，好像两只狮子玩弄一只小猴子一样。

不料他们发现这个史瓦奔人的行动恰好和他们自己一样，这时他们惊讶到什么程度，谁又描写得出呢！从前他们两人彼此认识的过程又在他们三人当中重复了一遍，这样一来，他们不仅在对待第三者的问题上处于一种意想不到的地位，他们自己相互间的局面也完全改变了。

他们刚一让这史瓦奔人上床躺在他们中间，这个人就已经表现出他和他们二人完全势均力敌：这个人像一根火柴似的直挺挺地、安安静静地躺着，因而这三个伙计身边一直还有一点地方空着，那条被单盖在他们三个人身上就好像一张纸盖着三条鲱鱼。现在局势更加严重了；因为三个人势均力敌，鼎足对峙，好像等边三角形的三个角一样，任何两个人中间不再可能有什么亲密关系、停战状态或者快意的竞争，所以他们就极其认真地努力，力图用吃苦耐劳的办法，显示自己的优点，把其他两个人排挤出去。老板一看见这三个家伙为了留在店里不走，什么都肯忍受，就克扣他们的工资，减少他们的饭食；可是他们倒更加勤奋地干起活来，这就使他能够向市场抛出大批的廉价商品，并且满足更多的订货。总之，他利用这几个静悄悄干活的伙计赚了一大笔钱，真是在他们身上发现了金矿。他身体发了福，腰带向外松了几个孔，在城里很有地位，同时这几个愚蠢的工人却在黑暗的工场里日以继夜地苦干，都想通过工作比赛的办法把别人排挤出去。史瓦奔人狄特里希年纪最轻，却和另外两个人是一样的材料，不过，他因为漫游过少，还没有什么积蓄。尤波斯特和傅里多林既然大大地抢先了一步，假如他不利用自己这样一个足智多谋的小史瓦奔人的身份造成一种魔力以抵消其他两个人的长处，那么，没有积蓄这一层，对他说来就会成为一种严重的情形了。他和他那两个伙伴一样，只想在这里，不想在任何其他地方定居下来赚钱；既然他除此以外，心里完全没有任何别的热情，他就想出了一个办法：他要和一个大约有萨克森人和拜耶尔人藏在石板下面那么多的钱财的女人谈恋爱，向她求婚。塞尔德维拉人比较优良的特性是：不肯为了一点财产娶丑陋或不可爱的女人；当然，他们也不至于受到很大的诱惑，因为这个城市的女人，漂亮的也好，不漂亮的也好，都不是巨大遗产的继承人。所以他们至少有勇气，不把微薄的遗产放在眼里，而乐得娶个风流漂亮的女人，可以过几年浪漫的生活。因此这位物色对象的史瓦奔人便不难设法接近一位贤淑的少女。这位少女和他同住在一条街上；他在跟老太婆们进行通情达理的谈话时，听说她有一张七百古顿证券的财产。这个女子就是徐丝·宾茨林，年龄二十八岁；母亲是洗衣妇，她跟母亲一起生活，但对父亲的遗产却拥有无限的处理权。她把她这张证券放在一个小漆匣子里，其中还保藏着证券的利息，她的洗礼券，行坚信礼的证书，一个彩画包金的复活节蛋；另外还有半打银茶匙，一张在一种红色透明的、她名之为人皮的玻璃薄片上用金字印出来的“我们在天上的父”的祈祷文，一颗雕刻着耶稣受难像的樱桃核，一个透花雕镂的用红波纹绸子作垫的象牙盒子，里面有一面小镜子和一个银顶针；小漆匣子里还有另一颗樱桃核，里面有一套小不点儿的九柱戏滚球在咔啦咔啦作响；还有一个胡桃，打开一看，里面是用玻璃罩罩着的小小的圣母像；一个银质的心，里面塞着一个海绵制的小香袋；一个用柠檬壳制成的糖果盒，盒子盖上画着一颗杨梅，盒子里棉花垫上放着一个勿忘我草形的金别针和一个奖章，上面附着一束作为纪念的头发；另外还有一捆已经变黄的旧纸，附有一些收据和密件，一小瓶霍夫曼氏滴药，一小瓶科隆香水，一盒麝香；还有一个盒子，里面放着一点用剩的甘草，一个用香草茎编制的小篮子，还有一个是用玻璃珠和丁香编成的；最后还有一本用天蓝色的起棱纸装订的银边的小书，书名是：《准备作未婚妻及贤妻良母的少女的生活准则指南》，一小本《圆梦奇书》，一本尺牍，五六封情书和一个放血针。原来，她从前曾经和一个理发匠的学徒，再不就是和一个外科医生的助手有过某种关系，打算和他结婚。因为她是个非常心灵手巧的人，就从她的情人那里学会了放血，安置水蛭和放血器以及其他诸如此类的事情，甚至于学会给她的情人刮脸了。但他却显出是个不成器的人，跟他在一起很容易把她的一生幸福完全断送，因此她就含悲忍痛然而非常明智地下定决心跟他断绝关系。双方赠送的礼物都一概物归原主，只有放血针除外；这个放血针她扣留了，认为这是她当初借给他的那一个古顿四十八个克莱采现款的抵押品；那个不成器的人却硬说不欠她这笔钱，因为她是在一次跳舞的场合把这笔钱交到他手里作为应付开支用的，而她所消费的却两倍于他。于是男的就不归还那一个古顿四十八个克莱采，女的也不归还这个放血针。她用这个放血针私下里给所有她认识的妇女放血，挣了不少的小外快。但是，她每次使用这个工具的时候，都不免想起当时和她那样亲密、几乎成了她丈夫的那个人，品格竟那样卑鄙，因而心里难过起来！

这些东西都放在那个漆匣里，锁得好好的，漆匣又保藏在一个古老的胡桃木柜里，柜子的钥匙宾茨林总放在荷包里随身带着，片刻不离。讲到她的相貌，她的头发稀疏而带红色，眼睛是海蓝色的，颇有迷人之处，有时候也会闪出温柔而聪慧的光芒。她有很多衣服，却只穿其中很少的几件，而且总是一些最旧的；不过，她的衣服却穿得干净整齐，她的房间也收拾得清洁卫生，有条不紊。她非常勤奋，帮助母亲洗衣服，熨比较好的衣服，洗塞尔德维拉妇女们的帽子和袖口，从中赚了不少铜板；也可能是由于干这种活的缘故，她每星期在洗衣服的日子里都保持着妇女们一般洗衣服时经常出现的那种庄严稳重的心情，而且这种心情在她心里永远固定了下来。只有在开始熨衣服的时候，才出现一阵较大的欢乐，这种欢乐，就徐丝而言，却因为带有智慧的因素而更有风趣。房间里的主要装饰品也证实了这种稳重的精神：四方块的大小量得很均匀的肥皂一块一块地在枞木壁板上摆了一个圆圈，以便更干硬耐用。这些肥皂每回都是徐丝亲自动手量好，然后用黄铜丝从一条新肥皂上切下来的。为了切柔软的肥皂时好使些，铜丝的两头安着两块小横木。她还有一个美丽的圆规，用来量肥皂，以便把它划分成若干等分，这是当初一个跟她订了婚的、制工具的伙计制造出来送给她的。放在木柜上蓝色茶壶和彩画的花玻璃杯中间作为摆设的那个锃光瓦亮的捣香料的小药臼也得自同样的来源。她早就想要这样一个细巧的小药臼；所以那个事事留心的工具制造匠在她的命名日那天拿着这件东西来到时，那就像是应召而来似的。他还带来了一些要捣的材料：一匣子肉桂、糖块、丁香和胡椒。他进来以前，在门口还把小臼的柄挂在小手指头上，用臼杵敲出一阵悦耳的响声，好像敲钟一样，使这天清晨充满了欢乐。但是过了不久，这个虚伪的人便从这个地方开小差逃跑了，以后再也没有消息。店东因为小药臼是逃跑的人没有付钱从他的铺子里拿走的，要把它收回来。但是徐丝·宾茨林不肯交出这件珍贵的纪念品，还为着这件东西打了一场勇敢激烈的小官司，她以给逃亡者洗衬衫胸襟的账单为根据，亲自出庭给自己辩护。她为着这个小药臼不得不跟人家打官司，这是她生平意义最重大也最痛苦的日子，因为像她这样一个深明事理的人干这种事，尤其为了这样微妙的事情亲自出庭，她的体会和感触比其他比较轻薄的人要深刻多了。不过，她终究争得了胜利，保住了那个小药臼。

如果说那套精致的肥皂展览表现出她的勤劳和严格认真的性格，她的一小堆杂七杂八的书籍也同样表现出她能够引人为善和她有教养的精神；她把这堆书整整齐齐地垒起来摆在窗前，每逢礼拜天就很勤奋地拿来翻阅。她许多年前在学校用过的课本都还全部保存着，连一本也没有丢掉。她学来的那一小套学问也还都记得，她还能背诵教义问答书，文法课本，算术课本，地理课本，圣经历史，以及非宗教性的读本；她还有克里斯多夫·施密特①的几部美丽的历史书和他的一些末尾附有四平八稳的格言诗的短篇故事。至少有半打各种各样具有《小宝库》《玫瑰园》这一类名称的书籍以备参考，还收藏着一些附有各种已经证明有效的经验和智慧的日历，一些奇异的预言，一本打牌占卦指南，一本有思想的少女每日必读的劝教书，和一本旧版的席勒的《强盗》，这本书她一觉得忘记得差不多了就再读它一遍，每次都重新受到感动，但同时也对此书发出很有见解的批判性的议论。这些书的内容她也全都记得，而且能够极好地加以阐述，除此以外还能够谈论许多其他的事物。每逢她心满意足又不很忙的时候，便口若悬河，讲个不停，对于一切事物她都能够追本溯源，作出评价；所有的人，无论老幼尊卑，有学问没学问，一看到她微笑着或是先沉思默想一小会儿然后再指出这是怎么一回事时，都得向她学习，顺从她的主张。她有时候激昂慷慨，大放厥词，像是一个有学问的盲人，对于世界上的事物一无所见，唯一的乐趣就是听她自己讲话。她把在市立学校时和上坚信礼准备课时写作文、宗教备忘录和各种格言式的提纲这一类的练习一直保持下来；有时候她在安静的礼拜天就某一个她所听到或读到的好听的题目，把从她那奇异的脑子里冒出来的那些极其稀奇古怪、荒谬绝伦的句子整张纸整张纸地排列起来，凑成了一篇一篇奇异的论文，例如论病床的益处、论死亡、论节制有益于健康、论有形世界的伟大与无形世界的神秘、论乡村生活及其乐趣、论自然、论梦幻、论爱情、略论基督的救世事业、关于自命正直的三点意见、对于不朽的看法。她把这些文章向她的朋友和崇拜她的人高声宣读，她喜欢谁，就送给谁一两篇，受赠者如果有《圣经》，就得把它夹在《圣经》里面。她这一精神方面的特点曾经一度引起了一个年轻的装订书籍的伙计对她深切真诚的爱慕。这个伙计把经自己的手装订的

---

① 写青年读物的德国作家（1768—1854）。

书籍都阅读了一遍，是个努力要强、感情丰富而没有经验的人。他每次把一包衣服送到徐丝的母亲那里去洗时，都觉得自己像是到了天堂一样，因为他对于徐丝那样高明的议论真是爱听极了，这些议论他自己心里也经常想到，但是不敢说出口来。他羞羞怯怯、诚惶诚恐地去接近这个时而态度严厉、时而谈笑风生的少女，她和他来往，把他吸引在她身边有一年之久，可是一直把他完全限制在她用温和而严峻无情的手给他划得清清楚楚的那个毫无希望的范围之内。因为他比她小九岁，而且一贫如洗，不善于赚钱；装订书的人在塞尔德维拉是没有大利可图的，因为这里的人不读书，更难得把书送去装订。因此，她没有一时一刻隐讳过她和他结合的不可能，只是企图用各种方法，根据她自己的节制能力来培养他的节制精神，使它陷入五花八门的空话云雾中，成为木乃伊。他聚精会神地听着她讲话，有时候自己也敢讲一句巧妙的话，但是还没等到它出口就给徐丝用一句更妙的话顶回去了。这是她有生以来最有性灵的最高尚的一年，没有任何粗鄙的气息使这一年减色，在这期间那个青年人把她的书籍都重新装订了，并且利用许多夜晚和节日的时间，制造了一件精巧贵重的纪念品以表示敬意。这是用厚纸板做成的一座中国式的庙宇，其中有无数的贮藏所和秘密房间，又可把它一块一块拆卸下来。这座庙宇是用最精美的有色纸裱糊的，而且到处都用金纸花边装饰着。镶着镜子的墙壁和一行行的柱子彼此交替，如果去掉一块或者打开一个房间，就会看见一些新的镜子和隐藏着的小画片、花球和情侣；房顶的飞檐上四面八方都挂着小铃铛。廊柱上挂着一个女表的表盒，柱子上还有美丽的小钩，为的是把金表链挂在上面，并使它来回盘绕在这座建筑的周围。但是一直还没有一个钟表匠来把一只表放在这个神坛上，也没有一个银匠在那上面放一个表链。这座精巧的庙宇花费了无数的劳力和技巧，几何学的设计所费的功夫也不下于这整齐精细的制作本身。这个为了纪念美好的一年而制造的纪念品刚一竣工，徐丝·宾茨林便抑制自己的情感，鼓励这善良的装书匠和她分开，去奔自己的前程，因为他到社会上出路是很多的；而且他既然由于和她来往，受到她的教育而成为心地高尚的人，因而一定会有最好的命运向他微笑，同时她也愿意永远不忘掉他，而甘愿寂寞终身。这青年装书匠被打发离开这个小城的时候，真是痛哭流涕。从那时起他的作品就供奉在徐丝的旧式五屉柜里，上面蒙着一层海绿色的罗纱，以免灰尘落在上面，并防止不配观看的人瞧见。徐丝把这件东西看得十分神圣，从来不使用它，把它保藏得像新的一样，也不放一点东西在其中的贮藏所里。为了纪念制造这件东西的人，她称他为爱玛努爱尔，而他的真名却是魏特；她对任何人都说，只有爱玛努爱尔了解她，认识她的为人。只是对他本人她却很少承认这点。相反地，却本着她的严厉性格约束着他，并且为了鼓励他向上起见，还常常向他指出，尽管他自以为是最了解她的，实际上却最不了解。可是另一方面，他对她也开了个玩笑，在那个中国式庙宇壁里边的夹层地板中间放了一封最美丽的用泪浸透的信，信里表达出他的说不出来的悲哀、爱恋、敬意和永远忠实，措辞是那样可爱、坦率，只有陷入迷楼找不到出路的真实情感才能找到这样的语言。这样一往情深的话，他从来没有说出来过，因为徐丝从来不准他谈。她丝毫没有梦想到这里藏着这样一件宝贝，这件事情说明，命运对人是公道的，一个虚伪的美人不会发现她不配看见的东西。这也象征着：对这位装书匠的痴心而热烈诚恳的本性毫不了解的正是徐丝自己。

她好久以来就赞美这三个制梳匠的生活，说他们是三个正直而且懂事的人，因为她已经好好地观察过他们了。所以当史瓦奔人狄特里希借着送衬衫或者取衬衫的机会，开始在她那里多逗留一会儿，向她献起殷勤来的时候，她就以友好的态度对待他，用她的高谈阔论把他吸引住，使他好几个钟头都不肯走开。而狄特里希则尽力以钦佩的口吻附和着她。徐丝是很经得起人家大捧特捧的，捧她的话越是有刺激性，她就越喜欢听。每逢人家称赞她的才智时,她先尽力保持沉默,等到人家把心里的话都倾吐出来了,她就再把人家关于她所作的描写锦上添花地加以补充。狄特里希跟她来往没有多久,她就已经让他看到她那张财产证券了。他看了以后,心花怒放,对同伴们严守秘密,就好像一个人发现了永久运动的机器似的。但是,尤波斯特和傅里多林不久就找到了他秘密活动的线索,对他的深谋远虑、手段高明非常惊讶。尤波斯特更是气得真正自己捶起自己的头来,因为他照顾这家洗衣店也已经好几年了,但是除了去取自己的衣服之外,他从来还没有梦想到另有所求。他倒几乎有点儿恨这家洗衣店里的人,因为只有她们才能够每星期从他手里挖去几个小钱。他一向没有想到结婚,因为在他看来,女人只是无缘无故对他有所希求的人。他也从来没有想到要向某个女人要求什么对自己有利的东西,因为他只相信自己,他的思想短浅,越不出他那个秘密计划的最切身、最狭隘的范围。可是现在他非得设法夺取这个小史瓦奔人的优先地位不可,因为这个人一旦把徐丝姑娘那七百个古顿得到了手,就能够兴风作浪。这七百古顿在萨克森人和拜耶尔人心目中顿时显出了神圣的光辉。这样一来,富有创造发明天赋的狄特里希所发现的大陆,立刻就变成了公共的产业,他自己也遭遇到一切发现新大陆的人所遭遇的辛酸的命运,因为另外那两个人立刻追踪而至,也出现在徐丝·宾茨林身边,于是,她看到自己给这三个通达人情世故的体面的制梳匠包围起来了。这件事使她心里非常得意;她从来还没有经历过几个人同时向她献殷勤的场面,因而对她说来,新的精神锻炼就是:以最聪明、最不偏不倚的态度来对待这三个人,控制着他们,用巧妙的言辞鼓励他们培养克己自制和无私的精神,直到上天对这不可改变情况安排出了定局再说。因为既然他们每个人都特别对她吐露了自己的秘密和计划,她就立刻打定主意,谁能达到目的,成为制梳店的主人,她就让谁享受到跟她结婚的艳福。那个史瓦奔人只有在她帮助下才有可能达到目的,她就不考虑他，决定无论如何都不嫁给他。不过，在这些伙计当中，他最年轻，最聪明，也最可爱，因此她最初还给他不少的暗示，让他怀着一些希望，看来她似乎是在以亲切的态度特别对他加以监督管教，她用这种手段，促使另外那两个人对她更加热心，于是，这位发现美丽的新大陆的可怜的哥伦布，就完全变成了一个给人耍着玩的小丑。他们三个人互相比赛，看谁最忠诚、最谦虚、最懂事、最擅长这种取悦于人的艺术：善于表现自己愿意受这位严厉的少女的管束，并以无私的态度对她表示钦佩。这四个人在一起的时候，就像是在举行一个稀奇的秘密集会，会上有最奇怪的谈论。尽管他们三个人这样虔诚恭顺，却也常常有这样的情形出现：其中某个人在赞扬他们共同的女主时，忽然离开了本题，企图赞美和显示自己，他一定立刻就受到她委婉的纠正，因而满面羞惭，停住不讲，或者就得听她把另外那两个人的美德拿来同他对比，于是他只得赶忙承认和证实她说得有理。

这对于那三个可怜的制梳匠说来却是一种严格的生活。他们虽然天性冷淡，但是自从有个女性纠缠在里面，就有忌妒、顾虑、恐惧和希望这种完全异乎寻常的情感激动。他们拼命做工，拼命节省，几乎把自己折磨死了。他们看上去显然是比从前消瘦了，心情变得忧郁沉重了。他们当着人们的面，尤其是当着徐丝，努力表现出自己最善于和平相处，而且是非常善于讲话的，在他们共同劳动或者同坐在他们的卧房里的时候，彼此却简直一句话都不交谈，长吁短叹地躺在他们共同使用的那张床铺上，却仍然像平日那样安安静静各不相犯，如同三支铅笔一样。每天夜里同样的梦魇浮现在这三个人跟前，后来有一次梦里的情景太逼真了，使得靠近墙睡的尤波斯特突然翻过身来，撞着狄特里希，狄特里希向后一躲，又撞着傅里多林，于是这三个睡梦正酣的伙计气愤起来，在床上发生了极可怕的斗争，他们彼此用脚拼命地乱踢，乱踩，大打一番，在三分钟之内六条腿就都彼此纠缠在一起，打作一团的三个人就在可怕的叫喊声中从床上一齐滚了下来。这时候他们完全醒了，都认为是魔鬼想来抓他们，或者是强盗闯进屋子里来了。他们大喊着跳了起来，尤波斯特站在他盖着财宝的石板上，傅里多林连忙站在他那块石板上，狄特里希也站在藏着自己那一点点积蓄的石板上面。他们一面站成了一个三角形，浑身发抖，胳膊向空中乱晃，一面大喊："杀人了！快滚，快滚！"直到老板惊醒了，冲进了他们的卧房，才使这三个发疯的伙计镇静下来。他们又害怕，又气愤，又难为情，这种种情绪使他们激动得浑身发抖，三个人终于同时爬上床去，一声儿不响地并排躺着直到天明。但这次夜里闹鬼还只是现在正要降临的更大恐怖的序幕。吃早饭的时候，老板向他们宣布，他不能再用三个工人了，所以他们三个人当中得有两个离开。原来他们工作得太好了，生产的商品过多，一部分推销不出去，老板把增加的利润都用在这上面，以致这家生意正在最兴隆时期的商店营业迅速倒退，再加上老板又过着吃喝玩乐的生活，使他所欠的债，两倍于他的收入。因此，这三个伙计虽然十分勤奋自制，却忽然成了他的一个多余的负担。他安慰他们说，他觉得他们三个人都是同样可敬可爱，所以他让他们自己决定，谁应该留下，谁应该离开。但是他们并没有作出什么决定，而只是站在那里，面色苍白得像死人一样，彼此相对微笑。接着他们的心情就陷入一种可怕的兴奋激动中，因为最紧急的时刻已经到来：店主对他们的声明确切表明，他的生意做不长了，最后得把商店顶出去。因此他们三个人努力争取达到的目标已经近在眼前了，它放射着光芒，像是天上的耶路撒冷一样，其中有两个人得在这天上的耶路撒冷的大门前面打回头，进不了城。他们每个人都不假思索就表示愿意留在这里，即使白做工没有报酬也心甘情愿。但是店主连这样的工人也不需要，他肯定地告诉他们，他们三个当中无论如何得有两个人离开。他们在他面前跪下，使劲扭自己的手，向他苦苦哀求，每个人都特别为自己求情，只求让自己在这里再待上两个月，甚至四个星期也可以。店主明白他们在打什么主意，心里很生气，就拿他们来开心，突如其来地向他们提出了一个滑稽有趣的办法，来决定他们谁去谁留的问题。"假如你们自己对于谁要离开这里这个问题不能够取得一致的意见，我就给你们指出解决这件事情的办法，我说出来了，就得照着做！明天是礼拜天，我把你们的工资付清，你们打上背包，拿起手杖，三个人和和睦睦地走出城门去，足足走上半个钟头的路程，向哪个方向走都随你们的便。然后休息一下，要是愿意喝酒，也可以喝一杯酒，然后再回到城里来，谁先来到，先向我重新要求工作，我就留下谁；其他的两个人可得离开这里，爱到哪儿就到哪儿去！"他们听了这话，又跪倒在他面前，求他打消这个残酷的主意，但是无效；他固执己见，不留情面。那个史瓦奔人忽然跳起来，像着了魔似的跑出了店门，往徐丝·宾茨林家去了。尤波斯特和那个拜耶尔人一发现他走了，就立刻停止哀求，急起直追，于是这个绝望的场面立刻就移到那个惊慌失措的少女家里去了。

徐丝遇到这件意外的事件，心里非常惊慌激动。但是她首先镇静下来，把这件事情的整个局势考虑了一下，然后决定把自己的命运和店主这个奇怪的主意联系起来，认为这个主意是神明的启示。她感动地拿出一本《小宝库》之类的书籍，用针在书本当中一扎，扎中的那个格言讲的是坚定不移地追求一个良好的目标。于是，她让那三个情绪激动的伙计也来扎，他们扎中的格言都是些在狭路上努力前进，勇往直前，义无反顾，前程远大之类的话，总之，讲的全是各种各样的奔跑，所以明天的赛跑好像明明是由上天预定似的。徐丝恐怕狄特里希年纪最轻，会跑得最快，因而得到胜利，就决定亲自跟这三个爱人出发，看看怎么办对她有利；因为她只希望那两个年龄较大的伙计当中有一个是胜利者，至于到底是哪一个，她却是完全无所谓的。于是她就命令这三个诉苦的、彼此争吵的人安静下来，要他们听天由命。她说："朋友们，你们要知道，什么事情的发生都是有意义的。你们老板提出来的要求虽然奇怪异常，我们还是得要把它看作是天意的表现，以轻浮的人们所梦想不到的那种更高的智慧去服从这个突然作出来的决定。我们这种和平的理智的共同生活实在是太美好了，长此以往它是不可能继续对我们起这样教育作用的；因为，唉！一切美好有益的事物都是无常的，容易消逝的；只有邪恶、顽梗和心灵的寂寞是长久存在的，到那时候我们就得以我们虔诚的理智态度来观察这些了。所以最好是趁着还没有什么恶魔在我们当中制造不和，就自觉自愿地彼此分开，像可爱的春风在天上迅速吹过一样，各奔前程吧！不要等到有一天我们非得像秋天的狂风似的彼此分离不可。我愿意亲自陪你们去走这段困难的道路，你们开始经受竞走的考验时，我愿在场，使你们快活地鼓起勇气来，一面觉得有一种美好的动力在背后推动你们，一面又看到胜利的目标在前面向你们遥遥示意。但是胜利的人不可因幸运而骄傲，失败的人也不可以沮丧失望，心里难受，或者气愤，而要心里回忆着我们相处的美好日子，真像个学成以后快快活活地漫游的伙计似的走向广大的世界去；因为人类已创建了许许多多的城市，跟塞尔德维拉一样美丽，或者比它更美：罗马是个值得一看的大城市，教皇就住在那里；巴黎是个非常巨大的城市，居民很多，有巍峨的宫殿；君士坦丁堡有信仰土耳其宗教的苏丹在那儿坐朝廷；里斯本曾因地震而被埋了起来，重建以后比从前更加美丽了；维也纳是奥地利的首都，号称帝都；伦敦是世界上最富的城市，在英国一条叫做泰晤士河的河畔，有两百万人住在那里！彼得堡是俄国的首都和皇帝驻跸的城市，那不勒斯是那不勒斯王国的首都，附近有座维苏威火山，我读过一部奇异的游记，游记上讲到一个英国船长曾在这座山上遇见一个堕入地狱的鬼魂，是一百五十年前一个不信上帝的人名叫约翰·斯密司的魂灵；这个鬼魂委托船长告诉他在英国的后代子孙，要他们超度他，使他得救；原来整个火山都是堕入地狱的鬼魂居留的地方，这在学识渊博的彼得·哈斯勒的论文《地狱地形臆测》中也可以看到。此外还有许许多多的城市，其中我只提米兰、威尼斯——这座城市完全建筑在水里——里昂、马赛、斯特拉斯堡、科伦和阿姆斯特丹。巴黎我已经讲过了，但还没有谈到纽伦堡、奥格斯堡、法兰克福、巴塞尔、伯尔尼和日内瓦，这些都是美丽的城市，还有美丽的苏黎世。此外还有许许多多地方，简直不胜枚举。一切事物都有限度，只有人类的发明才能是无限的；他们到处繁殖，凡是看来对他们有用的事业，他们都着手去做。只要他们是正直的人，他们就会成功，而那些不正直的人则像地里的草一样，又如同烟一样，总会归于消灭。选上的人多，但是称职的人少。由于这种种原因，还加上我们纯洁的良心所具有的责任感和道德观念迫使我们考虑到的其他关系，我们愿意服从命运的安排。因此，你们就去准备你们的漫游吧！但是你们要作为正直温和的人去漫游，无论走到哪里，都不失为正人君子，在任何地方都能让自己的手杖扎根，无论选择什么职业，都可以自慰地说：‘我选择了生活当中一条比较好的道路！’”

三个制梳匠却不愿意听她讲的这一大套，只是缠磨着聪明的徐丝姑娘，要她从他们三个人当中选出一个，指定他留在那里，每个人心目中指的都是他自己。但是徐丝却不肯选择，她以严肃的命令口气宣布，要他们一定听她的话，不然，她就永远跟他们绝交。一听这话，年龄最大的尤波斯特就从徐丝家跑回老板家去了，另外那两个人也赶紧跑回去，唯恐他回到老板家里搞什么对他们不利的活动。于是，他们三个人像流星似的，跑过来跑过去，忙了一个整天，彼此各不相容，就像三个蜘蛛在一个蜘蛛网里一样。半个城市的人都看到这三个向来那样和平安静的制梳匠现在慌慌张张大出洋相，老年人就因而害怕起来，以为这是要出严重事故的一种神秘的预兆。傍晚，这三个人闹得筋疲力尽，却没有想出什么良好的办法，也没有作出什么决定。他们咬牙切齿，躺在那张破旧的床上；一个一个溜进被窝里，像死人挺尸似的躺在那里，胡思乱想，最后才进入消除烦恼的睡乡。尤波斯特最先睡醒，看见一片明媚的春日清晨的光辉照进了六年以来他所居住的房间。这间房子虽然看起来那样简陋，但在他的心目中却像个天堂，现在却要他离开这个房间，而且是很不公道地要他离开。他向着墙上望来望去，数着在这里居住过或长或短时间的许多伙计所遗留下来的那一切早已熟悉的痕迹：这里某人常蹭脑袋，把墙弄黑了一片，那里另一个人钉了个钉子，挂他的烟斗，现在那条红绳还垂在那儿。这些人都老老实实地走开了，他们是怎样的好人哪！而睡在自己身旁的这两个人却绝对不肯相让。接着他又用眼睛盯着离他的脸最近的地方，仔细观察那里一些较小的东西，这些东西他在早晨或者傍晚天还没有黑的时候躺在床上去享受一种幸福而又不花钱的生活时，早已经看过千百遍了：墙上的灰泥坏了一块，看上去像一个有湖泊和城市的国土，一小堆粗沙子像是快乐的群岛；再远一点伸展着长长的一根猪鬃，这是刷子上掉下来的，粘在青灰上了；因为尤波斯特去年秋天拿到一点剩下来的青灰，为了废物利用，用来刷了刷墙，勉强刷了一面墙壁的四分之一，刷的是紧挨着他睡觉处的一块地方。这根猪鬃那边的灰泥稍微有点凸起，像一座小小的青山，这座青山隔着猪鬃向那些快乐的仙岛斜斜地投下一层淡影。关于这座山他已经琢磨了整整一冬，因为他觉得，从前似乎这里没有这个东西。现在，当他用悲哀的蒙眬的睡眼寻找这座山时，却忽然不见它了，他发现这个地方墙上有一小片是光秃秃的，而离此不远的那座小不点儿的青山却直在移动，像是要行走似的，这时尤波斯特简直都不相信自己的眼睛了。他惊讶地往上一看，看到的好像是个蓝色的怪物，再定神仔细一瞧，才发现是个臭虫，原来他去年秋天刷墙的时候，臭虫僵卧在那里，他不经心也把它刷上了颜色。现在春暖，臭虫复活，开始动作起来，正蠕动着它的蓝色的背壳，孜孜不倦地顺着墙壁往上爬。尤波斯特目送着这个臭虫，又是感动又是惊奇；当它在刷了蓝色的墙上行走时，简直和墙壁没有分别；但是当它走出了刷蓝了的部分，并且把最后的零零星星的溅上的一些蓝点都走了过去以后，这个善良的天蓝色的小动物显然是继续前行，走过比较黑暗的地带。尤波斯特看到这里，心里难过起来，倒在枕头上面；尽管他平时对于这类情形是无动于衷的，但是现在这种现象却在他心里引起了一种感触，他觉得最后还是得重新去漫游；他觉得这是一个吉祥的征兆，要他顺从命运的必然，至少也要自觉自愿、心情舒畅地走上征途。这样更平心静气地想了一想之后，他天生的稳健和智慧就又恢复过来；他把这件事仔细考虑了一下，觉得自己如果采取顺从和谦虚的态度去经受这种严重的考验，在经受考验的过程中打起全副精神，善于随机应变，他还是会很快地战胜他那两个对手的。想到这里，他轻轻地起了床，开始整理起他的东西来，首先是取出他的财宝，放在他的旧行囊的最下层。听到他收拾东西，他的两个伙伴立刻也都醒了；看见他这样心平气和地捆行李，他们非常惊讶；等到尤波斯特以和解的语气向他们招呼，并问早安时，他们就更加惊讶起来。尤波斯特却没有再讲什么，只是安安静静地继续干他自己的事，表现出一团和气、与世无争的样子。他们虽然不知道他葫芦里卖的什么药，却立刻觉察到他的举动中含有一种策略；他们马上也仿效他，聚精会神地观察他进一步采取什么行动。这时候却发生了一件稀奇的事情：他们三人破天荒地公然把自己的财宝从石板下面拿出来，数也不数，便放进背包里去。原来他们早已知道，他们各人的秘密彼此都晓得，而且本着旧有的可贵的作风，他们彼此之间也没有猜忌到这种程度，以至于顾虑自己的财产会受到别人侵犯；他们每人都晓得，别人是不致抢夺自己的东西的，正如据说手工业伙计、兵士以及诸如此类的人的寝室都不上锁，他们彼此之间毫不猜疑一样。

谁都没有想到，他们三个人已经准备好要出发了，老板把工资付给他们，把他们的漫游工人证明书发给他们，在证明书里，本城当局和老板提出最好的证明，说他们长年行为端正、技术优良。他们怀着沉痛的心情，站在徐丝·宾茨林家的门前，身上穿着棕色的长上衣，罩上洗得变了颜色的工作服，头上戴着虽然已经很旧并且由于刷得次数太多而磨损了的，但是仍然仔仔细细用油布罩好的帽子。他们每个人的背包后面都系着一个小不点儿的小车儿，以便在远行时将背包放在上面拖着走；但是他们现在并没有打算用它，所以就把它高高地背在背上。尤波斯特挂着一根体面的藤手杖，傅里多林挂着一根画着红黑相间的火焰形图案的椵木手杖，狄特里希挂一根稀奇古怪的巨型手杖，上面还保留着一丛原有的树枝作为装饰品。狄特里希对这个庞然大物几乎有些难为情了，因为这还是他漫游时代初期的东西，那时候他还远不及现在这样稳重，这样有理性。许多邻居和邻居家的孩子站在他们三个人周围，祝他们一路平安。接着徐丝来到门口，神色严肃，率领着这三个伙计沉着镇定地走出了城门。为了对他们表示敬意，她打扮得像过节一样，戴着一顶有黄色宽带子的大帽子，穿着一件有过时的凸花和装饰的玫瑰色印度棉布衣服，围着一条黄铜扣子的黑绒围巾，一双红色的缀着缨穗的摩洛哥羊皮鞋子。此外，她还拿着一个盛放针织用具的绿绸子大口袋，里面装满了干梨和梅子，打着一把小阳伞，阳伞顶上有个象牙雕的竖琴。还挂上那缠有金黄头发的纪念物的徽章，胸前系着镀金的勿忘我草形的别针，戴着一双白手套。这些装饰品使她显得和蔼温柔，她脸上微微泛出红色，胸部也似乎比平常更为隆起，三个即将出发的情敌简直忧郁悲哀得不能自持；因为局势万分紧张，他们出发时春光那样明媚，徐丝打扮得又那样漂亮，使他们紧张的心情中几乎羼杂着一些真正可以称为爱情的因素。出城以后，和善的少女就劝告她的三个情人把背包放在小车上拖着走，以免去不必要的劳累。他们接受了她的劝告。当他们出了这座小城，走上山去的时候，就几乎像是一个炮队拖着炮车上山去占领一个炮位似的。他们走了半个钟头之后，便在一个令人快意的山头停了下来；这里是个十字路口，他们在一棵菩提树下坐成一个半圆形，从这里可以欣赏远处的风景，一片一片的森林，湖泊和村落都在眼底。徐丝打开口袋，分给每人一把梨和梅子，给他们提一提精神。大家沉默、严肃地坐了许久，只是当他们用舌头压碎这些甜果时，时时发出一种柔和的咂嘴鼓舌的响声。

徐丝扔掉一个梅子核，一面在嫩草上擦着被梅子染上颜色的手指尖，一面开始说道："亲爱的朋友们！你们看，世界是多么美丽，多么广大！周围都充满了庄严的事物，充满了人类的住所！然而我愿意打个赌，断定在这个庄严的时刻，这广大的世界上无论什么地方都找不到像我们四个这样正直、善良的人此时此地这样地坐在一起，像我们这样天性聪明谨慎，这样爱好一切勤劳的锻炼和美德，爱好隐逸和节俭，爱好和平和热烈的友谊。我们四周有多少花朵围绕着哪！各种各样的花都有，都是春天滋长出来的，特别是黄色的樱草花，它可以用来煮成一种气味芬芳、合乎卫生的茶；但是，这些花说得上是正直、勤劳的么？说得上是节俭、谨慎，并且善于进行聪明而有教育意义的思维么？不，它们都是些无知无识的、没有性灵的东西，它们没有灵魂，没有理性，醉生梦死地把时间消磨过去。它们虽然很美丽，但要变为枯草，而我们就道德而论要比它们优越得多，就形态的美而论实在也比它们毫无逊色；因为上帝照着自己的形象创造了我们，把他的神圣的气息吹在我们的鼻孔里。啊！但愿我们能够永久坐在这个乐园里，永久保持这样天真无罪的状态才好；啊，我的朋友们！我觉得，我们都还处在天真无罪的状态中，但由于获得了一种无罪的知识而更高贵了，因为感谢上帝，我们大家都学会了读书写字，都学会了一种熟练的手艺。在许多方面我都是多才多艺的，我敢做最有学问的小姐所不能做的事情；但谦逊是贤淑女子最高的美德，只要我知道我的精神在见识高深的人看来不是毫不足取的，因而也不被人轻视，这也就够了。已经有许多人追求过我了，这些人都是不配跟我在一起的；现在我看到三个高尚的单身汉围绕着我，他们每个人都配得上娶我！你们估计一下，在这样对象异常丰富的情况下，我的心一定是怎样充满了热烈的愿望啊！你们每个人都拿我作个例子，想象你们每个人身边都有三个同样高尚的少女像盛开的花朵似的围绕着，在追求你们，而正因为这样，自己就不能倾心于其中任何一个，也就不能娶其中任何的一个！你们好好地设想一下，你们每个人周围都有三个宾茨林姑娘向自己求婚，她们也像目前这样坐在你们周围，跟我一样打扮，相貌也和我一模一样，真像是我变成了九个人坐在这里，从四面八方来观看你们，爱慕你们似的！你们肯这样想象一下么？"

三个忠厚老实的伙计一听这话，非常惊讶，他们不再嚼果子，而带着傻里傻气的神情研究这个奇异的任务应该怎样完成。小史瓦奔人首先完成此举，他面带着贪婪的表情喊道："啊！尊敬的徐丝姑娘！如果您大发慈悲，许我这样讲的话，我就说，我看到的不仅是三个您，而是一百个您在我周围飞舞，用多情的目光注视着我，跟我接千百个甜蜜的吻！"

"得啦！"徐丝生气地申斥他说，"别讲这样不恰当的过火的话啦！太不安分的狄特里希，您心里起的是什么念头啊？我不许你们想象我变成了一百个我，跟你们接什么甜蜜的吻；我只许你们想象只有三个我在你们每个人身边，而且仪态端庄可敬，使人不敢有什么狎昵无礼的举动。"

"对，"尤波斯特终于这样喊道，一面用吃完了梨子剩下的梨柄，向自己周围比划着说，"我只看见三个最可爱的宾茨林姑娘，但都是极其端庄可敬的，她们在我周围散步，用手捧着心，怀着善意向我示意！我很感谢，感谢，五体投地地感谢！"他一面说，一面微笑着向三个方向鞠躬，仿佛真正看见三个形象出现一样。"这样才对呢，"徐丝微笑着说，"假如你们三个人当中存在着什么差别的话，那么，亲爱的尤波斯特，你确乎是其中最有天才的，至少是最懂事的！"拜耶尔人傅里多林一直还没有把他的想象任务完成，一听尤波斯特受到这样的赞美，心里害怕起来，于是急忙喊道："我也看见最可爱的宾茨林姑娘在我周围极其端庄地散步，向我风骚地示意，一面手——"

"呸！拜耶尔人！"徐丝大声喊道，一面扭过脸去，"一个字都别再讲下去了！你怎么敢大胆地用这样放荡无耻的话来讲我呢？怎么敢想象出这样猥亵不堪的情况呢？呸！呸！"可怜的拜耶尔人像被雷击了一样，弄得满脸通红，却不知道是因为什么缘故；原来他自己一点都没有想象什么，只是因为看到尤波斯特的讲话受到赞美，便大致根据自己所听到的，摹仿着他的语调讲了一番而已。徐丝又转过身来对着狄特里希说道："喂，亲爱的狄特里希！您还没有用某种稍微有分寸些的方式完成您的任务么？""完成啦！请允许我说给您听吧！"他回答说，听到她又对自己讲话，觉得很高兴，"现在我只看见三个你在我的周围，和蔼而端庄地看着我，向我伸出三只白嫩的手来，我就一个一个地把它们吻过！"

"好啦！"徐丝说，"傅里多林，您怎么样呢？您还没有从错误的道路上打回头么？您的沸腾的热血还没有冷静下来，进行循规蹈矩的想象么？""请原谅！"傅里多林低声下气地说，"我现在想象，我看见了三个姑娘拿干梨给我吃，她们似乎都不讨厌我。其中哪个都不能说比另外那两个更漂亮，要从她们三个人当中选定一个，我觉得这实在是件难事。"

"着！"徐丝说，"你们既然在想象中被九个这样价值完全相等的人围绕，而在这丰盛的艳福当中你们的心仍然感觉不足，那么，你们就根据这点来测量我的情况吧！正如你们看到我由于心里明智、有分寸而能克制自己，那么，你们就以我的坚强做为榜样，对我宣誓，并且彼此宣誓，今后一定要互相和好；正如我友爱地跟你们分开，你们也同样友爱地彼此分开，不管那等待着你们的命运之神作出什么样的决定！你们就把手一齐放在我的手里宣誓这样做吧！"

"好，千真万确，"尤波斯特喊道，"至少我要这样做，我决不会食言！"另外那两个人也急急忙忙地喊道，"我也不会！我也不会！"他们大家都把手放在一起，但是每个人都决定，无论如何也要去赛跑。"我可是的的确确不食言的！"尤波斯特重复说，"因为我从小就性情仁慈，一团和气。我从来还没有跟人发生过什么争端，也不忍看见任何一只小动物受苦；凡是我待过的地方，我都处得很好，由于我一举一动都安静和平，我博得了人家极度的赞美；因为虽然我是个通达世故的年轻人，对于不少的事情也稍微懂得一些，但是从来没有人看见过我干预过任何与我毫不相干的事情；对于自己的职责，我却以极其高明的方式把它尽到。我要付出多大的劳动，就能付出多大的劳动，这对于我毫无损害，因为我年富力强，身体健康！所有的老板娘都说我是个百事通，是个模范，跟我处得很好！唉！最可爱的徐丝姑娘啊！我自己确确实实相信，我跟您在一起生活，会幸福得像在天堂里一样！"

"唉！"拜耶尔人热烈地说，"我也相信这样，跟这位姑娘在一起生活，会幸福得像在天堂里一样，这也不是什么巧艺！我相信我也能够做到，因为我并不是个糊涂虫。我很精通我的手艺，我一句废话都不讲就会把事情弄得秩序井然，有条有理。我虽然在各大城市做过活，但无论在哪里都没有跟人家发生过纠纷，我从来没有打过一只猫，也没有弄死过一个蜘蛛。我对饮食很有节制，无论伙食怎样，我都满意；我能够对最低的生活感觉快乐，并满足于这样的生活。可是我又身强力壮，能够吃苦耐劳；良心无愧就是最好的长生不老的药；一切动物都喜欢我，在我后面跟着跑，因为它们嗅出了我是个良心无愧的人；它们是不愿意和不正直的人在一起的。有一次我离开乌尔姆城出去游历，一条狮子狗跟在我后面跑了三天，最后我只好把它交给一个农民去保管，因为像我这样一个微贱的手工业工匠是不能养活这种动物的。我经过波希米亚森林的时候，大鹿和小鹿在距离我二十步的地方还站着不动，它们都不怕我。真奇怪，连野兽都能认清人，知道谁的心肠好！"

"对呀，这一定是实情！"史瓦奔人喊道，"你们没见这只莺鸟一直在我面前飞来飞去，想接近我么？枞树上的那只松鼠总在回头望我，这儿这只小甲虫总在我腿上爬，怎么赶都赶不走它。这个善良可爱的小动物待在我这里一定感觉非常舒服啊！"

这时候徐丝却忌妒起来，语气有些激烈地说："一切动物都喜欢和我在一起！我有一只鸟，养了八年之久，它临死时很舍不得我。无论我走到哪儿，站在哪儿，我家的猫总跟在我后面。我撒面包屑给邻家的鸽子，它们就拥挤在我的窗前争食！动物因种类不同而各有奇异的特性！狮子喜欢追随国王和英雄，像陪伴公侯和勇士；骆驼驮着商人过沙漠，肚子里还给他储备着清水；狗护卫着主人，历尽一切危险，为了救他，还跳入海中！海豚喜欢音乐，常跟着船行走，鹰则跟着军队飞行。猴子是一种像人的动物，看见人做什么，它就做什么；鹦鹉懂得我们的语言，它和老年人一样跟我们唠叨不休！连蛇都可以驯服，让它用尾巴尖来舞蹈；鳄鱼哭的时候和人一样流泪，它受到当地居民的敬重，对它不加伤害；鸵鸟让人给备上鞍子，像骑骏马似的骑着它；野水牛给人拉车，有角的驯鹿给人拉雪橇。独角兽供给人以雪白的象牙，乌龟则供给透明的骨头——"

"请您允许我表示点意见，"三个制梳匠异口同声地说道，"这一点您确实弄错了，象牙取材于象的牙齿，龟壳梳子是用龟壳制造的，不是用龟骨制造的！"

徐丝满脸绯红，说道："这还是个问题，因为你们只不过是把龟壳片加工制造而已，准没有看见过这种东西是从哪儿取来的。我一向很少错误，这件事对也罢，错也罢，还是让我把话说完吧！不只是动物具有上天赋予它们的显著的特点，就连从山上采掘来的死石头也无不如此。水晶和玻璃一样的透明；大理石则坚硬而有纹理，时而是白色，时而是黑色；琥珀具有电气的性质，能够吸引电光，不过那时候它就燃烧起来，发出香味。磁石吸铁，石板上可以写字，金刚石上却不能写字，因为它像钢一样的坚硬；装配玻璃的人用它来划玻璃，因为它又小又尖。亲爱的朋友们，你们瞧瞧，我对于动物也能略谈一二呢！至于我跟它们的关系，则有下面几点可谈：猫是聪明机智的动物，所以它只追随聪明机智的人；鸽子则是天真纯朴的象征，所以它就只能感觉纯朴天真的灵魂对它有吸引力。既然猫和鸽子都追随我，由此可以得出结论：我是又聪明又纯朴，又机智又天真的；也正如人们所说的：你们要灵巧像蛇，驯良像鸽子①！我们当然可以用这种方式来评定各种动物以及它们和我们的关系，如果我们善于正确地进行观察，我们是能够从中学到不少东西的。"

可怜的伙计们一句话也不敢再往下说；徐丝胜过他们太多了，她还语无伦次地讲了许多骄傲自负的话，使他们惊讶到了视而不见听而不闻的程度。他们都很钦佩徐丝的聪明和口才，可是没有一个人觉得自己不配占有这个宝贝，尤其是因为这件家庭的装饰品是这样的便宜货，只不过会尖口利舌地喋喋不休而已。至于他们自己是否配得上这个被他们捧得很高的宝贝，是否有办法来对付她，这些蠢货只有到最后才会对自己提出这样的问题，或者甚至根本不提，而只像小孩子似的看见了光彩夺目的东西就伸手去抓，见了花花绿绿的东西就舐上面的颜色，见了小铃铛玩具，就不仅放在耳边去听，还要把它完全塞到嘴里去。于是他们想把这个出色的人物争取到手的欲望和幻想就越来越强烈了。徐丝的无聊的空话越来得卑鄙、冷酷、空虚，三个制梳匠就越为之动心，也就越发寒碜可怜。同时，他们因为方才吃完了干果而感觉口渴得要命；尤波斯特和拜耶尔人忙到树林里去找水，发现了一个泉眼，就喝了一肚子凉

---

① 见《新约·马太福音》第十章。

水。史瓦奔人却乖巧，他带了一个小瓶子，里面盛着樱桃白兰地，羼了水和糖，他要用这种可口的饮料来提起精神，在赛跑时帮助他取胜；因为他知道，另外那两个伙计非常俭省，不会带什么东西，也不会到饭馆里打尖。趁着他们喝水的时候，他赶忙掏出这个小瓶子来，递给徐丝；她喝去一半，觉得味道极好，精神为之一爽；她斜对着狄特里希，非常亲切地瞅着他把剩下来的一半喝干，他觉得这酒的味道真像塞浦路斯岛上的美酒一样香甜，使他精神百倍。他情不自禁地抓住了徐丝的手，温柔地吻了吻她的手指头。徐丝用食指轻轻地点了点他的嘴唇，他就装作要想去咬她的食指的样子，嘴巴撅得像个张着大嘴的鲤鱼似的。徐丝脸上做出虚伪的和气的微笑，狄特里希脸上做出机灵的甜蜜的微笑。他俩对着脸坐在地上，有时候用鞋底互相蹬踏，仿佛是要用脚来代替握手的动作一样。徐丝身子稍微向前弯曲，把手放在狄特里希肩膀上，狄特里希正要回答这美妙的把戏并且继续表演下去，恰巧萨克森人和拜耶尔人回来了，他们在一旁注视着这种光景，面色惨白，痛苦呻吟；因为他们吃了干梨以后，灌了许多冷水，忽然难过起来，看见这一对情侣调情，心里觉得非常痛苦，内心痛苦和肚子不好过加在一起，弄得他们脑门上直出冷汗。徐丝看了这种情景，并不心慌，她以极和气的态度向他们示意，喊道："亲爱的朋友，你们来，也在我这儿坐一坐，我们再享受一会儿我们的和睦和友谊，这是最后一次了！"尤波斯特和傅里多林赶忙走过来坐下，把腿伸直；徐丝一只手拉着史瓦奔人，另一只手拉着尤波斯特，两只脚蹬着傅里多林的鞋底，满面春风地依次对着他们微笑。这正和世界上的音乐名手一样，他可以同时演奏许多种乐器：头摇组铃、口吹笙、手弹六弦琴、膝击铙钹、脚奏三角铃、两只胳膊肘打背上悬挂的鼓。

接着徐丝从地上站了起来，把仔细折好的裙子抚拉得平平的，然后说道："亲爱的朋友们！现在是时候了，我们该出发了，你们该准备参加那个严重的赛跑了！这是你们老板一时糊涂指定给你们的，我们却把它看做是天命的安排！你们满怀着美好的热情上路吧！可不要互相敌视，也不要互相忌妒，甘心情愿地让胜利者戴上花冠吧！"

三个伙计像给黄蜂螫了似的跳起来，直挺挺地立着。他们现在站在那里，要用两条腿，那两条一直是迈着小心谨慎、斯斯文文的步子走路的腿去赛跑了！他们谁都不记得自己从前曾经跳过或者跑过。只有史瓦奔人似乎还最有自信心，他甚至还用脚轻轻擦擦地，又忍不住地举举脚。他们带着奇异和猜忌的神色互相注视着，面色惨白，浑身冒汗，好像已经在进行最剧烈的赛跑了。

"你们彼此再握一次手吧！"徐丝说。他们照她所说的做了，但是动作机械，漫不经心，三只手冷冰冰地溜开，像铅手似的垂下去了。"我们当真要开始干这件傻事么？"尤波斯特说着，眼里落下泪来，用手去擦。"是呀！"拜耶尔人随声附和道，"我们当真要跑要跳么？"说着，就哭起来了。"您，最可爱的宾茨林姑娘！"尤波斯特号啕大哭道，"您怎么办呢？""我么，"她用手帕遮着眼睛，回答说，"我应当沉默，忍受，观望！"史瓦奔人友善而机智地说，"但是以后怎么样呢，徐丝姑娘？""啊，狄特里希！"她温柔地回答说，"您不晓得，常言道：命运之声即心之声①么？"她一面说，一面带着意味深长的表情从侧面瞅着他，弄得他又抬起腿来，恨不得立刻奔驰起来。当另外那两个情敌整理背包上的小车儿，狄特里希也去整理自己的小车儿的时候，徐丝屡次使劲去摸他的胳膊肘，或者踩他的脚；又替他掸去帽子上的尘土，同时却对着另外那两个人微笑，仿佛是在嘲笑史瓦奔人似的，但是做得很巧妙，让他看不见。三个人这时候都用力鼓起腮帮，向空中长吁叹气。他们向四面

---

① 这句话出自席勒的《华伦斯坦》三部曲的第二部——《皮柯乐父子》第三幕第八场，但原话是"心之声即命运之声"，徐丝·宾茨林把它弄颠倒了。

八方张望了一下，然后摘下帽子来，擦去脑门上的汗，理了理紧紧贴在一起的头发，然后重新戴上帽子。他们又向四面八方望了一望，喘了喘气。徐丝可怜他们，深为感动，自己都哭了。"这里还有几个干梅子，"她说，"你们每人拿一个，放在嘴里含着，会使你们精神爽快！现在就出发吧！把坏人的愚蠢化为正直人的智慧吧！坏人恶作剧想出的名堂，你们把它化成考验自己和锻炼自制的教育工作吧！把它作为长年品行优良，在道德方面竞赛的一种意义深长的收场吧！"她在每个人嘴里放了一颗梅子，他们就嗫起来。尤波斯特把手按在肚子上，喊道："如果一定得这样做，那就算是天命如此！"说完就举起手杖，突然迈开大步走了，一面拉着装背包的小车儿。博里多林一看他这样，立刻就大踏步跟上去，他们不再向四下里张望，就匆匆忙忙地走下山坡去了。最后出发的是史瓦奔人，他脸上带着机智的得意的神情，和徐丝一齐走着，态度显然是十分悠闲自在，仿佛对自己的事情非常有把握，愿意慷慨大方地让两个伙伴占点便宜，先走几步。徐丝称赞他这种友好的镇静态度，一面把身子靠在他的胳膊上，表示出亲热的样子。"啊，一生要是有个倚靠，"她叹了一口气说，"那才好呢！即使一个人天生就有足够的聪明和见识，走的是道德的路途，要是挽着知己朋友的胳膊在这条道路上走，毕竟要比独往独来惬意得多了！——""我的老天，可不是么！我也正是这个想法！"狄特里希回答说，一面用胳膊肘使劲碰了她的腰一下，同时却侦察着他的两个情敌，看看他们是不是跑得太远了，"尊敬的姑娘！您看清楚了吧？您终于明白了吧？您看出，谁是聪明在行的人了吧？""啊，狄特里希！亲爱的狄特里希！"她更用力地叹了一口气说道，"我常常感觉非常寂寞！""唉呀！那是在所难免的！"他喊道，这时，他的心怦怦直跳，像小兔在卷心菜地里一样。"啊，狄特里希！"徐丝一面喊，一面把身子更紧地靠着他；这时候他觉得浑身热烘烘的，他的心洋洋得意，简直乐得要裂开了；但是同时他发现，先跑的那两个人已经转了弯,连影子都看不见了。他想马上挣脱徐丝的胳膊,去追他们;但她把他紧紧拉住,使他无法走开,又把身子贴在他身上,好像是要晕倒似的。"狄特里希!"她悄悄地说,一面向他送秋波,"您现在不要离开我,我信赖您,您扶着我吧!""见鬼,见鬼,放我走吧!姑娘!"他焦急地喊道,"不然,我就到得太晚啦!那样,我可就完蛋啦!""不,不,您不能离开我,我觉得恶心要吐!"她哽咽着说。"恶心也罢,不恶心也罢!"狄特里希大声喊道,说了这话,就用力摆脱了她;他跳上一座高岗,向四周一望,望见那两个赛跑的人已经开足马力跑下山去,跑得很远了。现在他也准备向前跃进,但在这一刹那间,又回过头来瞅一瞅徐丝。只见她坐在一条狭窄的、枝叶荫翳的林间小路的入口处,作出妩媚迷人的姿态向他招手。这种情景使他无法抵抗,他不往山下跑了,却回过头来急急忙忙地向她走去。徐丝一见他走来,就站起来,走向树林深处去了,一面走,一面回过头来望望他;因为她想用尽一切办法阻止他赛跑,哄住他多耽搁一会儿,使他到得太晚,赛跑归于失败,无法留在塞尔德维拉。

但是富有发明创造才能的史瓦奔人在这个时间却改变了计划,决定在这山坡上争取自己的幸福,这样一来,事情发展的结果便和诡计多端的女郎所希望的完全不同。他一到了她跟前,和她单独来到一个僻静的地方,就给她跪下来,用制梳匠所能作出的最热烈的爱情表示向她拼命进攻。起初她设法命令他安静,同时拿出她所有的聪明和优雅来,以便用斯斯文文的方式使他留在那里,而不致把他吓走。狄特里希的兴奋紧张的进取精神使他想出了巧妙的有魔力的言词,向她指天誓日地表示忠诚,他用各种各样的温柔恩爱的表示向她冲击,时而攥住她的双手,时而抓住她的两脚,同时还对她的身体、精神、她的一切都大加赞美,说得天花乱坠,这时候天气和树林又那样宁静可爱,这一切加在一起,使得徐丝失去自制的能力,因为像她这种人,无论就思想或是就意识而言，毕竟都是鼠目寸光的。她的心像仰天爬着的甲虫似的在那儿挣扎，惶恐焦急，完全丧失了自卫的能力，狄特里希把她完全制服了。徐丝把他引诱到这个丛林里来，本来是要陷他于失败的地步，谁知一转眼之间反而被这个小史瓦奔人征服了。这种情况之所以发生，并不是由于她是一个特别多情的人物，而是因为她生来就见识短浅，虽然自命聪明过人，实际上却是鼠目寸光的。他俩在这种赏心悦目的幽寂的情景中待了大约一个钟头，一再重新互相拥抱，接了千百次吻。他们诚心诚意地相对盟誓，要永远忠实不变，并且一致表示，无论如何，两个人一定要结婚。

同时，关于三个伙计的妙事的消息已经传遍全城，原来店老板为了寻开心，亲自把这件事嚷嚷出去了。所以塞尔德维拉人都在心花怒放地等着欣赏这一出意想不到的趣剧，急欲看到这三个正直可敬的制梳匠奔跑的场面，借此开开心。他们人山人海走出城门，在大路两旁列队站着，好像在等着看真正赛跑健将到来一样。儿童们爬到树上去看，老年人和退休的人坐在草地上，吸着烟斗，有这样便宜的娱乐供他们消遣，他们觉得很满意。连头面人物也都出来跟大家一同观看这个大把戏，他们谈笑风生地坐在饭馆里的园亭里，准备赌赛。在赛跑的人必须经过的街上，家家户户的窗子都开着，妇女们在会客室里摆上了红的和白的靠垫，用来垫胳膊，她们招待许多来访的太太小姐，临时举行了快活的咖啡茶会，使女们忙着买点心和烤面包，跑来跑去，够她们受的。这时候城门外那些爬到最高的树上去的儿童忽然看见一小团灰尘渐渐挨近，便开始呐喊："他们来啦！他们来啦！"过了不久，傅里多林和尤波斯特果然像一股狂风似的跑过来了，在大路中间扬起了一片浓厚的灰尘。他们一只手拉着运载背包的小车，车子像发了疯似的在铺着石头的路上飞跑，另一只手按着滑到脖颈上去的帽子，长长大大的上衣争先恐后地飘拂飞扬。两个人满头大汗，浑身都是灰尘，张着嘴呼呼地喘气，对于周围的情况，他们一点都没有看见，也一点没有听见，巨大的泪珠从这两个可怜的人的脸上滚了下来，他们也没有功夫去擦。他们一个紧跟着一个跑，拜耶尔人领先几步。这时候掀起了一阵可怕的喊声和笑声，轰轰隆隆，震人耳鼓。大家连忙跳起来，挤到路旁，四面八方一齐喊道："加油！加油！萨克森老乡，加油！跑啊，拜耶尔老乡，不要泄气呀！有一个人已经掉队了，只剩下两个人啦！"坐在花园里的头面人物，站在桌子上观看，把肚皮都要笑破了。他们坚定的笑声像雷鸣似的压倒了站在街上的人群的起伏不定的喧哗，发出了一个空前未有的欢乐的节日的信号。儿童们和流氓们像潮水似的涌到这两个可怜的伙计背后，这一大堆狂野的人和他俩一起向着城门蜂拥而来，弄得街上灰尘蔽天。连妇女和流浪街头的少女也跟着跑，她们的清脆尖锐的嗓音和小伙子们的呼喊声混杂在一起。他们已经距离城门很近了，站在城门楼上看热闹的人们把帽子向他们挥动着。两个赛跑的人像两匹受惊的马似的飞跑着，心里充满了痛苦和恐怖。一个街头小流氓像个妖怪似的跪在尤波斯特拉着的运载背包的小车上，在群众的欢呼喝彩声中让车子带着他一齐走。尤波斯特回过头来哀求他下去，又用手杖打他；但是那个小家伙把身子向下一弯，向他龇着牙直笑。傅里多林乘机更加抢先了一步，尤波斯特一理会到这种情形，就把手杖扔到傅里多林两脚中间，把他绊倒了。尤波斯特正要跨过他去，拜耶尔人却抓住了尤波斯特的衣襟，就势跳了起来。尤波斯特打他的两手，喊道："放手，放手！"傅里多林不肯放手，尤波斯特于是也抓住他的衣襟，两个人彼此牢牢地抓着不放，慢慢地走进城来，只是有时候想法向前一跳，来摆脱对方。他们像小孩子似的哭着，一会儿呜呜咽咽，一会儿大声号啕，由于内心痛苦得无法形容而不住地喊："啊！上帝呀！放手吧！亲爱的救世主啊！放手吧！尤波斯特！放手吧！傅里多林！放手吧！放手吧！你这撒旦！"同时还不断往对方手上乱打，但是仅仅往前走了不多的几步。他们的帽子和手杖都丢了，拾到这两件东西的那两个孩子，把帽子顶在手杖上，举着前行，后面那一大堆咆哮的人群跟着蜂拥而来。所有的窗子都给太太小姐们占去了，她们一阵阵的银铃般的笑声又沉浸在下面人海的怒潮当中，这样欢乐的心情是这个城市的居民许久以来未曾有过的。这种热闹喧哗的乐事非常适合居民们的趣味，以至大家都忘怀一切，没有一个人想起向那两个赛跑的人指出：他们终于到达了赛跑的终点——老板的门前了。他们两个也没有看见赛跑的终点，根本什么都看不见，于是这个疯狂的队伍穿过全城，又从另一个城门跑出去了。老板一直在窗口笑嘻嘻地躺着，他又等了一个钟头还不见取得最后胜利者到来，正要走开去欣赏这个玩笑的果实时，不料狄特里希和徐丝悄悄地到他家来了。

原来他俩已经交换过意见，商量好了，认为老板既然已无力再维持多久，一定愿意把商店顶出去，来换取一笔现款。徐丝愿意拿出自己的财产证券来，史瓦奔人也愿意拿出自己那一点点钱，凑在一起，这样他们就能坐操胜券，嘲笑另外那两个伙计了。他们把自己的协议当面告诉了老板，他不禁大吃一惊。但他心里马上就理会到，得在破产以前，瞒着债主，赶快谈判成交，把商店顶出去，取得这笔意外的现款。一切条件都很快地商量定了，太阳还没有落山，徐丝姑娘就成了制梳店的合法业主，她的未婚夫就成为制梳店所在的房屋的承租人。于是徐丝终于被这个手段高明的史瓦奔人征服了，而且被他笼络住了，这是她在那天早晨根本梦想不到的。

尤波斯特和傅里多林跑到野外以后，终于倒在地上，彼此纠缠不放，人们把他们送到客栈躺下，他们又羞又累，又生气，显出半死不活的样子。全城既然轰动起来，便一发不可收拾，大家已经忘掉闹得满城风雨的原因，而去庆祝这个欢乐的夜晚。许多人家都举行跳舞会，大家在酒店里开怀畅饮，尽情歌唱，像在过塞尔德维拉最大的节日一样，因为塞尔德维拉人用不着使用多少材料就能巧妙地制造出一种欢乐来。这两个可怜虫本来是想凭借自己的勇敢来利用世人的愚蠢，现在看到自己的勇敢只帮助世人的愚蠢取得了胜利，而使自己变成大家的笑柄，他们的心难过得真要碎了，因为他们不仅使自己多少年来的聪明计划失败，毁灭，而且丧失了老成持重、正直安详的人的名声。

尤波斯特是其中年龄最大的，在这里已经待了七年之久，现在前途茫茫，找不到方向。天还没亮，他就怀着沉重的心情重新走出城去，吊死在昨天他们坐的那个地方的一棵树上。一个钟头之后，拜耶尔人打这里经过，看见这种惨剧，吓得魂飞魄散，像个疯子似的逃跑了。他的整个性格都改变了，后来人们听说，他变成了一个浪荡的人，而且一直是个不跟任何人做朋友的老工匠。

只有史瓦奔人狄特里希仍然是个正直人，在这个小城市里地位很高；但他也并不因此而感觉快乐，因为徐丝绝对不许他享受这种荣誉，她统治他，压迫他，认为她自己是一切善行的唯一的源泉。

人恃衣裳马恃鞍

十一月里一天，天气阴沉，有个穷苦的裁缝顺着大路向着距离塞尔德维拉只有几个钟头路程的富裕的小城哥尔达赫走去。裁缝的裤兜里，除了一个顶针之外，什么都没有。当他冻得把手揣到裤兜儿里的时候，因为那里面一个钱币都没有，他就不住地用手指转动着顶针，把手指都磨疼了。他由于塞尔德维拉某个裁缝师傅破了产，不仅失了业，而且连工资也没有领到，不得不到别的地方去谋生。除了几片雪花飞进他的嘴里之外，他还没有吃早饭，更看不到会从哪儿冒出一点点午饭来。流浪行乞，对他来说，是极其困难的事，甚至他觉得这也是完全办不到的，因为他在绝无仅有的一件礼拜天穿的黑色衣服上面还罩了一件肥大的衬着黑色天鹅绒的深灰色钟形大衣。他穿着这件大衣，显得仪表高贵，有浪漫风格，尤其是他那又长又黑的头发和嘴唇上边的小胡子都经过细心修理，而他生来又是面色白皙，五官端正。

这样的仪表，对他来说，已经成为必不可少的东西了，而他并没有怀着什么不好的或者成心骗人的意图。相反地，人们只要听他的便，让他安安定定地干他的活，他就心满意足了。但他宁可饿死，也舍不得放弃他这件钟形大衣和他的波兰式皮帽，这顶皮帽他戴起来也非常神气大方。

因此，他就只能在那些穿起这样的服装来不太惹人注目的比较大的城市里做工。他徒步旅行，身边没有带着什么积蓄，一路上遭遇到极大的艰难困苦。他一走近人家门口，人家就以惊讶和好奇的目光打量他，绝对料想不到他会讨饭。他又不是个善于辞令的人，因此，话到唇边就又憋回去了；结果他就成为他这件大衣的牺牲品，忍饥挨饿，前途一片漆黑，像大衣的里子一样。

当他怀着悲哀的心情，拖着虚弱的身子走上一座高岗的时候，遇见了一辆又新又舒服的旅行马车。这辆马车是一位贵人的车夫从巴赛尔赶来的，要去交给他的主人。主人是位伯爵，住在瑞士东部某个地方一所租来的或是买来的古老的府邸里。车子配备着装运行李的各种设备，因此，虽然整个是辆空车，看起来却似乎装载着很重的东西。因为这一段路很陡峭，车夫就在马匹的旁边步行。等到他上了高岗，重新坐在马夫台上，他便问裁缝，是不是想就空车走，因为这时候开始落起雨来，他一眼就看出，这个走路的人在和生活搏斗中已经疲惫不堪，显出十分可怜的样子。

裁缝又是感激又是谦逊地接受了这个建议，接着车子就载着他从那里继续向前滚动行走，不到一个钟头的功夫，这辆神气十足的车子就隆隆地进入了哥尔达赫的城门洞。这辆高贵的车子忽然在第一家饭店——字号是天平饭店——的门口停了下来，饭店的仆役狠狠地使劲拉了拉门铃，几乎把绳子都给扯断了。老板和伙计们急忙下了楼，打开了门上的闩销。孩子们和街坊四邻已经在这辆富丽堂皇的车子周围围了个圈子，大家都怀着好奇心，想看看从这样的一个壳儿里会有什么样的核儿脱颖而出。惊愕万分的裁缝终于跳了出来，他穿着那件大衣，面孔苍白清秀，带着忧郁的神色看着地上，在他们看来，他至少是个神秘的王子或者伯爵的公子。旅行车和饭店之间的空间很狭小，道路又几乎被看热闹的人阻塞住了；可能是由于他一时神不守舍，或是由于没有勇气从人群里穿过去，然后干干脆脆地走开——他没有这样做，却毫无主见地任凭人家把他领进饭店里，上了楼梯。他一看自己已经置身于一个舒服的餐厅里面，人家殷勤地给他脱掉了他那件令人起敬的大衣，他才理会到自己的新奇的处境。

"老爷想用饭么？"有人问道，"马上就可端上来了，饭正在做！"

不等待回答，天平饭店的老板就跑进了厨房，喊道："可真糟糕！我们现在就只有牛肉和羊腱子！鹧鸪肉面饼我不敢切开，因为那是给晚上来吃饭的先生们准备的，已经讲好了。就这么别扭！单单这一天我们没有料到会有这样的贵客临门，什么都没有预备，偏偏就来了这样一位贵客。车夫纽扣上有纹章，车子像是公爵乘坐的！年轻的客人高贵得简直都懒得开口讲话！"

镇静自若的厨娘说："您瞧，先生，这又有什么可抱怨的？您尽管大胆地把面饼端上去，他绝对吃不完！以后我们再一份一份地分给来吃晚饭的先生们，要六份我们一定还凑得起来！"

"六份吗！你一定忘记了，那些先生的习惯是要吃饱的呀！"老板说；厨娘却毫不动摇，说道："是得要让他们吃饱的！赶忙派人买半打排骨来，我给这位生客做的饭反正也需要排骨。他剩下来的，我剁成碎片，掺进面饼里去。这件事您就交给我来办吧！"

但是正直的老板严肃地说道："厨娘，我已经给你说过，这种做法，在咱们这个城市里，在咱们家里是不行的！咱们在这里向来规规矩矩，名誉很好，哪能这样的搞法！"

"哎呀呀，天哪！"厨娘最后有几分激动地说，"要不会想办法补救，就会把事情弄糟的！这里有两只山鹬，是我方才从猎人那儿买来的，这总可以掺进面饼里去呀！鹧鸪肉面饼掺上点山鹬肉，就是嘴馋的人也不至于提出抗议来！况且斑鳟鱼随后也就来啦；那辆奇异的车子来到的时候，我已经把最大的一条扔进滚开的水里去了。肉汤也已经在小锅里咕嘟着。现在我们有了一条鱼，有了牛肉，又有了青菜和排骨，煎羊肉和面饼。请您给我钥匙，我好把腌菜和餐后甜点取出来！先生，您可以放心把钥匙交给我，免得我到处追着跟您要，常常弄得您很难为情！"

"亲爱的厨娘！你不用怪我，我太太临终的时候，我曾被迫向她提出保证：要把钥匙永远掌在自己手里；因此，我这样做是本着原则行事的，并不是不信任你！黄瓜在这里，樱桃在这里，梨在这里，杏在这里；陈旧的糖果点心不要摆上去啦；让莉丝赶快跑到糖果店去取新鲜的点心，要三盘子，如果有好的大圆蛋糕，也让她带一个来！"

"可是，先生，您可不能把所有这些东西都让给这一位客人啊！不管您用意多么好，这也是不上算的呀！"

"没有关系！这是为了体面！这也坑不死我；我们得让一位路过我们这个城市的阔人老爷说在这里吃了一顿像样的饭，虽然他是完全出乎意料地来到这里，而且是在冬天！我们不能让人家说我们像塞尔德维拉的饭店老板那样把好东西都让自己吃了，把骨头摆在客人们面前！好吧！你提起精神来，各处张罗一下吧！"

在人家麻里麻烦给他准备饭食的时候，裁缝自己却惶恐万分，苦不可言，因为桌子上已摆上了漂亮的刀叉。于是，这位饿得要命的人方才还迫切地盼望吃到一点东西，现在却着了急，想要逃避这顿马上就端上来的饭了。最后，他鼓起勇气，披上大衣，戴上帽子，走到外面，去找逃脱的道路。他心慌意乱，在广大的房子里没有马上找到楼梯在什么地方。堂倌神差鬼使，不住地四处乱走，看见这种情形，以为他是想找个地方方便一下，就喊道："老爷，请允许我给您带路！"说着就领着他穿过一条过道，过道尽处是一个油漆得漂漂亮亮的门，门上写着美丽的字。

于是这位穿大衣的客人就非常随和地，温柔得像羊羔似的走了进去，随手把门扣上。他靠在里面的墙上难过地叹了口气，希望重新享受到大路上黄金般的自由，尽管天气这样恶劣，现在这样的自由在他的心目中却是最大的幸福。

但是，由于在这间严密的房间里待了片刻，他却纠缠在第一次自发的谎言里，随即走上了陡峭的邪恶之路。

这时候，老板因为看见他穿着大衣走出去了，就喊道："这位老爷感觉冷！还不给我快在客厅里生个火！莉丝哪儿去啦？安娜哪儿去啦？快收一篮子劈柴放在火炉里，加上几把刨花，把火生着！见鬼！难道天平饭店就让人家穿着大衣吃饭么？"

裁缝从过道里走了出来，面带着忧郁的神情，像是在祖传的府邸里显魂的祖先似的。老板一看见他来了，就对他说了无数客套话，不断地搓着手，又把他送到那个讨厌的大厅里去了。进了大厅，立刻就请他就席，把椅子摆在适当的地方。富有营养的汤发出扑鼻的香味，这种味道他已经好久没有闻到了，因而他完全失去了自制力，终究坐下来，立刻就把沉重的羹匙放到赤金色的肉汤里。他一声儿不响地吃着饭，以便恢复自己疲惫无力的身体和精神，人家毕恭毕敬鸦雀无声地伺候着他。

他把汤喝了个一干二净，老板看到，他这样喜欢喝这种汤，就客客气气地劝他再喝一调羹，说这样的冷天多喝点汤很有好处。接着鳟鱼也端上来了，周围还点缀着一些绿叶菜，老板在他面前拨了很好的一块。裁缝为忧虑所苦，胆怯心虚，不敢用那明晃晃的刀子去切鱼，却羞怯拘谨地用银叉子拨来拨去。可巧厨娘正从门口向里面望，要瞅瞅这位阔人老爷，一看到这种情形，就对周围站着的人们说："赞美耶稣基督！他还知道，名贵的鱼该是怎样吃法，他不用刀子在这细嫩的东西周围锯来锯去，仿佛宰牛似的。他一定是个大家出身的老爷，要是不禁止赌咒的话，我情愿赌个咒担保！他的样子多么漂亮而又伤感哪！他一定是爱上了一个可怜的小姐，人家不许他跟她结婚！啊，啊，贵人也有贵人的苦恼啊！"

老板看见客人不喝酒，就恭恭敬敬地说道："老爷不喜欢桌子上摆着的酒，您是不是想要一杯波尔多①的好葡萄酒？我极力劝您喝这种酒！"

这时裁缝自己又犯了第二个错误，由于一味随和，他没有说"不"，而说了一声"是"，老板立刻亲自到藏酒的地窖里去取了一瓶讲究的酒，因为他一心一意地想要让人家说这个地方有像样的东西。客人又是由于内心有愧而一小口一小口地喝斟上的酒，老板一看他这样，就满面春风地跑到厨房里，咂嘴鼓舌，喊道："我要瞎说，就让魔鬼抓走我，这位客人可真内行，他把我的好酒一点点地啜到舌头上，就像人们把一块杜卡特金币放在称金子的天平上去称一样！"

"赞美耶稣基督！"厨娘说，"我已经说过，他是内行的呀！"

这顿饭就这样吃下去，吃得很慢，因为可怜的裁缝一直是拘谨地犹豫不决地吃着喝着，老板为了让他从从容容地吃，就不急着把桌子上的菜撤去。可是一直到这时候，客人所吃的东西还是微不足道的。不过，饥饿不断地受到很厉害的刺激，现在开始战胜了恐惧；等到鹧鸪肉面饼一端上来，裁缝的情绪就转变了，他心里开始形成一种坚强的念头。"反正现在就是这样了，"他又啜了一小口酒，受了酒力刺激，心里热起来，想道，"我要是等着忍受羞辱和控告，不先吃它个饱，那才是个傻瓜呢！所以还是及时享受一下供养吧！他们摆上来的这个小塔，很可能就是最后的一道菜，我要把它吃个一干二净，是祸是福，随它的便！东西一旦到了肚子里，连国王都抢走不了！"

说了就做；他以绝望者的勇气切开美味的面饼，就吃起来，连停都不停一下，不到五分钟的功夫，面饼就吃去了一半，对于晚上吃饭的先生们来说，事情开始变得非常严重了。肉、松露、团子、底、盖，他不

---

①　法国西南部吉伦特州的首府，以产葡萄酒及香槟酒著名。

顾什么体面不体面，都狼吞虎咽地吃下去了，只想着在大祸临头以前，把小背包①装满；他还一口一口地尽情喝酒，一大口一大口地吃着面包。总而言之，这种往里输送的情形是如此匆忙热闹，真像在风雨将至的时候，人们急着忙着，用叉把干草从邻近的草地上一直送进仓房里而不再装车一样。老板又跑进厨房，叫道："厨娘！他把面饼都吃光了，可是烧肉几乎没动！波尔多葡萄酒他半杯半杯地喝！"

"一定很对他的口味，"厨娘说，"您尽管随他吃去，他晓得鹧鸪是什么东西！他要是个下贱的汉子，他一定就死按着烧肉啃啦。"

"我也是这样说，"老板说道，"看起来固然不大文雅；可是，当我为了培养自己的学识而去旅行的时候，我曾看到，只有将军们和高级教士才是这样吃法。"

在这一段时间，车夫已经让人把马喂上，他自己也在下人的房间里痛痛快快地吃了一顿饭，因为要忙着赶路，不久就又让人把车套好了。天平饭店的人员现在再也憋不住了，他们乘着车子还没有走，就直截了当地向贵人的车夫打听，楼上坐的他那位主人是什么人，叫什么名字？车夫是个贼诡溜滑的家伙，回答说："他自己还没有讲么？"

"没有。"人们说。他回答道："我相信他准这样，他一天也说不了多少话；好吧，告诉你们，他是斯特拉频斯基伯爵！他今天大概要住在这里，也许住上几天，因为他已经吩咐我，要我赶着车先走。"

他开这个恶意的玩笑，是为了报复这个小裁缝一下。他认为，这个人对他的一番好意连一句感谢的话都不说，也不告别，就头也不回走进屋子里，装老爷去了。为了把这场恶作剧搞大，他索性连自己的饭钱和马的草料钱都没有过问，就上了马车，挥动鞭子，赶着车出了城；大家认为这一切都是正常的事，便都把它记在这老实的裁缝的账上了。

①　此处即肚子的意思。

　　说起来也凑巧，这个裁缝，原籍西里西亚，确实姓斯特拉频斯基，全名是温采尔·斯特拉频斯基；这也许是一时凑巧，也许是裁缝坐在车上的时候，把漫游证明书掏出来，忘记在那里，给车夫拿到了。总而言之，当老板喜气洋洋地，搓着手，走到他跟前问：斯特拉频斯基伯爵老爷饭后要不要喝一杯老陀该酒①或者一杯香槟酒，并且向他报告，房间马上就准备好了，可怜的斯特拉频斯基一听这话登时面无人色，又慌惑起来，一句话都没有回答。

　　"有意思极了！"老板自己对自己嘟囔着，又跑到厨房里，从特殊的储藏间里不仅取出了一小瓶陀该酒，还拿了一小杯用鼓肚子的酒瓶装着的维尔茨堡施坦因山的葡萄酒，胳肢窝里还干脆夹着一个香槟酒瓶子。不一会儿，斯特拉频斯基就看见自己面前酒杯摆成了一个小树林子，其中那个喝香槟酒用的高脚杯子像一棵白杨树似的高耸着。这些东西在他面前闪着非常稀奇的光泽，发出非常稀奇的丁零丁零的响声，散着非常稀奇的香味，更稀奇的是：这个穷苦的、但是俊秀的人从小树林子似的酒杯当中去选择的时候，却一点都不露怯。看见老板在自己的香槟酒里掺了些红酒，他也就在自己的香槟酒里倒上了几滴陀该酒。这时候，市政府书记和法院公证人都来喝咖啡，并且在喝咖啡的时候，每天习以为常地斗纸牌。不久，海勃兰公司经理家的大儿子，皮企里·倪弗尔戈尔特家的小儿子，以及一家大纺纱厂的会计麦尔歇·勃尼先生也都来了。但是，这些先生们不去玩牌，都绕到波兰伯爵背后远远地围了一个半圈，把双手插在上衣后面的口袋里，直在那儿眨眼暗笑。因为他们都是大家子弟，自己虽然一辈子蹲在家里，但是有许多亲戚和伙伴散居在世界各地，因而他们自信是世故很深的。

　　莫非这真就是一位波兰伯爵吗？那辆马车当然在他们坐在自己办公

---

　　①　匈牙利陀该地方所产之葡萄酒。

室椅子上就看到了；他们也不晓得，是饭店老板在款待伯爵，还是伯爵在款待饭店老板；不过，老板一直到现在还从来没有干过什么傻事；相反地，大家都知道，他是个相当精明的人。于是，这些好奇的先生在这位生客周围绕成的圈子缩得越来越小了，最后大家便像熟人似的跟他坐在一个桌子上了，并且干脆开始掷起骰子来，赌一瓶酒喝，这样便顺水推舟，不经邀请，就成了这顿酒席上的客人了。

但是他们并没有喝太多的酒，因为时间还早，相反地，现在最要紧的是：啜一口好咖啡，拿好烟来敬这个波兰佬（他们已经暗地里这样称呼他了），好让他永远体会到，他在这里碰到了什么样的人物。

"我可以敬伯爵老爷一支好雪茄烟么？这烟是我家兄弟从古巴直接送给我的！"一个人说。

"波兰老爷们也喜欢吸支好香烟吧，这是支道地斯米尔那香烟，是我的伙伴寄来的。"另一人喊道，说着就把一个红绸子小口袋从桌子上推过去。

"这种大马士革香烟更好些，伯爵老爷，"第三个人喊道，"是我们公司在那里的代理人亲自给我买来的！"

第四个人伸手递给他一支楞粗楞粗的雪茄烟，一面叫道："您要是想吸支好雪茄，就请您试一试这支弗吉尼亚大农场的雪茄烟吧！是我自己栽培，自己制造的，纯粹是非卖品！"

斯特拉频斯基脸上显出又苦又甜的微笑，什么话都没有讲，顷刻就笼罩在芬芳的轻烟细雾里了，这种烟雾被透出云层的太阳一照，现出了可爱的银灰色。不到一刻钟的功夫，天空也万里无云了，呈现出最晴朗的秋天下午的风光，大家说不要放过这美好的时光，因为这一年难得再有许多这样的好日子。人们决定，坐车出城，到行政顾问的庄园去拜访快活的行政顾问。顾问家几天以前才压榨了葡萄，酿造新酒，大家要尝尝他的起泡沫的红酒。皮企里·倪弗尔戈尔特少爷派人把自己的猎车赶来，不一会儿，就听见他那几匹有铁褐斑纹的小白马踏在天平饭店门口石铺的路面上的蹄声了。老板自己也派人套上车，大家殷勤地邀请伯爵一同前往，好认识一下这个地方。

酒提起了他的机智；他很快地考虑好，乘着这个机会，他可以极方便地不让人觉察而悄悄离开此地，继续走他的路；一切损失就让那些愚蠢的、强邀人前来的先生们自己担负好了。因此，他说了几句客气话就接受了邀请，同皮企里少爷一同上了猎车。

现在又有一件凑巧的事情。裁缝小时候在自己村子里经常给地主当差，以后又在骠骑兵部队服满了兵役，因此是很会驾驭马匹的。所以，当他的同车伙伴客气地问他，是不是愿意赶车时，他就立刻抓住缰绳和鞭子，以训练有素的姿态赶着猎车的马匹快步出了城门，顺着大路走去，使得那几位先生面面相觑，彼此耳语道："不错，他一定是个贵族老爷！"

过了半个钟头，大家就到了行政顾问的庄园。斯特拉频斯基赶着马车绕了个漂亮的弧形，然后停在门前，极其巧妙地把烈性的马匹一下子就勒住了。大家下了车，行政顾问走过来迎接，把大家领到屋子里，桌子上随即摆上了半打装满血色新酒的玻璃瓶。大家先尝了尝这热热的起泡沫的饮料，赞赏了一番，然后高高兴兴地开始畅饮。主人自己却四处传话，说来了一位高贵的伯爵，是个波兰佬，大家要准备一下，以便给予更好的款待。

同时，大家分为两帮，把准备玩而没有玩成的牌补玩一下，因为此地的男人们聚会的时候，是不能不玩牌的，这大概是天生好活动的本能所致。斯特拉频斯基，由于种种原因，不得不谢绝参加；大家就请他在一旁观看，因为他们认为看一看也是值得的，原来他们经常在玩牌的时候，就大显其聪明才智和镇静自若的本领。大家强让他坐在两帮人的中间，他们的意思是，要一方面机智巧妙地玩着牌，同时又能款待客人。

于是，他就像个御体欠安的公侯似的坐在那里，在这位公侯面前，朝臣们在上演一出快意的戏剧，表演人情世态。他们把玩牌过程中最重要的关头，突击奇袭和发生的情况说明给他听；每逢玩牌的一方，不得不暂时把全副注意力放在牌上的时候，另一方就更加恳切地跟裁缝谈着话。他们认为谈论的最好的对象是马匹、打猎以及诸如此类的事物。斯特拉频斯基对于这一方面也是最熟悉的，因为他只要把从前在军官们地主们身边所听到的、当时自己就已经非常喜欢的那套话语拿出来就行了。虽然他只是经济地使用这套话，说的时候是以一种谦虚的态度，而且总是面带着一种忧郁的微笑，却因而获得了更大的效果。每逢这些先生们当中三三两两站起来，离开席位走到一边时，他们就说道："这可是一位十足的贵公子啊！"

只有会计员麦尔歇·勃尼，由于生来就是个好怀疑的人，得意洋洋地搓着手，自己心里说道："我看，哥尔达赫又要闹乱子了，啊，可以说乱子已经发生了！现在也是时候了，因为距离上次闹乱子已经两年了！我看这个人手指上莫名其妙地带有刺伤的痕迹，他或许是从普拉嘉①或者奥斯特罗伦卡②来的！现在我可要当心，不多管闲事，随它演变下去！"

两帮玩牌的人都玩完了牌，先生们的尝新酒的瘾也过了，现在大家倒乐意喝刚拿上来的行政顾问家藏的陈酒，使自己的头脑冷静下来；但是这种冷静却带有某种热情的性质，因为大家为了避免犯可耻的懒散病，就立刻提议大家都来赌博。洗过牌后，每人都押上一个布拉班特银币，轮到斯特拉频斯基的时候，他当然不能把他的顶针放在桌上来作押注。"我没有这种钱币。"他绯红了脸说道。可是，麦尔歇·勃尼看到他

---

① 华沙市的一个郊区。
② 波兰的一个城市。

这样，已经替他押上了，谁都没有理会，因为大家都太安逸了，再也不会疑心，世界上有谁会没有钱。转瞬之间，裁缝赌赢了，人家把整个赌注从桌子上推到他跟前。他愣住了，钱摆在那里，他都没有收。勃尼替他安排了第二局，另外一个人赢了，第三次也是别人赢了。但是第四次、第五次却又是波兰佬赢了；他头脑逐渐清醒，对于赌博这件事摸着门了。他态度安详镇静，赌运时好时坏；有一次他输得只剩了一个银币，他迫不得已把这个银币押了上去，这回却又赢了；最后，当大家对于赌博感觉腻烦不再赌下去时，他赢下了几个路易多尔①，这比他有生以来任何时候手头的钱都要多；看见每个人都把自己的钱揣进腰包，他也把这几个路易多尔收为己有，但也不免有些恐惧，怕这一切都是梦境。勃尼一直在严密地注视他，现在明白他是怎样一个人了，心里想道：见鬼，他哪儿配坐一辆驾着四匹马的车！

但是，由于他同时又发现，这个神秘的外乡人并没有贪钱的表示，根本上态度谦虚，行为有节制，因而他就对他也没有什么恶意，决定听其自然，绝对不加干涉。

晚饭前大家都到户外散步，斯特拉频斯基伯爵这时却集中思想考虑了一下，认为不声不响地离开此地的时机到来了。他已经有了相当的旅费，打算从附近的城市把强让自己吃的那顿午饭的账还给天平饭店老板。于是，他像画中人似的翻穿着钟形大衣，把皮帽子往下一直拉到眼边，在夕阳光中一行高大的洋槐下面缓步踱来踱去，观察着美丽的地势，其实是想寻找一条去路。他天庭饱满，嘴上留着漂亮可爱而显得有些忧郁的小胡子，黑亮的鬈曲的头发，黑黑的眼睛，和那件有褶纹的大衣在飘动着，更显得他仪表非凡；头上的夕照和萧萧的树声加强了这种印象，使得大家怀着好感远远地注视着他。他走得离开行政顾问家越来

---

① 旧日金币名，约合二十马克。

越远了，穿过一个树丛，树丛后面有一条庄稼道经过。他发现在这里大家看不见他了，正要大踏步走到庄稼地里去的时候，忽然行政顾问带着女儿涅特馨转过一个弯向他迎了过来。涅特馨是个漂亮小姐，非常豪华，穿得相当艳丽，戴着许多首饰。

"我们在找您哪！伯爵老爷！"顾问喊道，"一来是要在这里介绍一下我的女儿，二来是请您光临舍下，跟我们一同吃点晚饭。别的先生们都已经在我家了。"

这个走路的人迅速地脱帽，绯红着脸恭恭敬敬地，甚至是畏怯地鞠了几个躬；因为现在发生了一个新的转变，一位小姐走上了事变的舞台。他的羞怯和过分的恭敬却无损于他在小姐面前的身价；相反地，在她看来，羞怯、自卑和恭敬表现在这样一位高尚而有趣的年轻贵人身上实在是动人的，甚至是令人销魂的。她心里想，从这里就可以看到，越是贵人，就越谦虚，就越天真纯洁。记住这点吧！哥尔达赫野少爷们！你们在年轻的姑娘面前简直连帽子都不肯动一动的！

因此，她就以极殷勤的姿态向这位骑士打招呼，同时还绯红了脸，显得很可爱；她立刻和他谈起话来，话说得又急又快又多，小城市里生活优裕的妇女，想在陌生人面前显示自己时，就是这种样子。斯特拉频斯基却在这片刻之间完全转变了；他一直没下一点功夫去熟习别人强使他扮演的那个角色，现在他说起话来却不由地有些造作了，他的话里掺杂着各色各样的零零碎碎的波兰字；总之，在女性身边，这位裁缝的血性，开始像烈马似的奔腾起来，使骑马的人无法控制，硬被它驮着走了。

吃饭的时候，大家让他坐了上席，紧挨着主人家的女儿；因为主人的太太已经死去。他想到，现在要么就得跟其他的人一同返回城里去，否则就得乘着夜色苍茫强自逃跑，又想到，目前享受的幸福瞬息间就要消逝，因而他的心情不久就又变得抑郁凄惨了。虽然如此，他还是感觉到了这种幸福，预先对自己说道："哎，反正你这一生在社会上总算当过个有地位的人，曾在这样一位高贵人物的身边坐过。"

看到一只手戴着三四只叮叮作响的镯子在自己旁边闪光，并且只要随便向旁边一瞥，就看到一片梳理得奇妙动人的头发，一个泛出妩媚的红晕的面庞，一双睁大的眼睛，这的确不是一件小事。这位年轻的小姐，把他的一切举止都解释为不平凡的高贵的表现，甚至连拙笨迟钝的地方她都看作这正是值得注意的天真大方之点，感到极其可爱，而她向来对于社交上的失礼却是一谈就会谈几个钟头的。因为大家兴高采烈，有几个客人唱了几支三十年代流行的歌曲。伯爵被邀请唱一支波兰歌曲。酒力终于克服了他的羞怯，虽然并没有消除掉他的忧虑。他从前曾在波兰工作过几个星期，会几句波兰话，甚至还能像鹦鹉学舌似的背诵一支波兰小调，对于小调的内容则一窍不通。于是，他便以高贵的气派，一种好像由于某种隐痛而轻轻颤抖的声音，与其说是高亢，不如说是畏缩地用波兰文唱道：

> 从德斯那河直到威希塞尔河
>
> 圈里养着十万口猪，
>
> 卡亭卡这个娼妇
>
> 在臭泥里行走，一直脏到踝骨！
>
> 伏尔希尼绿油油的牧场上
>
> 有十万头牛在那儿吼叫，
>
> 卡亭卡，卡亭卡呀，
>
> 她以为我爱上她了！

"好！好！"绅士们拍着手叫道，涅特馨感动地说："啊！具有民族性的东西总是这样美！"幸而当时并没有人要求把这支歌曲翻译出来。

盛会的高潮一过，大家就动身回城，裁缝又被装在车上，小心翼翼地载回哥尔达赫去；临行他还不得不讲好，离开哥尔达赫时决不能不辞而别。回到天平饭店时大家还喝了一杯潘趣酒①；斯特拉频斯基却累极了，要去睡觉。老板亲自把他领到他的房间里；他虽然惯于在小客栈的房间里睡觉，这时候却也不太注意这间房子的豪华富丽了。当他身边一无所有地站在美丽的地毯当中时，老板才忽然发现，客人没有行李。老板急得打自己的脑门，然后飞快地跑出去，按了按铃，把茶房和仆役们叫来，和他们吵了一番，然后跑回来，肯定地说："不错，伯爵老爷，他们忘记把您的行李卸下来了！连必不可少的东西都没有！"

"连车上那个小包袱都没有么？"斯特拉频斯基着急地问道，因为他想起了他丢在车厢里的一个手那么大的小包包，里面包着一条手绢、一把刷头发的刷子、一个梳子、一小盒润发油膏和一筒刮脸用的油膏。

"连这个也没有，什么都没有。"善良的老板惊慌地说，因为他猜想这个包袱是一件非常重要的东西。"得立刻发一封快信给车夫，"他热心地喊道，"我一定想办法！"

但是伯爵老爷也跟他一样惊慌，赶忙拦住他，感动地说："您算了吧，不要这样做！我要人家有一段时期不知道我的下落。"他添加说，他竟会随机应变地编造出这段话来，连他自己也感觉惊奇。

老板惊讶地走到喝潘趣酒的客人们跟前，把这种情形讲给他们听，他的结论是：毫无疑问，伯爵一定是政治迫害或者家族迫害的牺牲者；因为正在这个时候有许多波兰人和其他的流亡者由于进行暴力的冒险活动而被驱逐出境；还有另外一些人受到外国特务的监视和笼络。

斯特拉频斯基睡得很好。他很晚才睡醒，睁开眼睛一看，看见天平饭店老板的漂亮的礼拜天穿的睡衣搭在一张椅子上，又看见一张小桌子上摆满了各种梳妆用具，应有尽有。接着就有一些专差，等候着要呈交

---

① 潘趣酒即五味酒，和有茶、糖、柠檬汁等。

昨天新交的那些朋友们赠送的篮子和箱子，里面满装着精致的内衣、衣服、雪茄烟、书籍、靴子、鞋子、踢马刺、马鞭、皮袄、便帽、礼帽、短袜、长袜、烟斗、笛子、四弦提琴，恳请他暂时使用这些东西。因为他们午前一定得待在商店里，所以他们让来人通知，在饭后来访。

这些人一点都不可笑，也一点都不傻；他们具有一些深谋远虑的生意经，与其说是愚蠢，倒不如说是精明；只是因为他们这个丰衣足食的城市是个小城市，他们住在这里时常感到无聊，所以他们经常盼望发生一点变化，出点事情或事故，他们好痛痛快快地欣赏一番。四匹马拉的马车，那个外乡人下车，他吃午饭，车夫所说的话，这一切都是非常简单自然的事物，使素常不好做无聊的猜疑的哥尔达赫人在这上面也大作其文章，好像根据的是铁一般的事实似的。

斯特拉频斯基一见眼前摆着这么多的东西，像个货栈似的，他第一个反应就是把手伸到裤袋里，以便用实际的经验证明，自己是在做梦还是醒着。如果他的顶针还在那儿孤零零地待着，那他就是在做梦。可是不然，顶针亲密地居住在赢来的赌金中间，跟那些银币友好地磨蹭着。因此，顶针的主人也就又顺风转舵，从房间里走下楼来，到了街上，想观看一下自己走运的这个城市。站在厨房门口的女厨师向他深深地请了个安，重新带着心满意足的神情目送着他；过道和大门口站着的一些仆人都向他脱帽致敬；斯特拉频斯基斯斯文文地用手抓着大衣的衣襟，步出门口，仪态大方，却又谦和有礼。命运使他显得一分钟比一分钟更加伟大了。

他现在仔细游览这座城市，脸上带着跟他当初到这里来找工作时完全不同的神色。城里大部分都是些漂亮的和造得非常坚实的房屋，房屋都装饰着石头刻的或是画的标志，并且都具有自己的名称。从这些名称可以清楚地认识到各个世纪的习俗。中世纪时代在那些最古老的房屋当中得到反映，也反映在一些新房屋上，这些房屋代替了古老的房屋，但是还把起源于好战的村长和童话时代的旧名称保留了下来。这些名称是：宝剑、铁盔、甲胄、弩、蓝盾、瑞士英雄、骑士、枪、土耳其人、海怪、金龙、菩提树、朝山参圣者的手杖、水中女妖、极乐鸟、石榴树、骆驼、独角兽以及诸如此类的名称。启蒙时代和博爱主义时代清楚地反映在房门口用闪闪发光的秀丽的金字写出的道德概念上，如：和睦、诚实、旧独立、新独立、公民道德甲、公民道德乙、信任、爱、希望、再见1与2、快乐、内心正直、外部正直、国泰民安（一所整洁的小房子，里面有一个戴着白色尖顶女帽的和颜悦色的老太婆坐在那里纺线，面前摆着个挂满了金莲花草的养金丝雀的鸟笼）、宪法（房子下层住着一个箍桶匠，他在热心地箍小吊桶和小桶，不住地敲打，发出很大的响声）；有一所房子名称非常吓人：死亡！原来这所房子的窗子中间的墙上画着一架骷髅，触天触地地从楼底一直伸展到楼顶，已经剥落褪色了；这里住着保安官吏。在忍耐之家住着借约代书人，他一副饿死鬼的穷相，因为在这个城市里谁都不欠谁一点账。

最后，那些最新式的房屋用下面的悦耳的名称表达了工厂主、银行家、转运商以及他们的模仿者的诗：蔷薇谷、晨谷、太阳山、紫罗兰堡、青春园、欢乐山、亨利爱达谷、山茶花、维廉敏娜堡等等。谷堡上冠以女性名称，在内行人看来，这都表明那所房子是一份妇女所有的像样的产业。

每条街口都矗立着一座挂着机件结构复杂的时钟，装备着精美镀金的风信器，拥有彩色屋顶的古塔。这些塔都被好好地保存下来，因为哥尔达赫人对于过去和现在都感到高兴，在这一点上，他们也有理由高兴。这些繁华胜迹都圈在古老的城垣里面；这座城垣虽然不再有什么用处了，却被作为装饰品保存下来，因为城墙上长满了茂密的老常春藤，这样就用一个冬夏常青的花环把这座小城圈起来了。

这一切都给了斯特拉频斯基一个奇异的印象；他觉得仿佛置身于另

一个世界里。他看了房屋上那些匾额（这类东西他还没有见过），认为上面的名称说明每所房子住户的特殊秘密和生活方式，并且认为每所房子里面的情况也真像匾额上表达的那样，使他觉得仿佛进入了一种道德的乌托邦似的。他因此倒以为他受到的奇异的招待是与此有连带关系的，例如他所住的旅馆以天平为记，就意味着在这个旅馆里不平等的命运被天平称过以后会加以平衡，有时候竟会把一个过路的裁缝当作伯爵来看待。

他溜达着出了城门。这时他向着空旷田野一望，最后一次动了这样一种天良发现的念头：毫不犹豫地继续赶路。阳光很温暖，道路又平坦又坚实，既不太干，也不太湿，像是专为他步行方便才这样似的。现在他又有了旅费，他乐意住在哪儿就可以痛痛快快地住在哪儿，看来什么障碍都没有。

他现在像彷徨歧路的少年似的真正是站在一个十字路口：从环绕着的菩提树丛里升起了好客人家柱状的炊烟，塔顶上的金球从树梢的缝隙里闪耀着诱人的光芒；幸福、享乐和罪过，一种神秘的命运在那儿向他招手示意；从田野方面却展现出渺茫无际的远方，劳动、吃苦、贫穷、湮没无闻，这样的命运在那儿等待着他，同时却能够做到良心无愧，经历的也是平静的转变。他想到这里，也真打算毅然决然地转变方向，向田地里岔下去。正在这个时候，有一辆马车飞快地向这里奔来。漂亮轻便的马车里坐的是昨天那位小姐，她独自一个人坐在那里驾驭着一匹好马，赶着车子向城里走去。斯特拉频斯基在惊讶之际刚刚把帽子从头上摘下，恭恭敬敬地拿到胸前，那位姑娘就马上绯红了脸，对他鞠躬还礼，态度却极其和蔼，然后就扬鞭把马赶得四蹄不着地地走开了，神色显然是非常激动的。

斯特拉频斯基不由地转了个一百八十度的弯，大胆地返回城市。当天他就骑着城里最好的马，率领着一大队骑马的游客，四蹄不着地地在环绕着碧绿的城垣的林荫路上奔驰而去，菩提树的飘落着的叶子在他那容光焕发的脸旁舞动着，像一阵金黄的雨点一般。

现在他可是神灵附体了。他一天一天地变化着，像虹霓对着从云缝里透露出来的太阳似的，眼看着就越来越鲜艳夺目了。别人几年都学不会的巧艺，他几个钟头，几刹那间就学会了，因为他所学的东西本来就蕴藏在他身上，正像颜色蕴藏在雨点里一样。他仔细观察各位东道主的生活习惯和社交礼节，一面观察，一面融会贯通，把这些生活习惯和社交礼节改变成新颖的带有异国情调的东西。他特别努力探听他们背地里把他看成了什么样的人，对他的印象如何。他又本着自己的趣味对这种印象继续不断地加工，使那些爱看新奇事物的人大为欣赏，使那些渴望受到启发鼓舞的人，尤其是妇女们，钦佩莫名。于是，他就迅速成为一部传奇小说的主人公，这部传奇小说是他一往情深地跟这个城市的居民共同制造出来的，而其主要组成部分归根究底还是秘密。

尽管如此，斯特拉频斯基还是连夜睡不着觉，这种现象是他在微贱的时候从来没有过的。他之所以失眠，一来固然是由于良心不安，二来也是由于害怕被人发现是个穷裁缝，丢人现眼，这一层必须提出来加以谴责。他生来就有一种要求，想显示自己的漂亮和与众不同，即使仅仅是在衣服的选择上也未尝不可；这种要求使他陷入了这种矛盾冲突中，并且现在也引起了他那怕被人看破的恐惧。他的良心的力量只限于此：他经常企图，一遇到良好的时机，就找个理由，离开此地，然后通过打彩票或者类似的办法来赚一笔钱，把它从神秘的远方汇来，以赔偿自己给好客的哥尔达赫人造成的损失。他已经开始从各个有彩票的或者有彩票代办所的城市购买大小不同的低额彩票；由于此事而发生的函件往来又被人家看作是他有重要关系和交往的一种标志。

他已经不止一次赢过几个古顿，并且立刻又用赢得的钱来购买新的彩票。有一天，他从一个自称是银行家的外乡的经销彩票者那里收到了一笔为数可观的款子，足够他实现他那个补救的办法。这股好运气在他看来似乎是理所当然，他已经不再感觉惊讶了，相反，他却感到轻松愉快，尤其是对那个善良的天平饭店老板，他感觉心安了，这个老板以很好的饭食款待他，很讨他的欢心。但是他并没有干脆一刀两断，直截了当地把债还清，马上起程离开此地；却根据自己预先决定的计划，想假托为了办理什么事务到外地作短期旅行，然后再从一个大城市通知这里，说是无情的命运不许他重返此地。但是他想履行他的义务，留下一个良好的纪念，更加谨慎地幸运地重新去干裁缝这个行业，或者去找另一种适当的生路。当然，他最愿意在哥尔达赫做裁缝师傅，而且现在也有本钱在这里建立个小小的基业，来维持生活；不过，显而易见，他在这里只能以伯爵的身份生活。

他在任何场合都明显地得到美丽的涅特馨的优待和欢心，这已经引起了街谈巷议；他甚至还理会到，人们一再称呼这位小姐作伯爵夫人。他怎么能忍心给这样一个人准备这样的下场呢？他怎么能这样罪恶地斥责使自己突然飞黄腾达的命运是在撒谎骗人而且同时也使自己丢脸呢？

他从他向别人宣传说是银行家而实际上是彩票经销人的那个人手里收到了一张汇票，就在哥尔达赫一家商店里兑换了现款。这件事又加强了别人对于他的为人和情况的有利的看法，因为这些规规矩矩的商人，万想不到他会有什么彩票买卖上的往来。这天晚上斯特拉频斯基受到邀请，去赴盛大的舞会。他穿着一件朴素的深黑色的衣服出席了舞会，一到那里立刻就向欢迎他的人们宣布，他不得不去外地旅行。

十分钟以内，这个消息就传遍了整个会场。斯特拉频斯基正在寻找涅特馨；她却像是惊讶得发了呆，似乎成心躲避着他的视线，脸上一阵绯红，一阵苍白。接着她一连和几位年轻的绅士跳了几次舞，然后心不在焉地气喘吁吁地坐下。等到波兰人终于来到她跟前，邀请她一同跳舞时，她稍微欠了欠身，谢绝了他，连看都没有看他一眼。

　　他非常激动，怀着难过的心情走开，披上他那件出名的大衣，在花园中一条路上踱来踱去，他的鬈曲的头发被吹拂着。他现在恍然大悟：他在此地逗留了这么长的时间，原来只是为了这个人的缘故；重新和她接近，这一渺茫的希望不知不觉地鼓舞着他，但是他又看到，这段姻缘完全是一件毫无希望的绝不可能实现的事。

　　他正在这样地走着，忽然听见背后有迅速的脚步声，声音很轻，但是表示出激动不安。涅特馨从他旁边走过，就她发出的一言半语来判断，她是在寻找自己的车，虽然她的车是停在房子的另一边，而在这一边却只有冬甘蓝草和围起来的蔷薇树在安然醋睡着。接着她又回来了；他现在心怦怦地直跳，拦着她的路，向她伸出双手表示请求，她一看这种情形，就立刻搂住他的脖子，开始呜呜咽咽地哭起来。他用他的散放着清香的黑亮的鬈发遮盖着她的灼热的面颊，他的大衣像黑鹰的翅膀似的包住了这位少女的修长、骄傲、雪白的身子。这是一幅真正美丽的图画，其所以如此，似乎完全在于它本身的美学效果。

　　斯特拉频斯基在这一奇遇中丧失了理智，赢得了幸福，因为幸福常常是对不理智的人怀有好意的。涅特馨当晚在乘车回家时就向她父亲表明，除了伯爵她不嫁任何人。伯爵第二天大清早就来了，带着他一贯的可爱、羞怯而忧郁的神情在涅特馨的父亲面前向她求婚。她父亲讲了下面的话："这个傻姑娘的命运和志愿终于实现了！她在学校读书的时候，便常常表示，就想嫁给一个意大利人或者波兰人，嫁给一个伟大的钢琴家或者一个有美丽的鬈发的强盗头目，这样一来，我们可麻烦啦！本地一切善意的求婚她都拒绝了，新近我还不得不拒绝精明强干的麦尔歇·勃尼的求婚，而这个人将来还要发大财呢；我女儿还对他狠命地嘲笑了一番，笑他只留着两行红茸茸的小络腮胡子，从一个小银鼻烟盒里吸鼻烟！现在，感谢上帝，从极荒僻的远方来了一位波兰伯爵！伯爵老爷！您就娶了这个傻丫头吧！假如她在你们波兰冷得要命，有一天觉得难过，号啕大哭起来，您就把她送回给我好了！要是她去世的母亲能够亲眼看到这个娇生惯养的孩子做了伯爵夫人，她不知道要怎样心花怒放呢！"

现在大忙特忙起来。几天之内就要举行订婚典礼，因为行政顾问声明，不许未来的女婿因为婚事耽搁自己的事务和旅行计划，而要把婚事提早，以促进事务、旅行的实现。

斯特拉频斯基在举行订婚典礼时给未婚妻送了礼物，这些礼物花去他财产的一半，剩下的一半，他用来为他的未婚妻举行宴会，表示敬意。这一天正是狂欢节，天空明朗，颇像晴明的隆冬天气推迟到了春天。大路给人们提供了最好的雪车道，这种雪车道非常难得，上面的雪还没有融化。斯特拉频斯基因此准备举行一次乘雪车出游，还准备在一个人们最喜欢在那里举行这类庆祝会的富丽堂皇的饭店里举行跳舞会；这个饭店坐落在高原上，从那里眺望，风景极其幽美，距离这里大约足足两个钟头的路程，恰好在哥尔达赫和塞尔德维拉两个城市的当中。

可巧在这个时候麦尔歇·勃尼要到塞尔德维拉去办事，因此在这个冬季的节日前几天就乘坐着一辆轻便的雪车，吸着最好的雪茄烟到那里去了。而正巧塞尔德维拉人也约定要举办一次乘雪车的郊游，日期和目的地跟哥尔达赫人所规定的完全相同，而且要化装出游。

于是哥尔达赫乘雪车出游的队伍在傍晌午的时候经过城内的街道，走出城门去，铃声、号角声、扬鞭声交杂在一起，连古老的房屋上的标志都惊讶地俯视着他们。第一辆雪车上坐着斯特拉频斯基和他的未婚妻，他穿着一件绿色天鹅绒波兰式大衣，边上用丝线装饰着，用厚重的毛皮滚边衬里。涅特馨全身围着白色的皮大衣；蓝色的面纱保护着她的脸，以免受冷风侵袭和雪光刺激。行政顾问忽然因事不能同行；但是他们乘坐的却是他的马和雪车，车前有一个镀金的幸运女神像作为雪车的装饰品，因为行政顾问在城内的住宅就叫做幸运女神之家。

他们后面跟着十五六辆雪车，每辆车坐着一位先生和一位女士，大家都打扮得整整齐齐，显示出热爱生活的样子，但是无论哪一对都不如这一对订婚的新人漂亮神气。正如海船船头都装饰着破浪神像，这些雪车也都带着车主家的特殊标志，人们看了就喊道："瞧啊！勇敢号来到啦！干练号多么漂亮啊！改良号似乎是新油漆过，节约号似乎是新镀过金的！啊！那不是雅各井①号和毕士大池号么！"毕士大池号是辆朴素的用一匹马驾的雪车，排在队伍的末尾，麦尔歇·勃尼安详快活地坐在车里。他面前立着那个因为希望医好自己的病在毕士大池边等候了三十年的犹太人②的像，作为雪车的标志。于是，这队雪车便在阳光照耀下驶去，不久便出现在远远闪光的山冈上，距离目的地不远了。这时候从相对的方向响起了一阵快活的音乐。

从一座烟雾迷离的下过霜的树林里涌出了一片杂乱纷纭的色彩和形象，逐渐显示出一个雪车队的轮廓，它高高地出现在白雪皑皑的田边，衬托着蔚蓝的天空作为背景，也向着这片风景的中心滑动着，呈现出惊奇冒险的样子。队里的雪车大部分都是庞大的农家载重雪车，每两辆绑在一起，目的是为了给一些奇异的布景和表演作为舞台之用。最前头的雪车上矗立着幸运女神的巨像，她作出飞往太空的姿态。这是一个庞大的贴满金光闪烁的金箔的稻草人，它身穿轻纱制的衣服，临风飘荡着。第二个雪车上乘坐着一个同样巨大的牡山羊，它相形之下，显得黑暗忧郁，低垂着两角作出向幸运女神追逐的样子。紧跟着就是一个稀奇古怪

---

①　雅各井是耶稣与撒玛利亚妇人谈道的地方。（见《新约·约翰福音》第四章）

②　指的是耶稣医治好病了三十八年的犹太人的故事："在耶路撒冷，有一个池子，希伯来话叫做毕士大，旁边有五个廊子，里面躺着许多病人。在那里有一个病人，病了三十八年。耶稣看见他躺着，知道他病了许久，就问他说，你要痊愈么？病人回答说，先生，水动的时候，没有人把我放在池子里。我正去的时候，就有别人比我先下去。耶稣对他说，起来，拿你的褥子走吧。那人立刻痊愈，就拿起褥子走了。"（事见《新约·约翰福音》第五章）

的台架，作十五英尺高的熨斗形状，接着就是一副嘎咻嘎咻作响的剪刀，用一条绳子拉着它一开一关，似乎是正把苍穹当作一件蓝绸背心料子来加以剪裁似的。后面还有一些其他这一类的习惯拿来影射裁缝行业的物品。在每辆用四匹马拉的宽大的雪车上，这些象征性的形象脚下都坐着一些服装艳丽的塞尔德维拉人，他们在高声大笑，引吭高歌。

两个队伍同时走到饭店门前的广场上时，便出现了一个热闹喧哗的场面，人马拥挤不堪。哥尔达赫的先生女士们对于这次奇异的相遇觉得出乎意料，因而非常惊讶；相反地，塞尔德维拉人起初的态度却是亲热、友好、谦虚的。他们最前头的那辆有幸运女神像的雪车上面题着"人做衣裳"这几个字作为标语，原来这个队伍的全体成员，扮演的都是各民族各时代裁缝的角色。在一定程度上说来，这是一个历史和人类学性质的裁缝节日游行队伍，这个队伍的尽后头题着"人恃衣裳马恃鞍！"这几个字，是把前一标语改头换面，加以补充，来作煞尾的。在有这个标语的最末那辆雪车里坐着令人肃然起敬的帝王将相，威仪十足的教长和在修道院隐居的贵族妇女，这些人的威仪都是乘坐前面雪车的各种类型的异教和基督教缝纫专家制造出来的。

这个裁缝世界凭着本领，巧妙地从混乱中整顿了自己的队伍，谦逊地先让以那对订婚的新人为首的哥尔达赫城的先生女士们进入屋子里面，等到这些人裙衫沙沙地摩擦着走上宽阔的楼梯时，自己才进入事先订好的楼下一些房间。伯爵老爷的宾客觉得这种举动是得当的，因而他们的惊讶就化成了欢乐，对塞尔德维拉人的豪兴不禁微笑赞许。只有伯爵自己高兴不起来，虽然他由于目前只顾一心一意地逢场作戏，没有感觉到自己到底是在猜疑什么，甚至连这一帮人是从哪儿来的他都没有理会到。麦尔歇·勃尼细心地把自己的毕士大池号雪车赶到一边，聚精会神地站在斯特拉频斯基附近，高声宣布化装游行的地点，让斯特拉频斯基听得见，这个地点跟原来定的完全不同。

不久，这两方面的宾客分别在楼上楼下的摆好餐具的饭桌旁边坐了下来，尽情地畅谈欢叙，讲笑话，等待着更大的欢乐到来。

哥尔达赫人一对一对地走进跳舞厅，乐师们已经在那里校准小提琴的音调，准备演奏，预示这一场欢乐，对哥尔达赫人说来就要开始了。等到他们大家围了一个圈子，排好了队，准备去跳轮舞时，塞尔德维拉人的代表团也来到了；他们提出了邻居亲善的请求和建议，要求对哥尔达赫的先生女士们进行访问，并表演一个观赏性质的舞蹈，供他们消遣。这个建议当然不便谢绝；而且大家都想看看快活的塞尔德维拉人能玩出什么非常令人开心的把戏来，因此就依照该代表团的安排坐了一个大半圈儿，斯特拉频斯基和涅特馨坐在正中，光辉灿烂，如同两颗有皇家威仪的明星一般。

这时候，上面所说的那些裁缝就开始一组一组陆续进场。每组都用优美的手势表演"人做衣裳"和"人恃衣裳马恃鞍"这两句标语的内容：他们先是似乎在热心缝制某件华美的服装，王侯的衮服，教士的法衣以及诸如此类的东西，然后把它给一个穷苦的人穿上，穷人一穿上就完全变了样，他威风凛凛地站起来，庄严隆重地按照音乐的节拍走来走去。动物寓言也本着这种精神被搬上了舞台：先出现了一只大乌鸦，披着孔雀的翎毛，呱呱地叫着跳来跳去；接着是一只狼，它给自己裁制好了一件羊皮披在身上；最后是一头驴子，它披着一张粗麻制的可怕的狮子皮，用这件东西把自己打扮成英雄，就像是披上了一件烧炭党人①的大衣一样。

以这种姿态出场的角色，在表演完毕后，都退到后边，这样就使得半个圈子哥尔达赫人逐渐变成了一大圈子观众，圈内最后却成了空的

————————

①　十九世纪初意大利的一个革命的秘密结社，以推翻专制政体，争取民族独立为目的。其参加者最初为了逃避迫害，前往卡拉布里亚山中当烧炭人，所以得到烧炭党人这个名称。

了。这时音乐转入一种悲哀严肃的调子，同时圈内进来了最后一个形象，大家的眼睛都注视着它。这个形象是个身材颀长的年轻人，穿着黑色大衣，长着一头美丽的黑发，戴着一顶波兰式便帽。这不是别人，正是斯特拉频斯基伯爵在十一月里的那天在大路上行走，坐上了那辆不吉祥的马车时的模样。

在场的人都一声不响，聚精会神地注视着这个形象，它带着严肃忧郁的神情，按照音乐的节拍，来回地跳了几步舞，然后走到圈子正中，把大衣铺在地上，以裁缝的姿势坐在上面，开始从包袱里往外拿东西。他拿出一件差不多已经做好的伯爵衣服，完全和斯特拉频斯基此刻所穿的那件一样，接着就急急忙忙地非常熟练地在上面缀上了一些穗子和丝线，然后按照规矩把它熨平，一面把手指弄湿，去试那显然很烫的熨斗。接着他就站起来，脱去他的破外衣，穿上这件华美的衣服，取出一个小镜子，梳了梳头发，打扮完毕，最后站在那里就和伯爵一模一样了。音乐这时又忽然转变为急促活泼的调子，这个人把他的什物都裹在那件旧大衣里，然后把这个包裹从在场的人们头上扔过去，远远地扔到大厅的紧里面去了，仿佛想要跟自己的过去一刀两断，永不相干。接着他就迈着漂亮的跳舞步子，以骄傲的深通世故的姿态在圈子里一面走动着，一面还不断地、殷勤地向在场的人们鞠躬，就一直这样走到那对订婚的新人面前。他突然凝视着那位惊讶万分的波兰人，纹丝不动像一根柱子似的站在他面前，这时候，音乐像是事先已经约好似的停止了演奏，一阵可怕的沉寂，像没有雷声的闪电似的，突然出现了。

"哎，哎，哎，哎!"他一面把胳膊伸向那个倒霉的人，一面用高得远远就听得见的声音喊道，"你瞧那位西里西亚弟兄! 那位水上波兰佬①! 他给我干着活开了小差，因为他看到生意有点动荡不定，就认为

———————

① 德意志人和波兰人的混血人种，居住在上西里西亚，多以筏运为业。

我垮台了。现在我高兴您生活这样愉快，在这里度着快乐的狂欢节！您在哥尔达赫找到工作了么？"

他一面说着，一面伸出手去，要跟面色苍白微笑着坐在那里的青年伯爵握手。伯爵非常随和地攥住他的手像攥住一根烧得通红的铁棍似的，这时候跟伯爵一模一样的那个人就喊道："朋友们，来吧！你们看看这里我们这位温柔的裁缝伙计吧！他的样子像极了拉斐尔①，我们的使女们那样喜欢他，连牧师的女儿也喜欢他，当然这位牧师的女儿是有点神志昏乱的！"

现在塞尔德维拉人都走过来，挤到斯特拉频斯基和他以前的老板周围，跟前者诚心诚意的握手，弄得他在他的座位上动摇发抖。这时候音乐又开始了，演奏出一个快活的进行曲；塞尔德维拉人从这一对新人跟前走过之后，立刻就列队准备退场；他们一面按谱唱着一个练得烂熟的恶作剧性质的哈哈笑合唱，一面走出大厅。勃尼很懂得把这个奇迹的说明飞快地传布到哥尔达赫人当中，他们便乱跑起来，和塞尔德维拉人互碰互撞，顿时秩序大乱。

在秩序终于恢复了以后，大厅也几乎空了；只有寥寥几个人挨着墙站着，彼此耳语交谈，很惶惑的样子；几个年轻女士和涅特馨保持了相当的距离，决定不了是否应该到她跟前去。

那对新人像一对埃及皇家夫妇的石雕像一般，纹丝不动地在椅子上坐着，十分寂静孤独。人们仿佛感觉到眼前是一望无际的沙漠里的流沙。

涅特馨面色苍白得像大理石一般，慢慢地转过脸来向着她的未婚夫，从侧面用奇异的目光瞅着他。

他慢慢地站起来，迈着沉重的脚步走开，眼睛看着地，眼里落下了

① 拉斐尔（1485—1520），文艺复兴时期意大利画家，此处是讽刺之意。

大颗的泪珠。

　　他从拥挤在楼梯上的哥尔达赫人和塞尔德维拉人当中穿过去，像一个死人显魂从博览会上偷着走掉似的；说来奇怪，他们也就让他这样走过去了，大家一声不响地躲开他，一点没有笑，也没有在背后向他喊出什么难听的话。他从准备出发的哥尔达赫雪车和马匹当中穿过去以后，塞尔德维拉人才开始在自己的场所拿这件事大开其心。他有意无意地顺着几个月以前他来的时候走的那条路，朝着塞尔德维拉的方向走去，心里只是想不再回到哥尔达赫去了。不久，他就走入了路旁的森林里，消失在幽暗之中，看不见了。他光着头，因为他的波兰式便帽和手套都丢在跳舞厅的窗台上了。他就这样低着头向前走去，把两只冻木了的手，藏在交叉的两臂下面。一面走，一面思想逐渐集中起来，有了某些认识。他意识到的第一个感觉就是莫大的耻辱，仿佛自己原来真正是个有地位有名望的人，现在由于一时厄运飞来，落得名誉扫地了。这种感觉随即又转变为另一种感觉：他觉得自己给人家冤了；在光荣地进入这个可恶的城市以前，他从来没有犯过什么过错；他回忆以往，一直到童年时代，也想不起自己曾经因为撒谎或者骗人而受到惩罚或责备。现在因为冷不防或可说是在毫无抵抗力的时刻受到世人的愚弄和侵袭，竟跟着他们一起犯了过错。他感觉自己像一个孩子受了另外一个坏孩子的劝诱，偷走了祭坛上的圣餐杯。他现在恨自己看不起自己，但是他又对自己感觉痛心，为自己不幸误入歧途而哭泣。

　　一个王公占据了土地和人民；一个教士对人宣讲他那个教会的教义而自己对此却并不深信，还神气十足地吃着牧师的俸禄；一个自命不凡的教师享有高级教职的荣誉和利益，而对于他那一门科学的最高成就却一窍不通，对于这门科学也只起着极少的一点点推进作用；一个没有品德的艺术家，通过粗制滥造的作品和空洞无物的江湖花招而成了红人，骗去了理当通过真正劳动才能获得的面包和荣誉；或者，一个骗子继承或者骗得了大商人的名字，由于种种胡作非为和丧尽天良的搞法，把成千上万的人的积蓄和备而不用以防万一的钱财都弄到手了；在这样做的时候，这些人都没有对自己感觉痛心而哭泣；相反地，却安然坐享清福，没有一天晚上不是良友嘉宾，欢乐一堂。

我们这位裁缝却对自己感觉痛心而哭起来了，这就是说，他的心思从一道像沉重的枷锁似的不幸的命运方面忽然回到了他的被遗弃的未婚妻方面来了，他对这个见不到的人儿感到惭愧万分而弯身向着地上时，忽然痛哭起来。不幸和屈辱照亮了他失去的幸福，使他从一个模模糊糊害着相思的迷路者变成了被摈斥的恋人。他把双臂向寒光闪闪的繁星高高举起，在路上跌跌撞撞地走着，一会又站住摇一摇头，这时候忽然一道红光射在他周围的雪上，同时又响起了马铃声和笑声。原来是塞尔德维拉的人们在那里打着火把乘车回家。走在最前面的马的鼻子已经挨近他了，他抖擞精神，一大步跳过路边，然后蹲伏在森林里最前面的一些树干当中。疯狂的队伍已经过去，消逝在黑暗的远方，一点声音都听不见了，却并没有理会到那个逃走的人藏在这里。他在那儿一声儿不响地听了好久，因为天气寒冷，先前又喝了酒，又由于干了蠢事心里很难过，就神不知鬼不觉地伸开四肢，在嘎吱嘎吱响的雪地上睡着了，同时一阵冰冷的东风开始吹来。

在这同时，涅特馨也从自己孤零零的座位上站了起来。她很注意地看着自己所爱的人退了出去以后，又纹丝不动地在那儿坐了一个多钟头，然后站了起来，痛哭着无计可施地向门口走去。这时候，她的两个女朋友走过来陪伴着，用蹊跷可疑的话来安慰她；她请她们把她的大衣、头巾、围巾、帽子以及诸如此类的东西拿来，然后一声儿不响地把这些东西穿戴起来，一面拿面纱狠狠地擦干眼泪。可是人一哭，几乎每次同时都得要擤鼻涕，她因而也感到非得拿手绢不可；她拿手绢着着实实地擤了一下，然后又骄傲又愤怒地向周围看了一眼。这一眼就看到麦歇尔·勃尼满面春风低声下气地微笑着向她走来，对她说明，她现在非得有一个人给她做向导，把她送回她父亲家里不可。他说，他愿意把毕士大池号雪车寄存在这家饭店里，而伴送着这位尊敬的不幸的女士坐着幸运女神号雪车平安地返回哥尔达赫去。

她连回答都不回答，就毅然决然地向着院子里走去。她的雪车已经是停留在那里的最末的几个雪车之一了。车已备好，马都喂得饱饱的，焦急地等待着出发。她迅速地坐在雪车上，攫住缰绳，拿起鞭子，乘着勃尼正在兴高采烈地忙着掏腰包，给照顾马匹的马夫赏钱，没有注意她，把马一赶，连蹦带跳地走到大路去了，不久，这种跳跃就转变为一阵持续不断的矫健活泼的飞跑。雪车并没有向着回家的方向，却顺着通往塞尔德维拉的大路奔去。等到这急驶如飞的雪车已经连影子都看不见了，勃尼先生才发现了这件事情，他一面喊着"喂！喂！停住"，一面向着哥尔达赫的方向跑去；接着又连蹦带跳地跑回来，坐上自己的雪车去追那个逃走的，或者按照他的看法，被马匹拐走的美人，一直追到那个大为轰动的城市的城门口，城里已经是无人不谈这件丢人的事情了。

涅特馨为什么会走那条路，是由于一时糊涂还是故意如此，这是难以断定的。有两种情况可以稍微帮助说明此事。第一，斯特拉频斯基的皮帽和手套原来是放在这对新人座位后面的窗台上的，奇怪的是现在却在幸运女神号雪车里涅特馨的身边；谁都没有注意，她在什么时候，以什么方式把这些东西拿来了，连她自己也不晓得；真像是她在梦游中办了这件事似的。她现在还不知道，她身边放着帽子和手套。第二，她不止一次高声自言自语地说："我还得跟他说两句话，只说两句！"

这两件事似乎证明，她赶着烈马奔驰不完全是偶然的。还有一件事情也是很奇怪的：当幸运女神号雪车走到森林里，被明亮的满月的清辉照射着的路上时，涅特馨降低了马行的速度，把缰绳越拉越紧，马儿几乎只是迈着跳舞的步子缓缓前行，她自己却用她那悲哀的但是锐利的眼睛密切注意地瞅着路旁，对于左右两边稍微引人注目的东西都没有忽略过去。

不过，同时她的心灵却深深地陷在沉重的不幸的脱离现实的遐想中。什么是幸福和生活！幸福和生活要靠什么？我们难道就因为一个可笑的谎言而变得幸福或者不幸么？那我们自己还算得了什么呢！我们由于一种快活的诚心诚意的彼此爱慕而赢得了耻辱和绝望，这能说是我们的过错么？这些无端干扰我们的命运，从中起破坏作用，而自己却随即像薄弱的肥皂泡似的化为乌有的愚蠢的幻影，是谁把它们给我们送来的呢？

这些与其说是经过思考提出的还不如说是梦幻中涌现的问题把涅特馨的心灵围困住了，这时候她的眼睛忽然瞥见路旁有个长长的黑乎乎的东西，衬托着月光照耀的积雪，显得黑白分明。这便是直挺着身子躺在那里的温采尔，他的黑头发和树影混在一起，他的颀长的身子却被月光照得清清楚楚。

涅特馨不由地停住了马，森林登时浸沉在幽寂中。她目不转睛地凝视着那个黑色的物体，后来她的雪亮的锐利的眼睛终于确实无误地辨识出它是什么来了；她轻轻地把缰绳系牢，下了雪车，用手在马身上抚摩了一会儿，使它们安静下来，然后小心翼翼地一声不响地走到那个物体跟前。

不错，那确实是他。那件深绿色天鹅绒大衣，尽管是在夜间的雪地上，都显得美丽高贵；颀长的身子，柔软灵活的四肢，穿着合体的衣服，这一切在人已经冻得失去知觉，处在毁灭的边缘，绝望的境地时还说明：人恃衣裳马恃鞍！

这位孤独的美人，弯下身子更挨近地注视他，确实无疑地认出他来了，但她立刻也看出，他有生命危险，她怕他可能已经冻死了。因此，她不由地攥住了他的一只手，这只手似乎已经冻得没有感觉了。她把一切都忘在九霄云外，立刻摇晃着这个万分可怜的人，在他耳边喊着他受洗礼时所取的名字："温采尔！温采尔！"但一切都是枉然；他一动都不动，只是微微地凄惨地呼吸着。她一下子伏在他身上，用手摸了摸他的脸，急得用手指在他的冻得苍白的鼻尖上弹了几下。这一下子她想起了一个好主意，她拿了几把雪，来擦他的鼻子、脸和手指，用尽全力地擦，擦到后来这位幸福的不幸者神志恢复了，醒过来了，并且慢慢站起身来。

他向周围一瞧，看见他救命的女恩人站在面前。她已经把面纱拉到后边，睁大了眼睛注视着他，温采尔把她那副白皙的面孔上每一部分都认得清清楚楚。

他一下子跪倒在她面前，吻着她大衣的边缘，喊道："原谅我吧！原谅我吧！"

"来！陌生人！"她用低沉的颤抖的声音说，"我要跟你谈谈，把你带到别处去！"

她示意给他，要他坐上雪车，他遵命照办了。她不知不觉地把他的帽子和手套交给了他，就和当初她拿这些东西时的情形一样，然后攥住缰绳，拿起鞭子，赶着车向前走去。

森林的那一边，距离大路不远，有一所农家庄院，住着一个农妇，她的丈夫不久以前死去了。涅特馨是她的一个孩子的教母，涅特馨的父亲——行政顾问——又是她的地主。新近这个妇人还到他们家里来问候小姐，并多方向她求教。现在她对事情发生的变化当然还一点都不知道。

现在涅特馨从大路岔下去，赶着雪车直奔这个庄院，打了一个响鞭，停在门前。房子的小窗户里还有灯光，因为农妇还没有睡觉，正在那儿忙着搞什么，孩子们和做活的却早已睡了。她开开窗子，惊奇地向外面一瞧。"是我！是我们来了！"涅特馨喊道，"我们迷了路，因为那条新开辟的高坡上的路我还没有走过。亲家太太，给我熬点咖啡，让我进去坐一会儿，然后我们再继续往前走！"

农妇立刻就认出是涅特馨来了，心里高兴极了，赶忙跑过来，看见还有外国伯爵这样一个贵人在那儿，她登时显出又惊又喜的样子。在她的心目中这两个人身上把人间的荣华富贵给她带进了门，给自己和自己的孩子们赢得其中小小的一份，沾上一点点光，这种模糊的希望鼓舞着这位善良的妇人，使她长了无限的机智，善于服侍这一对年轻的贵人。她很快地叫醒了一个小做活的去喂马，不久咖啡也熬好送到房间里来了。温采尔和涅特馨面对面坐在这半明不暗的房间里，他们中间的桌子上点着一盏微光闪烁、忽明忽暗的小灯。

温采尔两手抱着头，坐在那里，不敢仰视。涅特馨靠在椅子上，两眼紧闭着，但同时她的带有痛苦表情的美丽的嘴唇也紧闭着，从这一点就看得出来，她绝对没有睡着。

等到亲家太太把咖啡摆在桌子上了，涅特馨迅速站起来，小声儿对她说道："亲爱的太太，现在你先睡你的觉去，让我们单独在这里待上七八分钟，我们俩小吵了一顿架，今天就得彼此好好地谈一谈，因为在这里正是个好机会。"

"我明白了，你们这样做很好！"那位妇人说着，随即离开了，剩下他俩在那里。

"您喝这杯咖啡吧，"涅特馨说道，这时候她已重新坐下了，"这会对您的身体有好处！"她自己却一点都不喝。温采尔·斯特拉频斯基身子微微地发抖，他站起来，拿过杯子，一饮而尽，与其说是为了提精神，还不如说是由于她让他喝的缘故。他现在也瞅着她；他们的视线遇到一起的时候，涅特馨一面仔细端详着他的眼睛，一面摇了摇头，然后说道："您是什么人？您想要把我怎么样？"

"我并不完全是像我表面看来那样的一种人！"他悲哀地回答道，"我是个穷小子，但是我要弥补一切，向您赔罪，此后，也不想再活下去了！"他说这些话，语气是那样确信无疑，措辞没有任何矫揉造作的地方，涅特馨听了，两眼不禁微微闪现出惊奇的光芒。不过，她又重复说："我想知道，您到底是什么人，从哪儿来的，想到哪儿去？"

"我现在要把真实情况原原本本地讲给您听。"他回答道，接着就告诉她，他是什么人，到达哥尔达赫时遇到了什么事情。他特别指天誓日地表明，他曾经有好几次想逃走，可是最后就是由于看见她来了而不再想走了，这一切都像一场噩梦一般。

涅特馨有好几次几乎忍不住要笑；但是她的事情太严重了，因而终于没有笑出来。她还是继续问下去："您原来打算和我一起到哪儿去呢？去干什么呢？——""我也不知道，"他回答说，"我当初希望继续遇到稀奇的或者幸运的事情；我也时常打算这样的死法，就是我要自杀，等到我——"

说到这里温采尔顿住了，他的苍白的脸通红起来。

"您继续讲吧！"涅特馨说，她的脸色却变得苍白，同时，她的心莫名其妙地怦怦直跳。

这时候温采尔眼睛睁得大大的，眼里闪现出温柔的光，他叫道："不错，现在我已经清清楚楚地想象出，像当初那样下去，会有什么结果！我会同你一起到广大的世界去，和你过了短短的几天幸福生活以后，我会实实在在地告诉你我欺骗了你，同时我就自杀。那时你就会回到你父亲家里，在那里你一定会受到照顾，很容易就忘掉我了。谁都用不着知道我的下落；我也将毫无痕迹地失踪。——那样一来，我也就不至于因为渴望一种有价值的生活、一颗仁慈的心，渴望爱情而终身苦恼了，"他伤心地继续说，"我总算是过过片刻富贵幸福的生活，要比那些既不幸福又不算倒霉而又永远不想死的人高明得多了！唉，您方才还不如任凭我躺在寒冷的雪里不要管我，那我倒可以安安静静睡着了！"

他又沉默起来，黯然神伤地向前呆望着，显出若有所思的样子。

涅特馨默默地瞅着他，过了一会儿，她的心由于受了温采尔那番话的刺激而怦怦直跳的情形已经稍微好一些了，她说道：

"您从前已经干过这种或类似的勾当，骗过与您无冤无仇的陌生人么？"

"这个问题，我在今天这个痛苦的夜里已经向自己提过了，我想不出，我有生以来曾经做过什么撒谎骗人的事。像这次这种冒险行为我从来没有干过，也没有经历过！并且当初在我半大不小的时候，我也一度想做个体面人，或者希望自己看起来像个体面人的样子，但是，这个想头刚一发生，我就克制了自己，放弃了一个看来是天赐给我的幸福！"

"这个幸福是什么呢？"涅特馨问道。

"我母亲结婚以前，在附近一个女地主家里做活，跟着女地主旅行过，到过大城市。因此她举止气派要比我们村里其他妇女文雅大方。她大概也颇好虚荣，因为她总让她自己和我——她唯一的孩子——都穿得很漂亮，很讲究，超过了我们那里习俗的限度。我父亲是小学教师，死得早，因此，我们非常贫穷，没有希望享一享母亲常常喜欢梦想的那些福气。相反地，她不得不辛苦地劳动，来养活我们母子二人，因而也就不得不把她所有的最心爱的东西——比较良好的气派和服装——牺牲掉。我十七岁的时候，那个女地主新死了丈夫，忽然说，她要带着家产搬到京城去住，永远不回来了。要母亲把我交给她带去，说我在村里给人家打短儿或者扛长活太可惜了，她要根据我的兴趣让我学习一些高尚的东西，同时我可以住在她家，随意干些较轻的活。这件事看起来可说是我们所能遇到的最美的事情了。因此一切都已经讲好并且准备好了，后来母亲却左思右想，又难过起来，有一天她忽然痛哭流涕地请求我不要离开她，要我和她在一起受穷吃苦。她说，她活不了多少年了，即使她死了，我一定也会有良好的成就的。我怀着悲哀的心情把这件事秘密地告诉了女地主；她亲自来到我家，向我母亲提出抗议；我母亲那时非常激动，接二连三地喊叫说，决不肯让人家把她的孩子抢走；凡是认识她的——"

说到这里，温采尔·斯特拉频斯基又顿住了，不知道该怎么说下去好。

涅特馨问道："你母亲说了'凡是认识她的'这句话以后，又说什么？您为什么不讲下去了？"

温采尔绯红了脸，回答说："她讲了一句奇怪的话，我也不大懂，我也一直没有体会过这句话的内容；她说，凡是认识她的孩子的，都不可能放弃他，她的意思大概是说，我是个好心眼儿的孩子或者就是这一类的话。总之，她当时非常激动，因此不管那位太太怎样劝说，我还是谢绝了她，留在母亲身边不走了，母亲因为这个缘故加倍地疼我，曾经千百次请我原谅她妨碍了我幸福的前程。等到我也得学点本领来挣钱时，我发现，除了跟着我们村里的裁缝当学徒以外，没有别的事情可做。我本来不想去，无奈我母亲哭得厉害，我只好屈服了。这就是我的来历。"

涅特馨又问他："为什么还是离开了母亲？是什么时候离开的？"温采尔回答说："我是由于被征入伍去服兵役才离开的。我被安插在骠骑兵的队伍里，是个非常漂亮的红衣骠骑兵，虽然不是全团里最笨的一个，无论如何也是最老实的一个。过了一年之后，我终于得到了几个星期的假期，赶忙回家，去看我那贤良的母亲，可是她刚刚死了。等到我能够离开故乡的时机一来，我就孤零零地一个人漫游四方，最后在这里遭遇了不幸。"

当他自言自语地诉说这些事情的时候，涅特馨在一旁仔细注视着他，不禁微笑起来。现在屋子里一时寂静无声；她忽然心血来潮，仿佛想起了什么。

"您既然，"她忽然说道，说的时候却带着踌躇的讥刺的态度，"一直是这样受人尊敬，为人既然这样可爱，那么，您毫无疑问在任何时候也都有过不少的恋爱事件或者类似的情形，大概已经毁掉了不止一个可怜的女性吧？——更不用说我啦！"

“哎呀，我的天，”温采尔满面通红地回答说，“我遇到您以前，连个女孩子的手指尖儿都没有挨着过，除了——”

“怎么样?”涅特馨说。

“您听我说，”他接着说道，“那位想把我带走，让我受教育的太太，她有个孩子，是个七八岁的小姑娘，是个脾气古怪，性子很急的孩子，可是甜得像糖，美得像天仙似的。我常常被派去伺候她，保护她，她已经跟我在一起惯了。我经常送她到距离相当远的牧师家里去跟老牧师上学，上完学后又从那儿把她接回来。此外如果正赶上没有人能够陪她的时候，她也常常要我同她一起到野外去玩。我最后一次领着这个孩子在晚霞残照中穿过田野回家，她谈起了不久就要起程的事，向我宣布，说我还是得跟着去，问我愿意不愿意去。我说，不行。这个孩子非常迫切动人地向我恳求，一面像孩子们常常做的那样，拉住我的胳膊，不让我走，我一时情急，不假思索就硬甩开了，也许做得太鲁莽些。小姑娘一看这样就低下头来，又难为情又伤心，想极力抑制住即将涌出的泪珠，忍不住呜呜咽咽地哭起来了。我惊慌失措，想去安慰她，但是她气愤地闪开了，严词厉色地斥退了我。从那时起我一直想着这个美丽的小姑娘，我心里一直很爱她，虽然我没有再听到过她的消息——”

说到这里，这位心情已经相当激动的讲话者像吃惊似的忽然停住了，他面色苍白，目不转睛地瞅着他的女伴。

“瞧，”涅特馨面色也有些发白，她用一种奇异的语调说，“您为什么这样瞅着我呢?”

温采尔把胳膊伸出去，用手指指着她，仿佛看见了一个精灵似的，喊道：“这面孔的表情我是看见过的。那个女孩一生气时，就像您现在这样，脑门和鬓角上美丽的头发都微微向上竖起，看起来在那儿直动，那次在田野里晚霞的光辉照耀下，最后一次也是这样的情形。”

涅特馨的贴着鬓角的和脑门上头的头发方才确实都在微微地直动，

仿佛被一阵迎面吹来的轻风吹拂着似的。

随时都有些喜欢卖弄风情的自然之母在这里运用了她的一个秘密，把这场难以解决的纠纷结束了。

涅特馨沉默了片刻之后，开始挺起胸来，出了几口长气，然后站起来，绕过桌子，走向这位青年男子，搂住他的脖子，说道："我不离开你！你是我的，我要跟你走，不管世界上的人怎样反对！"

他们现在才坚定不移地从心灵深处庆祝他们真正的订婚，因为她在甜蜜的热情中接受了一种艰苦的命运，要对他忠实不渝。

但是她绝不是那样懦弱，对这个命运不想稍微加以控制；相反地，她却迅速而大胆地作出了新的决定。她对由于时运再度转变而沉湎在梦幻中的善良的温采尔说："现在我们偏要到塞尔德维拉去，让那里那些打算破坏我们的人看看，他们的做法，结果反而使我们团结起来，生活幸福了！"

正直的温采尔对于这个主意一时想不通。他说，他宁愿到陌生的远方，在安静的幸福中去过神秘浪漫的生活。

但是涅特馨喊道："不要再梦想小说里的生活了！你是个穷苦的漫游者就是个穷苦的漫游者，我还是要承认我是属于你的，不管我家乡所有那些骄傲自大和嘲笑我们的人怎么样，我还是要当你的妻子。我们到塞尔德维拉去吧，在那儿，让我们凭着我们的劳动和聪明迫使那些讥笑我们的人倚赖我们吧！"

他们说了就做！先把那位农家妇叫来，温采尔开始按照他的新的身份地位行事，给了她报酬，然后他们就乘车继续往前走。现在由温采尔赶车。涅特馨把身子靠着他，心里感觉非常满足，仿佛他是教堂里的柱子似的。因为人的意志就是人的天国，涅特馨恰好三天前已经成年，可以按照她自己的意志行事了。

到了塞尔德维拉，他们就在虹霓饭店门前把车停住，那帮乘坐雪车的人还有一些坐在饭店里喝酒。这一对新人一出现在客堂里，大家就像听到火警似的起哄说："哈！瞧这对私奔拐带的！我们可搞出一桩风流事件来啦！"

但是温采尔跟他的未婚妻从他们当中一直走过去，连头都不回，等到她走进她的房间后，他就到另外一个好旅馆——野人饭店去了。这里也有一些塞尔德维拉人还在大嚷大闹；他趾高气扬地从他们当中走过，进入他所要求的一个房间里，任凭他们惊讶得议论不休；他们一面议论，一面不由己地拼命喝酒，喝到醉得要死的程度。

差不多同时，在哥尔达赫"私奔拐带"这个美妙的字眼也闹得满城风雨了。

大清早毕士大池号雪车也到塞尔德维拉来了，上面坐着情绪激动的勃尼和涅特馨惊慌失措的父亲。他们慌慌张张地几乎要停都不停就从塞尔德维拉穿过去，可巧他们还及时看见了幸运女神号雪车完全无损的停在饭店门前，他们推测，那几匹好马不会跑远，所以心里感到宽舒了一些。因此，他们让人把马卸下来，这时候他们又听说涅特馨住在这里，推测证实了，他们就走进虹霓饭店去。

待了一小会儿，涅特馨才请父亲到她的房间里去看她，单独跟她谈一谈。他还听说，她已经请定了本城最好的律师，讲好当天上午就来。行政顾问上楼去看他女儿时，心情有些沉重；他在考虑，最好用什么方式把这个自暴自弃的孩子从迷途中引导回去；他已经作好了准备，去应付她的铤而走险的举动。

但是涅特馨却心平气和和态度温和而又坚定地迎接他。她感激父亲对自己的慈爱和一片好心，但是紧接着就明确地表示：第一，出了这样的事以后，她不想再在哥尔达赫生活了，至少最近这几年不能；第二，她希望关于母亲那份巨大的遗产，父亲早已准备好，她结婚时就把这份遗产作为她的嫁妆；第三，她要和温采尔·斯特拉频斯基结婚，尤其是这一点丝毫都不能改变；第四，她要和他一同住在塞尔德维拉，帮助他在那儿开个生意兴隆的大裁缝铺；第五，也是最后一点，今后一定会万事大吉，因为她确信，他是个好人，会使她终身幸福。

行政顾问开始进行说服工作；他先提醒涅特馨说，他早就非常希望能够把她这份财产交给她，用来奠定她真正的幸福生活，并且越早越好，这一层她自己是知道的。但是他接着就描述，自从他一听到出了这场可怕的乱子以来，他心中是怎样忧虑万分，说明她要保持的恋爱关系是不可能的事，最后，他拿出了可以不失体面来解决这个严重冲突的唯一切实可行的好办法。麦歇尔·勃尼准备立刻出来以人格担保，结束这场纠纷，用他的不可侵犯的名字来保护和维持她的名誉，使它免受世人的败坏。

但名誉这个字却使女儿非常激动起来。她喊道，正是名誉命令她不和勃尼先生结婚，因为她心里恨他；相反地，名誉却命令她，对这位可怜的外乡人永远忠实不渝，因为她已经答应和他结婚了，而且她也并不讨厌他。

现在这一方面劝说，那方面反驳，争辩了半天，毫无结果，最后却闹得那个坚强的美人流下泪来。

温采尔和勃尼几乎是同时冲了进来，他们在楼梯上彼此碰见了，眼看就要闹出很大的乱子，可巧这时候律师出现了。他是行政顾问的熟人，一见这种情形，就让大家暂时先安静下来，平心静气地想一想。他从初步听到的不多的几句话里，了解了这是怎样一回事之后，就指定，首先温采尔要回到野人饭店去，待在那儿不动；勃尼先生也得要走开，对此事不加干涉；涅特馨在事情有结果以前，也得要保持中等社会的良好的礼貌；她父亲得放弃使用强迫手段，因为女儿的自由权在法律上是毫无疑问的。

于是就造成了几个钟头的停战局面，在这几个钟头大家各自分开。

律师已经放出空气，说这个事件也许会给塞尔德维拉带来一份巨大的产业，因此城里就大为轰动。塞尔德维拉人的情绪忽然转变，倒向裁缝和他的未婚妻这一边来，他们决定，用生命财产来保护这一对彼此相爱的人，并且保障他们在这个城市里享有公民权利和人身自由。因此，一听见谣传要把那位哥尔达赫美人硬给带回去，他们就纠合起来，在虹霓饭店和野人饭店门前布置了守卫和仪仗兵，欢天喜地干着他们这个异想天开的勾当，作为昨天那场冒险的奇异的继续。

顾问又吃惊又恼火，就派他的勃尼到哥尔达赫去求援。勃尼坐上车把马赶得飞跑回到那里去了，第二天就有一些人带着为数可观的警察到这里来支援行政顾问，塞尔德维拉颇有变为一个新的特洛亚①之势。双方对峙，互相威胁；城防军的鼓手已经在旋转鼓上的螺丝，把鼓面绷紧，同时用右手里拿着的鼓槌零零星星地敲起鼓来，试一试鼓声如何。这时候，更高级的官员，教会和社会上的头面人物来到了广场上，经过各方面的谈判，最后取得了这样的结果：由于涅特馨坚定不移，温采尔受了塞尔德维拉人的鼓舞，也没有被吓倒，关于他们的婚事，在征求一切必要的文件之后，就可以在教堂中贴出征询有无异议的公告了；在这项手续进行中，要看看是否有人提出法律上的理由来反对这件婚姻，提出来的是什么样的理由，以及效果如何。

由于涅特馨已经成年，所以可能提出来反对这件婚姻的唯一理由就是假伯爵斯特拉频斯基的可疑的人品。

但是现在为他和涅特馨作辩护人的律师调查出来，这位外乡的年轻人，无论是在他的故乡还是在他一直到现在的旅途上连个恶名声的影子都没有落到过他身上，从各地收到的只是一些正面良好的对他表示善意的证据。

----

①　古希腊人攻特洛亚城，两军对峙十年，最后才将特洛亚攻陷。

至于在哥尔达赫发生的事件，律师证明，温采尔自己从来没有冒充过伯爵，这个身份是别人强加在他身上的，证明在现有的一切证件上他的签字用的都是他的真姓名温采尔·斯特拉频斯基，并没有附加任何称号，所以他只是享受了人家一阵愚蠢的殷勤款待，并没有什么别的过失，而且，假如他来的时候不是坐的那辆车，车夫也没有开那个恶作剧的玩笑的话，这种款待他是享受不到的。

于是，这场争执便以婚礼结束。在举行婚礼的时候，塞尔德维拉人大放他们的所谓猫头炮，因为正刮着西风，这隆隆的炮声，哥尔达赫人听得清清楚楚，心里很不痛快。行政顾问把涅特馨的全部财产交给了她，她说，要让温采尔现在在塞尔德维拉做个大成衣匠和布店老板，因为这里的布商还叫布店老板，铁器商人还叫铁器店老板，以此类推等等。

这件事实现了，但是方式和塞尔德维拉人所梦想的完全不同。斯特拉频斯基做生意谦虚勤俭，很会招揽主顾。他给塞尔德维拉人做紫蓝色的或者有白格和蓝格花纹的天鹅绒背心，带金纽扣的跳舞时穿的燕尾服，衬着红里子的大衣；人人都欠他的债，但是总欠不多久；因为他们要想买到他贩来的或者制作的那些更漂亮的衣服，就得把以前欠他的债还清，弄得他们互相诉苦，说他把他们指甲下面的血都压榨出来了。

他身体发了福，相貌堂堂，几乎一点都没有耽于梦想的样子了。他做生意一年比一年更有经验，一年比一年巧妙，还跟不久便和他言归于好的岳父行政顾问一道做了一帆风顺的投机生意，使他的财产增加了一倍。十年或者十二年以后，斯特拉频斯基夫人涅特馨已经生了十个或者十二个孩子，他就带着孩子和太太迁往哥尔达赫，在那里成了一个很有名望的人。

但是他在塞尔德维拉一个铜板都没有留下，也许是他忘恩负义，也许是存心报复。

七君子的小旗子

苏黎世的裁缝师傅赫第格已经到了勤劳的手工业者开始舍得在饭后休息一个钟头的岁数了。所以，三月里有一天天气晴和，他就没有坐在他从事体力劳动的工场里，而坐在他从事精神活动的工场里：这是一个供他单独使用的小房间。他很高兴，现在不用生火炉又能够利用这个房间了，因为手工业者的老习惯和他自己的收入都不许可他单单为了读书方便，冬天专为自己预备一间暖和屋子，而在这个时代，裁缝当中已经有出去打猎，天天骑马的了；文化的转变就呈现出这样新旧交错，彼此紧密衔接的情况。

赫第格师傅坐在后面这间收拾得整整齐齐的小房间里，看起来并不是个其貌不扬的人物。他的样子与其说像个裁缝，还不如说像个擅自占据土地在美国定居下来的移民：脸上长着浓密的络腮胡须，显出精明强干的神气；宽大的脑门，上面的头发已经有些秃了。他正在低着头看《瑞士共和党人》报①，带着批评的表情阅读着报上的社论。这种报纸至少有二十五册精装的对开合订本摆在一个胡桃木玻璃橱里，报纸上登载的事件几乎无一不是赫第格二十五年来亲身经历过而且参加过其中的

---

① 瑞士苏黎世州的民主报纸，在四十年代的政治斗争中一贯坚持进步的立场。恩格斯也给这家报纸写过文章。

斗争的。此外，橱子里还摆着一部"罗台克"①、一部约翰尼斯·米勒②著的《瑞士联盟史》、一小批政治传单以及诸如此类的东西；橱子最下的一层放着一本地图，还有满满的一小皮夹子漫画和小册子，这都是政治热情很高的日子留下来的纪念品。这个小房间的墙壁上用哥伦布、茨温格里③、胡腾④、华盛顿、罗伯斯庇尔⑤的相片装饰起来；因为赫第格是个党性很强的人，对于"恐怖时代"⑥ 表示追认和赞同。除了这几位世界英雄以外，装饰墙壁的还有几位瑞士的进步人物，并附有他们亲笔书写的一些极有教育意义的名言，这些名言冗长详尽，简直就是一些短篇文章。书橱旁边靠着一支保养得很好的，擦得亮堂堂的滑膛枪，上面挂着一把短剑和一个弹药盒，盒子里随时都插着三十个实弹药筒。这支枪是赫第格的猎枪，不过，他并不用这支枪来打兔子和鹧鸪，而用它来打贵族和耶稣会教士⑦，打破坏宪法的人和背叛人民的人。直到现在他一直是吉星高照，由于没有遇到流血牺牲的机会，还没流过一滴血；不过，他拿起枪来，赶到广场上去，这种情况却已经出现了不止一次，因为这还是不断发生暴动的时代，枪支必须固定不移地靠在床头和橱子中间。"因为，"他常常说，"无论什么地方，如果公民们不能做到亲自走出大门，查看外面出了什么事的话，任何政府，任何军队都无法保障

---

① 德国进步的历史学家和政治家（1775—1840），这里指的是他的主要著作《世界通史》。
② 瑞士历史学家和政治家（1752—1809）。
③ 瑞士宗教和政治改革家（1484—1531）。
④ 德国人文主义者（1488—1523），曾参加宗教改革运动和一五二二年的骑士起义。
⑤ 法国大革命的领导者之一（1758—1794）。
⑥ "恐怖时代"指法国大革命的过程中从一七九三年五月到一七九四年七月的革命专政时期。
⑦ 耶稣会是西班牙人伊尼阿丘斯·德·罗尤拉（1491—1556）创立的宗教组织，是天主教用来反对宗教改革的有力工具。耶稣会教士这里泛指反动的天主教僧侣。

人民的权利和自由!"

正当这位刚强豪迈的裁缝埋头阅读社论,时而点头赞许,时而又摇摇头的时候,他最小的儿子,在政府一个办公厅当初级公务员的卡尔进来了。"有什么事?"赫第格师傅很不客气地问了一声,因为他不愿意人家到他的小房间里来打搅他。卡尔带着对于自己的请求成功与否没有把握的神气,问他父亲下午可不可以把枪和弹药盒借给他用一用,因为他需要上教场去操练。

"这话你就别提,绝对不成!"赫第格干干脆脆地说。"怎么不成呢?我又不会把它弄坏!"卡尔继续低声下气,却又固执不肯放松地说,因为他要是不想进拘留所,他就非得弄到一支枪不可。可是老头子一听这话,却更放大了嗓门回答说:"绝对不成! 我可真奇怪,我这些少爷们怎么这样纠缠不休,在别的事情上可又那样没常性,对于自己自由选定的,经我许可,去学习的行业,没有一个人能够坚持下去不改行!你知道,你的三个哥哥,在需要开始军事操练的时候,先后都想要这支枪,谁都没有得到! 现在你又偷偷儿地来啦! 你拿着一份很好的薪金,又没有家庭负担——自己用的武器还是自己购置吧! 这是一个堂堂的男子汉分所应该的事! 这支枪,除了我自己使用的时候,是不许离开这个地方的!"

"可是,我只借用几次就得了! 你准不会让我买一支步枪吧,因为我以后还要去当狙击兵,得要购买一支卡宾枪啊!"

"狙击兵! 也好! 只是你从来还没有发射过一颗子弹,怎么样说明你有必要去当狙击兵呢? 在我们那个时代,一个人只有已经消耗了大量的火药之后,才有资格去报名当狙击兵;现在人们却随随便便当起狙击兵来了,穿上绿色军服的小伙子当中,有的连房上的猫都打不下来,可是他们还是照样吸雪茄烟,摆老爷架子! 管他们呢,与我毫不相干!"

"哎,"小伙子几乎要哭了,"就借给我这一次吧;明天我要设法另找一支枪，今天我可一点别的办法都没有啦！"

"我的武器，"裁缝师傅回答说，"不借给任何不会使用这种武器的人；你如果能够按照规矩把枪上的扳机卸下来，把零件拆散，你就可以把枪拿走；不然，这支枪仍然摆在这里不准动！"他从抽屉里找出一个改锥来，交给儿子，然后把枪递给他。卡尔想在绝望中碰一碰运气，就开始去松扳机的螺丝。父亲带着嘲笑的神气在一旁瞅着他，不久就喊道："别让改锥这样乱滑！你可要把这件东西整个给我毁啦！你先把螺丝一个一个地松开，然后再卸下来，这样办就比较容易卸下来啦！你瞧，你到底卸下来了！"现在卡尔手里拿着扳机，可是对它一点办法都没有；他叹了一口气，把扳机放下，心里已经想象出自己被关在禁闭室里的情景。老赫第格现在却一阵子热心起来，拿起扳机，一面拆卸，一面加以说明，给儿子上了一课。

"你看，"他说，"你先用这个弹簧钩把扳机的弹簧卸下来——就是这样卸法；然后就该卸掣子弹簧的螺丝了，只把它扭松一半，然后就这样敲一敲掣子弹簧，栓就从这儿这个窟窿里掉出来了；现在你把螺丝整个取下。现在取下掣子的弹簧，然后取下掣子的螺丝，再取下掣子；现在取下支柱的螺丝和这个支柱；然后再取下翻扳的螺丝，取下扳机，然后再取下翻扳；这个就是翻扳！你把那边那个小橱子里的牛脚油递给我，我要立刻在螺丝上面擦一点油！"

他把刚才讲过的那些零件都放在报纸上。卡尔热心地注视着他，把装牛脚油的小瓶子递给了他，心里满以为情况好转了。但是，他父亲把扳机的零件擦过，用油重新弄得湿润以后，并没有把这些零件重新安装在一起，却胡乱扔在一个小盒子盖上，说道："好吧，我们晚上再整理这件东西吧！现在我要把报看完！"

卡尔又失望又生气地跑去找他母亲，向她诉苦。作为一名入伍受训的新兵，他现在对国家的权威十分尊重。自从离开学校以来，他没有再受过任何处分，就是在学校里，最后几年他也没有受过处分；现在只是由于指望着父亲这支枪而要变本加厉地受处分了。

母亲说："说实话，你父亲是有道理的！你们这四个孩子，由于他让你们受了教育，都比他挣钱多；但是，你们不仅把挣来的钱自己花光，还不断地麻烦他老人家，向他借各种各样的东西：黑燕尾服、小望远镜、图画仪器、剃刀、帽子、枪和刺刀。他的东西，原来保存得好好的，你们给他拿走，送回来的时候，都给弄坏了。好像你们一年到头只是在算计，他那儿还有什么东西可以借走似的；反过来，他可从来不向你们要求什么，虽然你们的生命，你们的一切都是他给予你们的。可是，话又说回来，今天我想帮你这个忙！"

她说了这话，就走进赫第格师傅的房间，对他说道："亲爱的丈夫，我忘了告诉你了：木匠师傅傅里曼派人来通知你，你们七个人的团体今天要开会，说是要商量什么事，我想是政治方面的事！""真的么？"他立刻以愉快的激动的语气说，接着就站起来，走过来走过去，"我奇怪的是：怎么傅里曼没有亲自来找我，先和我谈谈，商量一下呢？"几分钟以后，他匆匆忙忙地换上衣服，戴上帽子，说道："太太，我现在马上就出门，我一定要弄清楚是什么事才行！今年春天我还没有迈出过家门一步，今天天气又这样好！好吧，再见吧！"

"好啦！夜里十点以前他是不会回来的！"赫第格太太笑道，随即嘱咐卡尔把枪拿走，小心使用，准时归还。"拿走！"儿子诉苦说，"他把枪上的扳机拆下来了；我不会安装。""我会！"母亲喊道，就和儿子一同走进了那个小房间。她把上面放着拆卸下来的扳机的那个盒子盖儿一翻，将倒出来的弹簧和螺丝一个一个地拣了出来，然后开始非常熟练地把它们安装在一起。

"你到底从哪儿学的这一手呢？母亲！"卡尔惊讶得目瞪口呆地喊道。

"是在我娘家学的!"她说,"在那里我父亲和我七个哥哥训练我,在他们射击以后,把他们大家所有的枪支都擦干净。我常常一面擦着枪一面落泪,但是,到最后我摆弄起这种家伙来就像枪匠的助手一般熟练了。村里的人也干脆叫我女枪匠,我的手几乎总是漆黑的,鼻子尖儿也是黑的。我的哥哥们打枪玩乐,把家产糟蹋光了,弄得我这可怜的孩子只好嫁给你父亲这样一个裁缝师傅了!"

在叙述这件事情的同时,这位心灵手巧的太太果然把扳机对在一起,安装在枪托上了。卡尔把亮堂堂的弹药盒挂在肩膀上,拿起枪来,火速向教练场跑去,幸而还勉勉强强地准时赶到了那里,没有迟到。六点钟以后,他把这些东西送回来了,现在他自己也试验着去拆卸扳机,将零件重新放在盒子盖儿上,然后摇晃了几下,把它们打乱。

他吃过晚饭,天色已经黑了。他走到湖边码头,租了一只小船,沿着湖岸划去,一直划到湖边的场地前面。这些场地,一部分是由木匠使用的,另一部分是由石匠使用的。这天晚上,天气十分晴朗;温和的南风轻轻地吹皱了湖水,一轮满月把远处的水面照得明晃晃的,近处的水面上,细浪闪耀着晶莹的光辉,星群构成灿烂鲜明的图案在天空罗列着。积雪的山峰,像苍白的幽灵似的,俯瞰着湖面,与其说它们是真正看到的峰峦,简直不如说它们是幻想中的景象。这时候,忙忙碌碌喧嚣扰攘的场面,鄙陋烦乱的建筑样式都在黑暗中消逝了,在月光的照耀下,一切都化成了更为巨大而静穆的体积。总之,这时候的景色为即将出现的场面做了适当的准备。

卡尔·赫第格迅速地划去,一直划到一个广大的木工场地附近。在这里他用半高不低的声音唱出一支小曲子的头几句,唱了几遍,然后悠闲自在地慢慢向湖中划去。这时候建筑木材上站起了一位身材窈窕的少女;她把一只小船解了缆,跳上船去,然后尾随着轻轻歌唱的划船人转了几道弯缓缓地划去。等到她划到他旁边的时候,两个青年人彼此打了个招呼，然后又船并着船，在银波荡漾的湖面上向远处划去，不再停留。他们年轻力壮，使他们的船的航线作出巨大的弧形，在这弧形线上，还点缀了几段螺旋线，这是那个少女带头，那个小伙子模仿着她轻轻荡桨玩出来的把戏；他在这样划的时候，一直不离开她的身边，看得出来，这一对青年男女对于在一起划船并不是不熟练的。当他们到了真正万籁俱寂的地方，少女就把桨收回，停住不划了。就是说，她只把一支桨放下，把另外的那支仍然保持在船舷上，拿它来玩耍着；她这样做并不是没有什么目的；因为当卡尔也停止不划，想紧紧地去靠拢她，甚至真想要钩住她的小船时，她随时都能够很巧妙地用桨一推，一下子把他的船推开。这种练习似乎也不是什么新奇的事，因为那个年轻小伙子不久就死了心，安安静静地坐在自己的船上不再闹了。

这时候他们开始交谈起来，卡尔说："亲爱的海尔敏娜！现在我可以把那个格言反过来，这样讲：'我幼年饱尝的东西，老年想尝却尝不到了！'在我十岁你七岁的时候，我们常常接吻；现在我二十岁了，却连你的手指尖都吻不上了。"

"这些不要脸的谎话，我可再也不要听啦！"那个女孩子半嗔半笑地说，"都是你捏造出来的，我根本不记得有过这种亲密的表示！"

"它偏偏就有过！"卡尔喊道，"我倒记得很清楚！而且还是你带头，引诱我这样做的呢！"

"卡尔，你真可恶！"海尔敏娜打断他的话说道。但是，他仍然毫不留情地继续讲下去："你回想一下，我们帮助穷苦人家的孩子把木片装在他们的破篮子里，常常使你家的伙计很不耐烦；我们做这件事觉得累了的时候，我往往就得在大木料堆的中间暗地里用木头和薄板子盖一个小屋子，上面搭个屋顶，旁边开个门，里面放上一个小小的长椅子！我们关着门坐在小椅子上，我最后把两手放在膝盖上歇息，那时候是谁搂住我的脖子，吻了我简直数不清多少次啊？"

卡尔说这些话的时候差点儿掉到水里去，因为他一面说，一面又想不露声色地去挨近她，她忽然使劲向他的船猛一推，几乎把船弄翻。卡尔的左臂一直到胳膊肘都浸到水里去了，气得直骂，海尔敏娜却哈哈大笑起来。

"你等着吧，"他说，"总会有一天，我要对你报复的！"

"那还有的是时间呢，"她回答说，"我的大少爷，请您不要过于着急吧！"接着她又用郑重一些的口吻继续说道："我父亲已经知道我们的事了；关于事情的主要部分，我没有否认；他一点都不赞成，禁止我们再去想这件事；我们的情况就是这样！"

"难道你当真想要像你装出来的那样老老实实地服从你父亲的教训，毫无商量的余地么？"

"至少我是永远不肯和他的愿望背道而驰的，更不敢和他处于敌对状态；因为你知道，他对于某些事情会长期怀恨在心，而且这种怨恨会越来越深，越来越大。你也知道，到现在他已经断弦五年了，为了我的缘故，他一直没有再结婚。我想，做女儿的对这一点是永远能够体贴的！我们既然已经谈到了这件事，我也就不得不对你说：我认为在这种情况下，我们这样常常见面是不合适的。做儿女的如果不是内心服从父母，那就够瞧的了；要是天天再以具体行动做出父母一旦知道准不愿意看见的那些事情，那可就有点可恶了。因此我希望，我们每月最多只见一次面，不要像现在这样几乎天天都见面，除此以外，我们就听天由命，任其自然好了！"

"任其自然！难道你当真会让事情这样下去么？你真想这样就算了么？"

"为什么不这样？这些事情真就这样重要么？也许我们能结婚，也许不能！世界还是存在下去，也许我们就自然而然地彼此忘掉，因为我们还很年轻；我看也用不着大惊小怪呀！"

这位十七岁的美人故意以一种平凡沉闷的语气和冷淡的态度讲了这番话。她一面讲，一面重新拿起桨来，向着湖岸划去。卡尔在她旁边划着，满肚子忧愁和恐惧，对于海尔敏娜讲的那些话生气得要命。海尔敏娜知道这个野孩子发起愁来了，心里是一半欢喜；但是她对于这次谈话的内容，尤其是对于自己强制自己来忍受的这四个星期之久的别离却也不免盘算起来了。

在这种情况下卡尔终于出其不意地把自己的船一下子硬冲到她的船边。他立刻把她的窈窕的上身搂在怀里，把她的身子半拉到自己这边来，于是他俩都一半悬空地俯身在深水上面，两条小船都倾斜得厉害，稍微一动就要翻了。因此这位少女感觉无法抗拒，不得不让卡尔在她的嘴唇上热烈地吻了七八下。吻了她以后，他就轻轻地小心谨慎地让她连人带船都恢复了平衡。她把散乱的鬈发从脸上撩开，拿起桨来，深深地出了一口气，眼里含着泪，怒气冲冲地带着威胁的口吻喊道："你这个流氓，你等着，我非得让你知道我的厉害不可！我要对天发誓，一定得让你尝一尝有了妻子是个什么滋味！"说了这话，她就匆匆忙忙地荡桨向着她父亲的田地和住宅所在的那个方向划去，连回过头来望他一眼都没有。卡尔却洋洋得意，心花怒放地在后面向她喊道："再见吧，海尔敏娜·傅里曼小姐！刚才那个滋味蛮好啊！"

赫第格太太并没有向她丈夫虚报消息，把他支出门去。她只不过是为了方便起见，把她报告给他的那个消息暂时保留下来，然后在适当的时机才加以利用的。事实上，会议是召开了，就是七个人的团体的会议，按照他们给自己采取的不同的名称，也叫做坚定的人们，或者七君子，或者爱自由者的会社。这个团体只是七个久经考验的老朋友的小团体，他们都是手工业师傅、爱国主义者、伟大的政治活动家，也都是赫第格师傅那种类型的严厉专制的家长。他们个个都生在前一个世纪，小时候还看到旧时代的没落，后来又经历了新时代的风暴和诞生时的阵痛，等到四十年代末尾这个新时代才明朗化了，导致了瑞士的强盛和统一。他们当中有几个人是旧日瑞士联盟的附属地也就是所谓公共领地①的居民；他们记得，自己是农家的孩子，每逢见到瑞士联盟的贵族老爷和法院的承发吏坐着马车走来，他们就得在路旁跪下。其中有人还和被监禁或处决的革命家有某种程度的亲属关系。总之，他们大家都对一切贵族怀着不可和解的仇恨，这种仇恨自从贵族没落以来只不过是转变成为无情的嘲笑而已。但是，等到后来贵族披上民主的外衣，再度出现，并且同旧日执掌政权的僧侣教士们勾结起来，挑起多年的斗争，他们就在对贵族的仇恨上加上了对僧侣教士的仇恨；现在他们的斗志不仅必须指向贵族和僧侣，而且还得指向他们自己的同类人，指向全体被鼓动起来的人民群众，这就使得他们在晚年出乎意料地多方面去使用自己的力量，这种考验他们却也勇敢地经历过了。

这七个人绝不是无足轻重的人物；在所有的人民群众大会上，所有的联合会以及诸如此类的组织中，他们都帮忙形成一个坚强的核心；他们孜孜不倦地坚守着自己的岗位，黑夜白天都在准备着为自己的党去担任那些不能交给雇用的人，只能交给完全可靠的人去进行的活动和事务。

党的领袖们常常和他们商量事情，使他们参与机密；遇到需要作出牺牲时，这七个人就拿出他们那一点点钱财来带头捐献。对于这一切，他们除了希望他们的主张胜利、他们的良心无愧以外，并不要求任何其他的报酬。这七个人当中从来没有任何一个出过风头，或者争取过什么利益或职位；他们认为最大的光荣就是偶尔和这位或那位"瑞士名人"匆匆地握一握手；不过，这个名人一定得是个好人，并且像他们常说的

---

① 十三世纪末十四世纪初瑞士城乡诸州结成了瑞士联盟。当时有些地区并不是作为平等的成员加入了这个联盟，而是附属于这个联盟。这些地区就叫做公共领地或附属地。一八四八年瑞士通过了新宪法，才废除了这种从属关系。

那样，是一个"纯洁到脏腑"的人才行。

　　这几个勇士彼此认识已经几十年了；他们彼此之间都直呼名字，不称姓氏；最后形成了一个团结得非常紧密的会社，这个会社，除了他们心里抱定的主张以外，没有任何其他的章程。他们每星期聚会两次，因为这个会社的成员当中还有两个是旅馆老板，所以大家就在这两个人的旅馆里轮流聚会。开会时的情形是极其轻松愉快的。这七个人在比较大的集会上虽然表现得非常安静严肃，他们自己在一起的时候，却大声说笑，热闹活泼。谁都不装模作样，谁都不拐弯抹角；有时候大家一齐讲话，有时候大家都聚精会神地细听着一个人发言，这种种情况都决定于他们的心情和兴致。他们谈论的对象不只是政治，而且也包括他们各个人的家庭的命运。谁要是有什么忧愁烦恼，就把自己为难的事情向会里陈述；大家就对这件事进行商讨，共同帮助他解决。谁要感觉自己受了别人的损害，就在七人会议上提出控诉，会议就裁判谁是谁非，警告犯过错的人要遵守法纪。他们在进行这些活动的时候，时而非常热情，时而非常安静威严，时而还表现出嘲讽的神气。叛徒和坏分子钻空子打入他们的组织，这种事件已经发生过两次，都被他们认出来，在隆重的集会上进行了批判，然后清除出去，就是说，被这几位有防御力量的老人家饱以老拳，揍得狼狈万分。要是他们参加的党派遭到了什么重大的不幸，这比他们自己的家庭遭到的任何不幸给他们的打击还要沉重，他们就一个一个的躲在暗处，伤心落泪。

　　他们七个人当中最善于讲话的和最有钱的是木匠师傅傅里曼，他真正是一个拥有巨大家产的克洛索斯①。最没有钱的是裁缝赫第格，可是就讲话的口才而言，他却仅次于傅里曼。由于他的政治热情，他早已失去了他的最好的主顾，但是他仍然让他的几个儿子都受到良好的教育，

――――――――――

　　①　公元前六世纪吕底亚最后一个国王，以豪富闻名于世。

因而他一点财产都没有积累下来。其余的五个人都是很有根基的，每逢会上讨论重大事情的时候，他们都是多听别人讲话，自己很少发言；反过来，在他们自己的家里以及跟街坊们在一起时，人们却常常听见他们高谈阔论。

今天确实是要进行重大的商谈，傅里曼和赫第格对此事已经预先讨论过了。这几位勇士觉得，动荡不安，充满了矛盾冲突和政治纷争的时代已经过去了，随着他们努力争取的变革的实现，他们长期进行的政治活动看来也要永远结束了。他们说得上是"结局好，就算好！"他们觉得大功告成，心满意足。因此就想在他们政治生活的末尾真正来个最后的联欢，以七人会社成员的身份共同参观夏季在阿劳举行的瑞士联邦射击竞赛大会，这是一八四八年联邦新宪法实施后的第一次射击竞赛。他们七个人当中大多数都老早就是瑞士射击手联合会的会员，除了赫第格一个人甘心使用他那支滑膛枪以外，其余每个人都有一支好来复枪，早年有时候在礼拜天用来射击。他们也曾个别参观过一些盛典，所以这件事一点也不显得奇怪。可是，有几个人忽然想要对大会作个庄严隆重的表示，他们想的不是什么小事，而是高举着自己的旗帜在阿劳出现，向大会献赠一件像样的奖品。

等到这个小团体的成员们喝了几杯酒，大家兴致都非常好的时候，傅里曼和赫第格才把建议提出来。那几位谦虚拘谨的先生听了，仍然有些吃惊，犹豫了好几分钟，还是拿不定主意。因为他们怎么也不明白，为什么要这样惹人注目地打着一面旗子出发。但是，因为他们早已忘掉怎样去对一种豪情壮举投反对票，所以听到讲话的人向他们描述说，这面旗子是个象征，这次出发是经过考验的友谊的凯歌行进，这样的七个老人举着一面象征友谊的旗子出现在会场上一定会引起大家的高兴，他们也就不再犹豫了。大家决定只用绿绸子做一面小旗，上面绣上瑞士国徽和一句中肯的话就成了。

　　他们讨论完了旗子问题之后，就讨论奖品问题；相当快地把奖品的价值规定下来，大约是旧币二百法郎左右。选择什么东西作为奖品的问题却引起了一场较长的几乎是困难的商讨。傅里曼开始向大家征求意见，先请银匠库瑟尔从一个有艺术趣味的人的观点表示意见。库瑟尔郑重其事地喝了一大口酒，咳嗽了一声，想了一想，告诉大家说道，凑巧他的铺子里正好有一只美丽的银杯，如果大家愿意的话，他就推荐这只银杯，并且要以最便宜的价格把它出售。一听这话，大家都沉默起来，只有这样一些简短的表示打破了他们的沉默："这个主意不错！"或者"唔，是啊！"接着赫第格又问，还有人提什么别的建议没有。一听这话，心灵手巧的铁匠席弗利希就呷了一口酒，鼓起勇气，说道："要是大伙儿赞成的话，我也要表示一点意见！我打了一个精巧的纯铁犁杖，你们都晓得，我这个犁杖在农业展览会上曾经受到人家称赞。我情愿按二百法郎的价格出让这个精工细制的家什，虽然按照这个价格出售连工钱都还不够；但是我认为这件东西是件农具，也是农业的象征，它一定会是一件真正合乎人民心意的奖品！我说这话可没有轻视任何其他建议的意思！"

　　铁匠说这番话的时候，精明的细木匠毕尔吉也一直在考虑这件事；等到大家又都沉默了片刻，银匠已经开始拉下脸来的时候，细木匠就这样表示："亲爱的朋友们，我也想出了一个主意，也许会使大家高兴。好几年前，我用最好的胡桃木给外乡一对订了婚的男女做了一张带有斑纹镶嵌板的有顶儿的双人床；这一对男女天天在我的作坊里泡蘑菇，量一量床的长度又量一量宽度，当着伙伴和学徒们的面调情接吻，不怕他们笑话，也不怕他们暗示讥讽。但是一到举行婚礼那天，他俩忽然一下子像猫儿狗儿似的闹翻了，谁都不知道是什么缘故；一个往东，一个往西，连个影儿都不见了，我那张床一直摆在那儿，像磐石似的纹丝不动。根据最低的估计，它也值一百八十法郎；可是我情愿赔八十法郎，按一百法郎的价格出让。然后我们再补做一个床铺，把它完全安装停当，摆在奖品陈列厅里，上面写上：'赠给一位未婚的同胞，以资鼓励！'你们觉得怎样？"

这个主意博得一阵快活的笑声；只有银匠和铁匠冷冷淡淡地、酸溜溜地微笑了一下。旅馆老板皮斯特立刻提高他的大嗓门，用他向来的坦白态度说道："诸位先生，如果要每个人都把自己的谷子拿到市场上去的话，我还不是也能够提出一个建议来，比方才提出来的那些都要好些！我的地窖里藏着一桶封闭得很严密的红酒，是一八三四年酿成的，就是所谓'瑞士血'的那种红酒。这桶酒是我亲自在伯尔尼买的，到现在已经十二年多了。因为你们大家生活得很有节制，不乱喝酒，所以我一直还没有敢把它打开，这样一来就把当初所付的购价二百法郎给冻结住了；这桶酒的价格之所以这样高，是因为它整整是一百公升。我按照原来的批发价格把酒出让给你们，酒桶的价格我尽量算便宜些；只要能够给更容易推销的货物腾出地方来，我就高兴了。这件奖品要是不能够使我们获得荣誉，我就情愿死在这里！"

在他说这番话的时候，刚才提出建议的那三个人已经在那儿唠里唠叨地口出怨言了；等到他的话刚一讲完，另外那一位旅馆老板艾里斯曼就接着发言说："要是这样搞下去，我也不甘落后；我要向大家宣布，我认为我有一件东西，最适合我们的目的，这就是我那头纯高原种的小乳牛。要是能够找到一个好买主，我情愿把它出售。在这只漂亮牲口的脖子上绑上个铃铛，在它的两只犄角当中挂上个奶桶，再用鲜花把这头乳牛装饰起来……"

"再给它罩上个玻璃罩，摆在奖品厅里！"动了火的皮斯特打岔说。这句话立刻就引起了一场风波，这种风波往往使得七位坚定者的会议变为一阵暴风骤雨，但是代之而来的却是一片阳光加倍明媚的气氛。在那场风暴中，大家同时抢着发言，为自己的建议辩护，抨击别人的建议，你责备我，我责备你怀着自私自利的目的。因为他们向来都把心里的话直率地说出来，以开诚布公坚持真理的态度办事，不像受过某种虚伪教养的人那样采用隐讳和抹杀矛盾的办法。

等到后来吵闹得真要天翻地覆了，赫第格用力把酒杯敲得叮叮的响，高声说道："战友们！你们不要动火，我们要平心静气地达到我们的目标！方才提出来的是一个酒杯，一个犁杖，一套设备齐全的有顶儿的床，一桶酒，一头牛！请允许我仔细考虑一下你们的建议。亲爱的吕第，你的酒杯，那件卖不出去的陈货，我是很知道的，它摆在橱窗里已经许多年了，我甚至还相信，它是你当年的杰作。然而，它的陈旧的形式不许可我们选中它，硬说它是一件新东西。许埃里·席弗利希，你的犁杖造得似乎确实是不大合用，不然，三年以前，你一定就把它卖出去了。我们得考虑到，要让获得我们这份奖品的人能够真正对奖品感到欢喜才行。亨利，用你那套有顶儿的床作奖品倒是个新鲜的、保准令人高兴的主意，它一定会引得人们说出流传最广的谚语来。不过，要想把它装备得像个样子，就得配上一套精美齐全的床单枕套，这样一来，就超过规定的钱数太多了，单靠我们七个人的力量是办不到的。里诺特·皮斯特，你那桶'瑞士血'是很好的，要是你把价格定得便宜些，最后把这桶酒给我们自己打开，让我们大家在我们各个光荣的纪念日来喝，那可就更好啦！菲利克斯·艾里斯曼，你那头牛没有什么别的可以挑剔的地方，只是在挤奶的时候，它好把奶桶撞翻，所以你才打算卖它；因为这种毛病当然是不令人喜欢的。可是，你这样办，结果怎么样？要是一个老实的农民得到了这个牲口，欢天喜地地牵回家去交给他的妻子，她欢天喜地地去挤奶，那时候她就看到起着泡沫的甜牛奶给洒在地上，这难道是件好么？这种惨剧重演上两三次以后，你想一想，这位善良的妇女会多么扫兴、生气、失望啊！善良的射击手会多么狼狈呀！哦，亲爱的朋友们，你们听了我要说的话可别生气，不过，这话我还是得说的：所有我们提出来的建议有个共同的错误，就是连想都没有想就匆匆忙忙把一件有关祖国荣誉的事情做成了为自己打算从中谋利的对象。这种事虽然社会上大大小小的人做过千百遍，可是我们这个团体里一直到现在还没有人做过，我们也永远不要做吧！因此，让我们大家平均担负这件奖品的费用，不要抱任何其他的目的，好让这件奖品成为一件名副其实的光荣奖品！"

那五个企图从中谋利的人一直惭愧得抬不起头来，现在异口同声地喊道："说得很对，谢波说得很对！"他们要求他也提个建议。但是，这时候傅里曼发言道："据我看来，最适于作为奖品的还是银杯，银杯能够保持价值不变，永远用不坏，永远是一件美好的纪念品，使人怀念快乐的日子和家族中出现的勇士。一个保藏着银杯的家族是永远不会一败涂地的；谁能说不会有不少别的东西，由于这样一件纪念品的缘故，而附带着保存下来了呢？艺术岂不获得了机会，通过越来越美、不断翻新的形式，使许许多多的这类器皿多样化，艺术本身也获得机会去发挥它的独创性，把一缕美的光芒带到最遥远的山谷里去，使祖国逐渐积累起一份形式优美、银质良好的优胜纪念杯的巨大宝藏！这一份分布在全国各地的宝藏，不用在日常生活的普通用途上，而要让它在纯洁的光泽和洗练的形式中继续不断地在我们眼前显示出更高的理想，显得它是在体现着整体的观念和过去所度过的理想生活的光辉灿烂的日子，这种做法是多么恰当啊！因此，我们不要考虑那些年市上的不值钱的货物啦！这类东西已经开始在我们的奖品厅里积压起来，不是让蛾子咬烂，就是消耗在极普通的用途上！我们还是坚持用古老的受人重视的银杯作为奖品吧！说老实话，假如我生活在瑞士国运将终的时代，我再也想象不出比这样一个最后的宴会更崇高的：把各个团体，各个会社，各个公民所收藏的千千万万的各式各样的银杯都搜集在一起，然后用这些体现着昔日的光荣带有它们全部历史纪念的银杯给没落的祖国干最后一杯酒——"

"得啦！你这粗暴无礼的客人！这是什么卑鄙可耻的思想啊！"正直坚定的人们喊道，他们真正气得发抖了。但是傅里曼继续说道："正如一个人在精力充沛的中年有时候应该想到死，他在沉思默想的时候也应该看到他的祖国的国运将来有一天必然告终，这样才能够加倍热爱现在的祖国；因为世间一切都是无常的，都是受变化规律支配着。难道那些比我们伟大得多的民族没有灭亡么？难道你们有一天打算像埋葬了埃及人、希腊人和罗马人，自己却舍不得死亡而只好为一切新兴的民族服务的永远流浪的犹太人那样苟延残喘地勉强活下去么？一个知道自己将来会有一天不再存在的民族会更积极地利用自己的日子，它会生存得更长久些，并且会留下一个光荣的纪念；因为它一定要把自己的种种潜力发挥出来，使之产生效果，然后才舍得安息，正如一个孜孜不倦的人在逝世以前先要把家事整顿好一样。据我看来，这就是最主要的事情。一个民族，只要完成了它的任务，多存在几天或者少存在几天都无关紧要；新的事物已经在时代的门口等候着！因此，我得老实承认，我每年都有一次在失眠的夜里或者在寂静的路上给这种思想抓住，企图想象：将来会有什么样的民族继我们之后在这山中掌握政权？每逢想到这里，我都更加着急地进行我的工作，好让将来那个民族怀着敬意在我们的坟墓上走过！算啦，还是丢开这些思想不谈，回到我们的快乐的事情上来吧！我的意思是：我们向我们的银匠师傅订制一个新银杯，他已经答应不在这上头赚钱了，而要尽可能把它做得贵重值钱些，然后交给我们。为了这个目的，让我们请一位艺术家画个好图样，这个图样要摆脱毫无意义的陈腐旧套；不过，由于我们财力有限，要让他少在藻丽的装饰上下功夫，而要多注意银杯的比例，要使整个银杯的轮廓和气韵优美。按照这样的图样，库瑟尔师傅一定会制造出一件又精致又坚实的作品来！"

大家接受了这个建议，讨论就此结束。可是傅里曼这时候立刻又发言，对大家说道："尊敬的朋友们！现在我们把一般性的问题解决了，请允我再提出一件特殊的事情来，并且就这件事进行控诉，让我们大家按照向来的习惯共同进行友好的调解。你们都知道，我们亲爱的朋友，谢波·赫第格家生了四个漂亮活泼的男孩子，这四个男孩子，由于想早结婚，闹得我们这个地区很不安定！其中有三个也真已经结了婚生了孩子，尽管年纪最轻的那个还不满二十七岁。现在还剩下他最小的儿子，刚刚二十岁；你们猜猜，他正在搞什么？他在追求我的独生女儿，把她弄得神魂颠倒啦！这些发疯地想要结婚的小鬼就这样冲进了我们这亲密的友谊的圈子，眼看要把它搅乱了。撇开孩子们年纪太轻这一层不谈，我要在这里坦白地说句老实话：这样的婚姻是同我的愿望和企图背道而驰的。我经营着一种营业范围广大的生意，有一份巨大的产业；因此，到适当的时候，我要招一个做生意的人做女婿，这个人能够提供相当数目的资金，把我所计划的巨大工程继续搞下去；因为你们都知道，我已经收购了一些可以用来盖房子的广大的地皮，我相信，苏黎世这个城市是要大大扩展的。善良的谢波，你的儿子却是一个政府机关的书记，除了他那份微薄的收入以外，什么都没有；即使他的职位升得再高些，他的收入也永远不会比现在多得很多，他那笔账是一劳永逸地算清了。在这个岗位上坚持下去，如果他精打细算，他是能够维持生活的；但是，他用不着娶个有钱的妻子，从别人嘴边把面包拿走，做个有钱的官吏是件荒唐事！反过来，要让我出钱供人游手好闲或者供一个毫无经验的生手去做试验，我可绝不情愿！还有一层，要使我和谢波之间久经考验的朋友关系变成亲戚关系，这也是违反我的心意的！怎么办！难道我们想找家庭纠纷和互相依赖的牵累么？不，我的朋友们，让我们一直到死都保持紧密的团结，但是彼此保持独立，行动自由，不对别人负责，绝对不谈什么亲家、亲戚以及诸如此类的名称吧！因此，谢波，我现在要求你，在这友谊的团体中宣布你愿意支持我的意图，反对你儿子的做法。我这番话可毫无恶意，我们大家彼此都很了解！"

"我们彼此了解，这句话说得很好！"赫第格把一撮鼻烟闻了许久以后郑重地说道，"你们大家都晓得，我为我这几个儿子倒了多大的霉，虽然他们都是活泼伶俐的小伙子。我让他们学习一切我自己本来愿意学而没有能够学的东西。他们每人都会一点语言，作文作得很好，算术很出色，别的知识也有足够的初步基础，只要稍微努一点力，就永远不至于再倒退到愚昧无知的状态。我心里想，感谢上帝，我终于把我的孩子们教育成为不能让人向他们指鹿为马的公民了。接着我就让他们每个人都去学他们自己想学的手艺。你猜怎么样？他们刚把学徒的契约装在口袋里，四下里张望了一下，便觉得锤子太沉重了，自己学这种手艺太屈才了，就开始去活动书记的职位。鬼晓得，他们是怎么样搞的呀，这几个小流氓像新鲜的小面包似的打着滚儿溜了！这样看起来，他们还算是有用的人！一个在邮政局，两个在铁路公司做职员；老四蹲在一个政府机关里，自命是个行政人员。我倒也无所谓！不愿做师傅的，就得老当徒弟，一辈子有个上司压在头上！不过，由于财务要经他们的手，这几位年轻的书记先生都得要提出个保证人来；我自己没有财产，因此你们大家都轮流给我的孩子们做过保证人，担保的钱数算在一起有四万法郎，他们父亲的朋友们，这些老手艺人，肯这样帮忙，真是够厚道的了！现在你们想想，我心里作何感想？只要是四个孩子当中有一个失足，犯了轻率鲁莽的错误，我还有什么脸见你们呢？"

"哪里话！"老人们喊道，"你别这样胡思乱想啦！孩子们要是不好，我们还不肯担保呢，这点你就放心吧！"

"这一切我都知道！"赫第格回答道，"一年的时间是很长的，过了一年，又有一年来到。我敢向你们保证说，每逢他们当中有一个吸着一支好一点的雪茄烟来到我家时，我就大吃一惊！我心里想：他会不会沾染上爱奢侈好享受的习气呢？我一看见年幼的儿媳妇当中有一个穿着一件新衣服走过来，我就担心，她会拖得她丈夫受穷负债；要是有一个儿子在街上和一个负债的人说话，我心里就听见这样一种声音对我喊：那个家伙会不会引诱他去干糊涂事呢？一句话，你们看得出，我是觉得我够自卑够依赖人的了，绝对不肯再使自己对一位有钱的亲家低声下气，把一位朋友变成自己的老爷和恩人！我为什么愿意让我那个乳臭未干的小儿子感觉自己有钱，生活没有问题，让他这样一个什么事情都没有经历过的人带着他那种人的骄傲自满的神气在我面前晃来晃去呢？难道我要帮忙，给他关上生活学校的大门，让他年纪轻轻的就成为一个冷酷无情的人，成为一个大老粗和土包子么？这种人连面包是怎样来的都不晓得，还莫名其妙地自认为有什么了不起的功劳呢！不，你放心吧！我的朋友！我这里伸出手来和你握手保证！咱们决不谈结亲的事，决不做亲家！"

两位老人彼此握了握手，其余的人都大笑起来，毕尔吉说道："谁会相信，你俩刚才关于祖国的事说了那样聪明的话，把我们训了一顿，现在一转眼竟干出这样的糊涂事来啦！谢谢上帝！看这样子，我确实还有希望把我那张双人床架推销出去。我建议，我们把它送给这对青年人，作为庆祝他们结婚的礼物！"

"赞成！"其余那四个人喊道。旅馆老板皮斯特补充道："我要求，在他们结婚那天喝我那桶'瑞士酒'，这个婚礼我们大家都要参加！"

"要是这件婚事能够实现的话，这桶酒就由我来付钱，"傅里曼生气地喊道，"但是，如果它不能够实现，我准知道它不能够，那时候，这桶酒就由你们来付钱，我们开会的时候大家来喝，一直到喝完为止！"

"我们赞成打这个赌！"大家说。傅里曼和赫第格却用拳头敲着桌子，不住地重复道："咱们决不谈结亲的事！咱们不想做亲家，咱们只做谁都不依赖谁的好朋友！"

这一次内容丰富的会议最后就以这个声明结束了，七个热爱自由的人带着坚定的神情理直气壮地踱回家去。

　　第二天吃午饭的时候，等徒弟们都走了，赫第格就把昨天作出的庄严决议告诉他太太和儿子：从今以后，再也不许卡尔和木匠家的女儿有任何关系。这个强迫命令式的声明把会拾掇枪的女铁匠赫第格太太给逗笑了；她正要把杯子里剩下来的那点酒喝干，这样一来，酒就呛到气管里去了，呛得她咳嗽了好大一阵子。

　　"这有什么可笑的?"裁缝师傅生气地说。他太太回答道："呵！我忍不住要笑的就是'鞋匠要不离鞋楦'这句格言对你们的团体也用得上！你们干吗不专搞政治，而要干涉人家恋爱呢?"

　　"你笑得像个妇人女子，说话也像个妇人女子！"赫第格非常严肃地回答说，"真正的政治恰恰是在家庭里开始的；我们当然是政治上的朋友；但是为了保持这种友谊，我们不想把两个家庭弄得天翻地覆，不想对别人的财富讲共产主义①。我穷，傅里曼富，就让这种情况继续下去好了；精神上平等倒使我们更加快乐。要我来利用婚姻干涉他的家庭私事，惹气生，找别扭么? 我可绝不情愿！"

　　"哎！哎！哎！这可真是莫名其妙的原则！"赫第格太太回答说，"既是好朋友，又不愿意把自己的女儿嫁给对方的儿子，这可真是好交情！通过婚姻关系使家庭富裕起来，请问从什么时候起，这种做法叫做共产主义? 一个有运气的儿子，能够娶到一个又漂亮又有钱的姑娘，因而获得了财产和声望，随时都能够孝敬年迈的父母，能够为自己的弟兄效劳，帮助他们，使他们也能够扶摇直上，这说得上是一种要不得的政治权谋么? 因为好运气一旦来到某个家庭，就很容易扩大影响，别人也可以沾一点光，捞上一把，而不至于使走红运的人吃什么亏。我的意思并不是要追求坐享清福的懒汉生活！但是，一个人发了财之后，他的穷亲戚们可以正大光明地本着人情世理求他想办法的地方可多着呢！我们

———————————

　　①　"共产主义"一词在这里被赫第格用来表示平均主义思想。

上年岁的人是不再需要什么了；但是，将来也许有一天，如果有人肯贷款的话，卡尔的弟兄们当中就有人能够冒险搞个有利可图的企业，使生活好转起来。他的弟兄当中也许哪家有个天资很高的儿子，如果有钱可以供他上学，他就能够飞黄腾达。也许这个成了个好医生，那个成了个有名的律师，或者甚至做了法官，再有一个成了工程师或者艺术家；只要有了这样的地位，他们都容易找到美满的婚姻，最后就建立起一个体面的人口发旺的幸福家庭。一位有钱的叔叔伯伯，肯使他的勤劳刻苦但是家境贫寒的亲属见一见世面，自己又吃不了什么亏，你瞧，还有比这个更合乎人情的事么？由于家里有一个人走了好运，其他的人也个个托福见了些世面，变得聪明练达了，这种情形还不是很常见的么？难道你真想插上木塞，把幸福的源泉堵住么？"

赫第格发出了不耐烦的笑声，一面喊道："真是想入非非！你说的话简直就像那个提着牛奶罐的农家妇①所说的话一样！我看到的发家致富的人对待穷亲戚是另一种情形。这种人为了自己享受当然什么都不肯放过；他心里常常有千百个念头和欲望，尽管满足这些念头和欲望要造成千百种的开销，他也在所不惜。但是他的父母兄弟一到他家，他就赶紧坐下，看起他的租金账簿来，摆出架子十足，很不耐烦的样子，把笔杆横着衔在嘴里，叹气说：'你们没有管理产业的麻烦和负担，真该感谢上帝！我宁愿看守一群羊，也不愿看守一群不怀好意，成心拖欠的债务人！什么地方都收不到钱，他们千方百计地想逃避开，滑过去，需要日夜警惕，才不至大大地受骗！如果你抓住了一个坏蛋的领扣，他就狠命地呻吟起来，你要想人家不骂你是个高利贷者和灭绝人性的人，那你就只好赶快让他跑掉。你得把所有的官报、传讯日期、告示、广告读了

___

① "提着牛奶罐的农家妇"一故事出自法国作家拉封丹的寓言，寓言里叙述一个农家妇在路上只顾想象如何使用卖牛奶赚来的钱享福，得意忘形，一时失手，把牛奶罐摔得粉碎。

又读，才能够不漏掉一个呈文，不错过一个期限。钱柜里老没有钱！要是有一个人归还了贷款，他就到所有的酒馆里，把钱包放在桌子上，大吹特吹他付清了贷款。这个人还没有走出你家的门口，就有三个人站在那儿等着要借这笔钱了，甚至其中还有一个没有保人！此外还有教区、慈善机关、公共事业以及各种募捐表册对你提出的要求——这是根据你的地位提出来的，你想推脱也推脱不了；可是，我实话告诉你，这些事常常把人弄得晕头转向！这一年，我的光景就非常紧，我雇人修饰了我的花园，建筑了一个阳台，我太太早就有这个意思，现在账单都送来了！我的医生已经劝过我一百遍了，要我养一匹乘马，这件事我连想都不敢想，因为老不断地有新的开销。你们看，我也雇人制造了一个最新式的小型葡萄压榨器，为了压榨我棚架上培养的白麝香葡萄——我敢打赌：我今年要是付得出这笔款子，就让魔鬼把我抓去！不过，感谢上帝，我幸而还有信用！'他说了这样一些话，说话的时候还会加上残酷无情的夸张渲染，这样一来就把他的穷苦的弟兄和年老的父亲吓唬住了；他们赞赏了他的花园、阳台和巧妙的葡萄压榨器之后，就又走开了，关于他们的来意一个字都没有提。他们到外人那里去求援，甘心付出更高的利息，免得听这么多的啰嗦话。他家的孩子都穿得漂亮考究，迈着轻快的步子在街上走；他们送给穷苦的堂兄弟堂姐妹一些小礼物，每年请他们吃两次饭，在他们这些有钱的孩子看来，这是一件开心的事；但是等到被邀请的客人消除了羞怯的心情，也大声说笑起来，人家就把他们的口袋里塞满苹果，打发他们回家去了。一到家里，他们就把看见了什么东西，吃了什么东西，都讲给家里听；结果没有一件不受到指摘；因为穷妯娌们心里都充满了怨恨和忌妒。虽然如此，她们对于有钱的妯娌仍然是巴结奉承，花言巧语地称赞她的漂亮衣服。最后，父亲或是弟兄们头上遭到不幸，这时候，这位有钱的人愿意也罢，不愿意也罢，为了避免人家说闲话，也就勉强出来支撑危局。他也确实没有等人家再三请求就负起责任来了；但是，现在兄弟间的平等和友爱关系就完全破坏了！弟兄们和他们的孩子现在都变成主人的奴仆和奴仆的孩子了；他们一年到头受训斥，挨嗔喝；为了稍稍弥补由于他们的缘故而受到的损失，人家让他们穿粗布衣服，吃黑面包。他们的孩子被送到孤儿院和贫民学校去，等到孩子们有了足够的力气，就被迫在主人家劳动，坐在主人家桌子下首吃饭，一句话都不敢说。"

"唷！"赫第格太太喊道，"这是什么话哟！难道你真就把你自己的儿子看成这样一个坏蛋么？难道他的弟兄们就注定要遭受这样的不幸，沦为他的奴仆么？他们一直到现在都是自己设法帮助自己，不依赖别人的。像他们这样的人会沦为奴仆？不，为了肯定咱们自己家庭的荣誉，我确实相信，和有钱的人家结亲，不会把咱们家弄得那样天翻地覆，反而会证明我的看法正确！"

"我并不是硬说，"赫第格回答道，"我们家里就一定要发生这样的情形；但是，这种婚姻也会给我们的家庭带来表面上的不平等，最后也会带来内在的不平等；谁要企图追求财富，谁就是在努力使自己跟自己平等的人不再平等——"

"废话！"他太太打断他的话说道，一面把桌布折起来，拿到窗子外面去抖搂。"傅里曼是有产业的，我们的争论就是这份产业引起来的。难道他因为有产业就跟你们当中其他的人不平等了么？你们大家不都是一心一意，老在那儿交头接耳密谈么？"

"那是另一回事！"她丈夫说，"那完全是另一回事！他的产业不是骗来的，也不是中彩票得来的，而是他四十年来辛辛苦苦一块钱一块钱地挣来的。再者，我和他又不是弟兄，彼此毫不相干，希望将来也是这样，这就是重点！而且，说到末了，他也不跟别人一样，他也是个坚定正直的人哪！但是，我们不要老是只考虑这些细小的私人利害关系吧！幸亏我们这里还没有非常有钱的人，财富还相当分散；但是一旦出现了一些有政治野心的百万富翁，你就会看到，他们怎样胡作非为了！那个著名的纺纱大王①不就是个例子么？他确实已经有了几百万的家产，人们骂他是个恶劣的公民和吝啬鬼，因为他对公共事业一点都不关心。反过来，始终不干涉别人，克己自制，生活和普通的人一样，这样的人就是良好的公民！如果方才讲的那个大财主是个有政治野心的天才，又有几分人缘，喜欢铺张浪费，好大喜功，讲究排场，要让他去建筑宫殿和公用房屋，你看他会给社会造成什么样的损害，对人民的品质会起多么巨大的败坏作用！总有一天，我们这个国家也会和别的国家一样，发生金钱大量集中的现象，而这些金钱并不是老老实实凭劳动挣来，然后节省储蓄起来的。到那时候，可就得向魔鬼龇牙了，到那时候，可就看出我们国旗上面的线和颜色好不好了！简单明了地说，我不明白，为什么我的儿子们当中有一个人应该伸手要外人的产业，对这份家产他又没有出过一分力。这种做法是一种欺骗行为，和任何其他的欺骗行为是没有什么不同的！"

"两个人因为彼此喜欢，而想要结婚，"赫第格太太笑着说，"这也是一种欺骗行为！这种欺骗行为，只要世界存在一天，它就随时随地都会发生！任凭你们去讲你们的大道理，说你们的顽固话，也丝毫改变不了这个事实。再说，在这件事情上，只有你是个傻瓜，因为傅里曼企图用聪明的手段，防止你的孩子们达到和他的孩子们平等的地位。但是，孩子们也有他们自己的主意，如果他们真有结婚的计划的话就一定会使它实现，至于他们有没有这样的计划，那我可就不晓得了。"

"他们有就有吧！"赫第格师傅说道，"那是他们的事；我的事是丝毫不加以鼓励，并且只要卡尔还没有成年，我就无论如何不会同意。"

---

① 指的是瑞士实业家亨利·孔茨（1793—1859），他经营着许多纺纱厂，雇用着大约两千工人。

作了这个外交辞令的宣言之后，他就拿着最近的一张《瑞士共和党人》报，退到自己的书房里去了。赫第格太太却怀着好奇心，要去找卡尔盘问一番；可是她现在才发现，卡尔已经跑掉了，因为整个这场谈判在他看来完全是多余，于事无补，而且他根本就不愿意在父母面前泄露自己谈恋爱的事。

那天晚上他却更早地上了小船，划到他许多晚上去过的那个地方。但是，他把那支小歌曲唱了一两遍，甚至唱到最末一句，也没有一个人影儿出现。他在大木场前面的湖面上巡逻了一个多钟头，毫无结果，就垂头丧气地把船划回去，一路上心绪烦乱，认为自己的事情的确变糟了。紧接着四五个晚上情形都是这样，他就认为海尔敏娜对他不忠实了，也就不再偷着去等候她了；因为他虽然记得她决定四个星期才和他见一次面，却认为这只是为了和他完全断绝关系而作的准备，于是他就陷入又愤怒又悲哀的状态中。恰好新入伍的狙击兵进行操练的时期开始了，他因而觉得这个机会来得正是时候；为了到时候能够符合报名条件所要求的射中目标的次数，他事先和一个当狙击兵的熟人到打靶场上临阵磨枪地练习了几个下午。对于这件事他父亲抱着几分嘲笑的态度在那儿袖手旁观，有一次忽然亲自来到打靶场，他想，如果他儿子真像他所猜想的那样一点都不成的话，他还来得及劝他不要再进行这种愚蠢的冒险活动。

但是他来的时候正赶上卡尔在打了六枪都没有打中目标之后，一连射击几次都相当准确。"你别骗我，"赫第格惊讶地说道，"要我相信你从来没有练习过射击；我敢说，你暗地里已经在这上头花了不少的法郎了！"

"我的确暗地里练习过射击，但是并没有花钱。父亲，你知道我在哪儿练习的么？"

"这我已经想到了！"

"我小的时候就常常看人家射击，注意听人家谈论射击，几年以来，我就对射击感觉很大的兴趣，连做梦都梦见射击；在床上躺着的时候，我常常一连几个钟头都在琢磨如何使用枪支，我在想象中已经瞄准向靶子射击过几百次了。"

"好极啦！将来就让整队整队的狙击兵躺在床上，指定他们去进行这种思想中的操练好啦；这样做又省火药又省鞋！"

"这并不像表面看来那样可笑！"教练卡尔的那位有经验的射击手说，"两个射击手，如果生来眼力一样好，手一样准，哪个常去思考琢磨，哪个就会成为射击能手。钩扳机也需要天生的机智，像所有练习一样，这里面也有稀奇古怪的名堂哩。"

卡尔射击得次数越多，质量越好，老赫第格就越摇头；在他看来，世界是整个翻过来了；因为他自己的地位和能力都是经过勤学苦练才取得的；就连他那些原则也都是他在后面那个小房间里不断地研究才获得的，现在别人却像装鲱鱼似的把它们大批地毫不费力地装到脑子里去了。不过，他现在没敢再提出反对的意见；他离开了打靶场，想到自己的儿子当中有一个人算是祖国的狙击兵了，内心也不禁感到满足。还没有等他回到家里，他就下定决心，用好一点的布给他儿子做一件合适的军服。"他当然得要付钱！"他自己对自己说；但是他明明知道，他从来没有向他的儿子们索还过什么，他们也从来没有想归还他什么。这种作风对于做父母的很有益处，使他们能享高龄长寿，亲眼看到自己的儿女们高高兴兴地给孙子孙女们敲一敲竹杠。于是父子相传，代代如此，大家都生存下去，而且胃口很好。

卡尔被调到兵营里，住了几个星期，变成了一个又漂亮又熟练的兵士。虽然他正在恋爱的热情中，而且再也看不见他爱人的影子，也听不到一点关于她的消息，他还是一天到晚聚精会神高高兴兴地尽自己的职责。一到夜晚，同房间的人们就高谈阔论，表演种种的恶作剧，使得他再也不可能孤独地埋头去想自己的问题。和他同房间的是十二三个不同县份的人，他们彼此交流自己家乡的戏法和笑话，并且充分加以发挥，直到熄灯以后好久，将近半夜时为止。

除了卡尔以外，这里只有一个人是城里来的，卡尔也听见人家谈到过这个人。他比卡尔大几岁，曾当过轻步兵。这个人以装订书籍为业，但好久以来就一点不劳动了，专靠出租一些旧房子，抬高租金来维持生活。这些旧房子是他设法投机取巧不下本钱买到手的。有时候，他把其中的一所再卖给一个傻瓜，价钱高得出奇，等到那个买主支持不下去了，他就把违约的罚金和已付的款子都塞进自己的腰包，并且向房客们再度提高房租，这样就把那所房子重新弄到自己手里。他还会玩弄手法，在建筑结构上稍微进行一些改变，就给这些住宅增加出一个小房间或者小卧室来，从而又把房租大大提高。他在建筑上进行的这些改变，根本不是根据舒服合用的原则设计出来的，完全是任意胡来，拙笨不堪的。同样，在手艺人当中他还认识所有那些工钱最便宜，做活最糟糕的二把刀，对于这些人他可以为所欲为。当他实在想不出什么办法的时候，他就把一所旧房子外部刷白，重新提高房租。于是他连一个钟头的真正劳动都没有付出，就每年坐享一笔可观的进款。他把委托承办的事务很快就办完了；然后他就站在人家正在进行的建筑工程前面看热闹，就像在监督他自己胡乱设计的工程时那样长久地站在那里，冒充内行，无论对于什么他都插嘴，而他实际上却是天下第一个笨汉。结果人家就以为他是个既聪明又有钱的年轻人，一定会不日飞黄腾达，他自己更是一味恣情放纵，不加约束。他认为他当个步兵太屈才，想当个军官。但是因为他太懒惰又太无知识，不配当军官，人家没有用他。经过拼命要求之后，他才参加到狙击兵的队伍里来了。

在这里他想强使人家尊敬他，但是他并不通过努力自强，而用掏腰包的办法来达到这一目的。他经常不断地请下级教官和伙伴们吃酒，企图利用这种拙笨的慷慨大方的作风来博取人家的宽容和放任。可是结果他只是被人家嘲笑；当然他也享受到一种宽容，因为人们不久就死了心，不想再设法把他造就成为什么正经有用的人了，只要他不扰乱别人，就随他去。只有一个新入伍的人靠拢他，给他当听差，替他擦武器和其他的配备，说话时袒护他。这个人是个富农的儿子，又是个年轻的吝啬鬼，一遇到能够用别人的钱来满足他的口腹之欲时，他就感觉到一种强烈得可怕的大吃大喝的要求。只要他能够把白花花的银元原封不动地带回家去，同时又能够夸口说，他在服兵役的期间过的是快活的生活，像个真正的狙击兵似的喝过火酒，他就觉得自己仿佛到了天堂了。他在喝火酒的时候，心花怒放，兴致很高，还面对着酒瓶子用他那细细的假嗓门怪腔怪调地唱着乡间流行的各种歌曲来给他那位兴致低得多的恩人开心解闷，因为他是一个快活好玩的吝啬鬼。于是年轻的强盗鲁克施图尔和年轻的农家吝啬鬼施波利这两个人就生活在伟大的友谊中。前者面前经常摆着酒肉，想吃就吃，想喝就喝；后者尽可能地跟前者形影不离，给他唱唱歌，擦擦皮鞋，甚至前者赏给他一点酒钱，他都不嫌寒碜，居然收下。

同时，其他的人却在跟他们开玩笑，大家约好，无论哪个中队都不要鲁克施图尔加入。不过，人们对待鲁克施图尔的助手却不这样，因为，说来奇怪，这个人倒是个优秀的射击手，在军队里，懂得本行业务的人，即使他同时是个市侩或者老粗，也受人欢迎。

每逢开这两个人的玩笑时，卡尔总是带头。但是，有一天夜晚，房间里已经鸦雀无声了，好喝酒的鲁克施图尔对他的忠实的党羽吹嘘自己是个多么了不起的绅士老爷，打算最近就娶一个有钱的太太，对象是木匠师傅傅里曼的女儿，根据他观察的结果，她是逃不出他的手心的。这一番话使卡尔想开玩笑的兴致顿时化为乌有。

从这个时候起，卡尔再也安不下心去了。第二天，他刚一得到一个钟头的空闲，立刻就回到父母那里去，听听有什么消息。但是，由于他自己不愿意先提这件事，他一直没有听到什么有关海尔敏娜的消息。等到他离开家的时候，母亲才告诉他，海尔敏娜要她捎个好给他。

"你在哪儿看见她了？"他尽量冷静地问道。

"嗳，她现在天天和使女一同上市场，学着买东西。我们碰见的时候，我就在买东西这件事情上指点指点她，然后我们再一同绕遍整个市场。那时候让我们高兴得大笑起来的事情可多着呢，因为她总是那样的快活。"

"真这样么？"父亲问道，"有时候你在外面待那么长的时间，就是为了这个么？你在那儿做的是什么样的媒呀？禁止儿子和她们来往，你倒跟她们跑来跑去，替她们捎好，这种行动难道是做母亲的应该有的么？"

"什么禁止儿子接近的人哪！那个好孩子，不是从她小的时候我就认识她，还抱过她么？难道就不许我和她来往了？就不许她问候我们家的人了？就不许做母亲的捎个好么？就不应该让做母亲的给自己的孩子们做媒么？我认为，对于做媒这件事，做母亲的正是职责所在的权威！不过，关于这一类的事情，我们妇女们是矢口不谈的；我们妇女们一点都不稀罕你们这些没有教育的男人，海尔敏娜如果肯听我话，我就劝她不和任何人结婚！"

卡尔没有听完这番话就走了；因为他已经知道海尔敏娜问候他，而且也说不上有任何可疑的消息。不过，他把手指头放在鼻子尖上，心里纳闷：既然海尔敏娜向来并不爱笑，为什么她现在那样高兴起来了？最后，他对这个事实作出了对他自己有利的解释，认为她之所以高兴，只是因为遇到他母亲的缘故。于是，他决定保持沉默，相信这位姑娘的好心好意，听任事情自由发展下去。

几天以后，海尔敏娜带着打毛线的工具来看望赫第格太太，她们又说又笑，真是一团和气；这时候赫第格正在裁一件漂亮礼服，在作坊里几乎都受到她们的打搅，心里纳闷，不知道来了什么亲戚。但是，他没留意多久，就听见他太太走到碗橱前面，把那套蓝色的咖啡用具弄得咔啦咔啦的响。原来这位会收拾枪支的女匠人已经熬了一壶咖啡，熬得味道极好。她还拿了一大把紫苏叶放在鸡蛋团里，然后用热奶油把它炸成所谓"小老鼠"，因为紫苏的叶柄样子很像老鼠尾巴。这些小老鼠发得很好。盛满了冒尖的一盘子，喷出来的香味和纯咖啡的香味一齐冲到裁缝师傅那里。他又听见他太太把糖敲碎的声音，这时候他就极不耐烦起来，直到人家喊他去"喝"才好了；话虽如此，人家不请他，他决不会早来一分钟，因为他是个坚定正直的人哪。他一进屋子，就看见他太太和那位不许接近的漂亮人物非常亲密地坐在一起，前面摆着的咖啡壶就是那个蓝色的咖啡壶，除了"小老鼠"以外，还摆着奶油和盛蜜的蓝花罐子；罐子里盛的不是蜂蜜，只是樱桃酱，颜色差不多跟海尔敏娜的眼睛一样。这天还是个星期六，在星期六这天，所有的令人尊敬的中产阶级妇女都做清洁扫除擦玻璃和给地板打蜡的工作，而并不做什么好吃的东西。

　　赫第格用高度批判的眼光看了看这全盘的布置，面带着几分严厉的神气打了个招呼。但是，海尔敏娜的样子那样可爱，同时却又那样坚定，倒弄得他坐在那儿仿佛是词穷语塞的样子，结果他亲自从地窖里倒了"一杯酒"回来，而且倒来的还是小桶里的酒。海尔敏娜却这样报答了他的盛意：她坚决主张也给卡尔留下满满的一盘"小老鼠"，因为他在营房里实在没有很多的好东西可吃。她拿起自己的盘子，亲自用纤纤的手指捏着尾巴把最漂亮的"小老鼠"从碗里捏出来，一连捏出了好多个，最后卡尔的母亲喊道："现在可够了。"海尔敏娜把盘子摆在自己旁边，一再高高兴兴地细瞅一瞅，还时时从盘子里取出一块来吃，她说现在她是在卡尔家作客；然后又从碗里取出一些"小老鼠"来，把吃掉的严格地如数补上。

最后事情发展得使善良的赫第格感觉太难堪了。他搔了搔后脑勺；虽然他的工作很急迫，他还是匆匆忙忙地穿上了上衣，跑出门去找这个女罪人的父亲。"我们可得要注意啊！"他对傅里曼说，"你女儿跟我老婆很亲密地坐在一起，我看她们是在搞一件十分可疑的勾当，你知道，女人就是魔鬼的化身啊。"

"你为什么不把那个小鬼赶走呢？"傅里曼生气地说。

"我赶走她么？那我可不情愿，她可真是个天字第一号的女巫！你亲自来看看，你就晓得了！"

"好吧，我马上就跟你一同去，我要好好地教训教训这个孩子，让她懂得怎样立身行事。"

但是，他们到了那里，并没有看到那位小姐，却看到了狙击兵卡尔。这时他已经解开绿背心上的纽扣，正在吃留给他的点心，喝剩下来的酒；他吃喝得更加香甜，因为母亲附带告诉了他：海尔敏娜已经四个星期没有去划船，月色这样好，晚上她又要到湖上划船去了。

卡尔比平常更早一些把船划到了湖中，因为一听到苏黎世的号手们在春夏良宵吹奏出像天上的仙乐一般和谐的归营号，他就得回营。天还没有完全黑，他已经来到木场前面；可是，他发现傅里曼的小船不像平时那样在水上漂浮着，而是船底朝天，用两个三脚架支着，停放在距离湖岸大约十步的地方。

这是一种耍人的把戏呢，还是老头子的诡计呢？他心里想道。他又是悲哀又是愤怒，正要把船划回去，恰好在这时候一轮金黄的大月亮从苏黎世山上的森林里升起，同时海尔敏娜也从一棵满树垂着盛开的黄色莱萸花的杨柳后面出现了。

"我不晓得，我家的船新上了油漆，"她耳语说，"所以我得上你的船，赶快划开吧！"她把脚轻轻地一跳就跳到他那里，坐在这只不到七尺长的快船的另一端。他们划出去，直划到任何想侦查他们的人目力所不及的地方。卡尔就向海尔敏娜追问起鲁克施图尔的事来，他把这个人的言行叙述给她听。

"我晓得，"她回答说，"这位先生想娶我做太太，我父亲甚至也不是不愿意答应这件事，他已经跟我谈过了。"

"难道他着了魔了么，怎么想把你嫁给这样一个流氓懒汉？他那些庄严的原则都到哪儿去了？"

海尔敏娜耸了耸肩，回答说："父亲硬是要建筑几幢大房子，用来做投机生意，因此他想招一个能够在这件事情上给他帮忙的女婿，特别是在投机生意上；这个女婿还得明白，对整个企业关心也就是推进自己的利益。父亲想象的是一种愉快的共同经营和筹划，就像跟自己的儿子合伙一样，这是他的心愿，现在他的心目中认为这位先生就是这方面的适当的人选。他说，这个人只要好好地经历一下做生意的生活，就能够成为一个十足的行家。关于他的愚蠢的生活方式，父亲一点都不晓得，因为他向来不注意人们的行动，除了去找他的老朋友们以外，他哪儿都不去。一句话，因为明天是个礼拜天，我家邀请鲁克施图尔吃饭，以便巩固他跟我们的友谊，恐怕到时候他会开门见山地提出他的要求来。我听说，为了把他所追求的东西弄到手里，他还会死不要脸地恭维奉承，什么都不在乎。"

"也罢，"卡尔说，"你总会给他个钉子碰的！"

"我是要给他个钉子碰的；不过，要是能让他根本来不了，使我爸爸白等他一场，那就更好了。"

"那当然更好；不过，这只是打如意算盘而已，他一定不会不来。"

"我想出了一个计划，不过有点特别。你能不能就在今天或者明天早晨引诱他干一件糊涂事，让你们俩都受到二十四小时或者四十八小时拘留的处分？"

"为了你自己省说一个'不'字，把我送到监狱里去住两天，你心眼儿可太好了！你没有更便宜的办法么？"

"为了不使我们良心过于不安，你有必要跟他共同吃些苦头！至于'不'字，我绝不想闹到非对这个人说个'是'或'不'字的地步；他在营房里谈论我，这就已经够瞧的了。决不许他再进一步。"

"你说得很对，我的小宝贝！不过，我还是想让这个坏蛋一个人去进监牢；我想起了一个计划。可是，这件事我们就谈到这里，在这上头来耗费宝贵的时间和金黄的月色可真是可惜！你心里没有想什么吗？"

"我有什么可想的呢？"

"想想我们四个星期没有见面了，你今天不让我吻是上不了岸的。"

"莫非你想吻我么？"

"是啊！我想！可是我一点都不着急，反正你出不了我的手心！我还要等几分钟，也许等上五分钟，顶多等六分钟，享受一下等待这件事的乐趣！"

"原来如此！难道你就这样来感谢我对你的信任么？你真想这样办？你不肯从长计议么？"

"即使你说得天花乱坠，我也绝对不肯！现在你可真遭了难啦，我的小姐！"

"我也要向您声明一下，我的先生。今天晚上，只要你逆着我的意思用手指尖动我一动，我们俩就一刀两断，我再也不见你的面了；这话我是拿上帝和我的名誉对你发誓说的！因为我说的是正经话。"

她说这话的时候，两只眼睛炯炯有光。"这是一阵风，一会就过去了，"卡尔回答说，"你安静着吧，我现在就来！"

"随你的便吧！"海尔敏娜简短地说了一句，就不言语了。不过，无论是由于他认为海尔敏娜真能说到哪儿就做到哪儿也罢，是由于他自己不愿意让她中誓也罢，卡尔老老实实地坐在原来的地方，两眼炯炯有光地望着她，在月光中侦察她是不是在哪儿撇着嘴角嘲笑自己。

"这样一来，我就又得拿往事来安慰自己，通过回忆来弥补缺憾了，"他沉默了一会儿说道，"谁看得出，这个严厉的闭得紧紧的小嘴，许多年以前就已经会那样甜蜜地接吻呢？"

"你又要没羞没臊地胡诌么？你可要晓得，这气死人的瞎话，我再也不想听了！"

"你别急！这回让我们再回忆一下那个黄金时代吧！也就是说，让我们谈谈你给我的最后一次的接吻！当时的情况，我还记得清清楚楚，仿佛昨天一样；我相信，你也记得！那时我已经十三岁了，你大约十岁，我们已经好几年没有接过吻，因为我们当时已经觉得自己是大人了。但是，命运注定还要给我们来个快意的结束；或者是像清晨报晓的云雀那样，宣告一个新的开始？事情发生在圣灵降临节后一个天气晴和的星期一……"

"不对，是在升天节……"海尔敏娜打断了他的话说道，但是她这句话没有说完就停住了。

"你说得对，是在五月里一个天气晴朗的升天节，我们跟一群年轻的人出去游逛，其中只有我们俩是小孩子；你跟大姑娘们在一起，我跟小伙子们在一起，你我不肯在一起玩，甚至不肯彼此交谈。大家已经走了许多路以后，就在一个高大豁亮的树林里坐下，玩起一种赌罚的游戏来；因为不久天就要黑了，大家不愿意不接几个吻就跑回家去。有两个人被罚，嘴里叼着花朵接吻，不许让花掉下来。这一对青年男女和后来的一对都没有把这个巧艺表演成功，你忽然大大方方地向我跑过来，嘴里叼着一朵君影草花，也在我的嘴唇中间塞上了一朵，说道：'你来试一试！'这两朵小花诚然也落在地上，跟它们的姊妹们在一起；你却依然热心地在我的嘴唇上轻轻地吻了一下。这个吻就仿佛一只又轻又美丽的蝴蝶落在嘴唇上似的，我不由地伸出两个手指头去捉它。大家以为，我是想擦嘴，就笑起来。"

"我们靠岸啦！"海尔敏娜说着就跳了出去。接着又回过身来，和颜悦色地面对着卡尔。

"因为你一直这样安静，对我的话表示了应有的尊重，"她说，"我想如果必要的话，不等到四个星期就和你再来划船，到那时候我就写一封短信通知你。这封信还是我跟你第一次通的书面消息呢。"

说了这话，她就匆匆忙忙地回家去了。卡尔连忙把船向码头划去，以免错过那些诚实的号手们吹奏的归营号，这种号声像锋刃上有缺口的剃刀似的在温暖的空气里切了过去。

他在路上遇见鲁克施图尔和施波里，他俩都已经喝得醉醺醺的了。卡尔亲切地、诚恳地跟他俩打了个招呼，然后抓住鲁克施图尔的胳膊，就开始捧起他来："你又在哪儿捣什么鬼？又想出什么巧法子来啦？你这个坏家伙！你确实是咱们全州最呱呱叫的射击手，我还要说，是全瑞士的！"

"他妈的！"鲁克施图尔喊道，非常得意，除了施波里以外，又有一个人跟他接近，称赞他，"他妈的！我们又得钻窠了！难道我们不能赶快再喝一瓶好酒么？"

"嘿！我们可以在房间里喝呀！反正狙击兵有个习惯：在受训的时期至少要骗军官们一次，偷偷地在房间里喝个通宵。让我们这些入伍的新兵表明一下：我们是配携带这种特殊武器的。"

"那可太有意思啦！酒钱由我来付，不然，我就不姓鲁克施图尔啦！可是，我们可得要机灵，像蛇一般狡猾，要不，我们可就完蛋啦。"

"你放心好啦，我们正是这样的人！我们大家安安静静，假装老实，进入营房，一点不露声色。"

他们进了营房，其他同房间的人都在营房的酒馆里喝夜酒。卡尔把秘密计划坦率地告诉了几个同房间的人，这几个人又传达给另外一些人，于是，每个人都准备了几瓶子酒，一个一个不露声色地把这些酒从酒馆里拿出来，藏在床底下。刚一打十点的钟，他们就安安静静地躺在房间里的床上，等到检查各房间熄灯的手续完了以后，大家又都起来，用大衣把窗子遮上，重新点上灯，拿出酒来，开始痛痛快快地大喝起来。鲁克施图尔觉得仿佛是在天堂里似的，因为大家都向他敬酒，捧他是个大伟人。他想不用费力就在军人当中也受到重视，这种热望使得他比实际上更加糊涂。等到他和他的小听差看样子都喝得烂醉了，大家才玩起各种饮酒的游戏来。一个人头朝下立着，另一个人举着满满的一铜勺酒，让他喝干。又有一个坐在椅子上，天花板上吊着一个铅球；铅球晃荡起来，绕着他的脑袋旋转，他得在铅球碰着他的脑袋以前，把三杯酒都喝干。第三个人又玩另一种游戏。凡是玩不成功的，都要挨罚，去做件滑稽可笑的事。这一切都是鸦默鹊静地进行；谁要是高声，也要挨罚。大家都穿着衬衫，为的是万一遇到意外，可以迅速爬上床去。在巡营的时刻快到的时候，大家指定，那两位朋友也玩一种饮酒的游戏：要他们彼此把摆在刀面上的满满的两杯酒送到嘴边喝干，一滴都不许洒掉。他们吹着大话从刀鞘里抽出猎刀，交叉在一起，刀面上放上了酒杯；但是他们哆嗦得厉害，酒杯都掉下来了，他们连一滴酒都没有喝到。因此，他们被指定，穿着"普通军服"在门前放一刻钟步哨，这种举动被誉为本营空前的壮举。大家把猎囊和猎刀给他们交叉着挂在衬衫上，此外，还让他们戴上军帽，扎上黑裹腿，但不穿鞋，这样装束起来，手里拿着枪支，就给人家领到门前，安插在两根柱子旁边。他们刚在那里站好，大家就把房门上了闩，把喝酒的痕迹清除干净，撤去挡窗子的东西，熄灭了灯，每个人都溜到自己床上，仿佛已经在那儿睡了几个钟头似的。同时，那两个哨兵，肩上扛着枪，在走廊里的灯光下走来走去，用大胆的目光向四下里张望着。施波里由于不花钱白喝了火酒，心里快活极了，完全得意忘形，开始唱起歌来，这就加速了已经出动的值勤军官的脚步。军官走近了，他们想赶紧溜到屋子里去；但是门开不开；他们还没有来得及想办法，敌人就来到跟前了。这时候，他们脑子里乱得一塌糊涂。在晕头转向的情况下，他们俩都站在自己的岗位前面，举起枪来，喝道："什么人！""见鬼，这是怎么一回事？你们在那儿干什么？"巡逻喝道，但是并没有得到满意的答复，因为那两个家伙连一句合情合理的话都说不出来了。那位军官很快地把门打开，向着屋子里望去；原来卡尔一直在支着耳朵听，早已飞快地跳下床来，拉开了门闩，又同样飞快地钻到被子里去了。军官一见屋子里黑洞洞，静悄悄的，除了打呼噜的声音以外，什么都听不见，就喊道："喂，你们起来！"

"见鬼！"卡尔喊道，"还不睡你们的觉去，你们这两个酒鬼！"其余的人也装出被吵醒的样子，喊道："那两个畜生还没有睡么？扔他们出去！把值勤的喊来！"

"值勤的来了，我就是！"那位军官说，"一个人起来点灯，快点！"灯点着了，照见那两个发疯的人，每条被子里都发出了一阵笑声，仿佛所有的兵士看到这种景象都惊讶得要命似的。鲁克施图尔和施波里像傻子一样也跟着笑，大踏步走来走去，用手捧着肚子，因为他们的精神又奔另一个方向去了。鲁克施图尔用手指头对着军官的鼻子下面一连反复弹了好几次，施波里对着军官伸出舌头来。被嘲笑的军官发现对这一对快活的家伙实在没有办法，就掏出他的记事板，把他俩的名字写下来。不幸的是：可巧这个军官住着鲁克施图尔的一所房子，复活节刚刚过去，他还没有交房租，也许是由于缺钱，要不就是由于服兵役把这件事耽误了。总之，鲁克施图尔忽然一下子想到这件事，他蹒跚着向军官走去，一面笑着，一面结结巴巴地说："您先付……付清您的欠……欠款，少尉先生，再……再把人家的……的名字写……写下！您晓得么？"施波里笑得声音更高，身子一歪一趔，像螃蟹似的往后倒退，摇晃着脑袋，用假嗓儿说道："您付……付……付清您的欠款，少尉先生，这……这这话说得好……好，说得好。"

"你们起来四个人，"军官不慌不忙地说，"把受拘留处分的人带到守卫室去！叫人暂时把他们严密地关起来；三天以后我们暂且看看他们的酒醒了没有再说。把大衣扔给他们，把裤子给他们放在胳膊上。走！"

"裤……裤……裤……子……"鲁克施图尔嚷道，"我们要……要是一抖搂，可就有东西掉出来啦！"

"要是一抖搂，可就掉出来啦！少尉先生！"施波里重复说道，两个人把裤子一摇晃，里边的钱哗啦啦哗啦地直响。他们嘻嘻哈哈吵吵闹闹地跟着看守他们的人穿过几道走廊，走下楼梯，不久就进入楼底下一个像地下室似的房间，看不见了，紧接着就是一片寂静。

第二天中午傅里曼师傅家的饭桌上摆上异常丰富的酒菜。海尔敏娜在雕花的玻璃酒瓶里装满了一八四六年酿造的酒，把亮晶晶的酒杯放在盘子旁边，盘子上放了漂亮的揩嘴布，把从"母鸡为记"的面包房买来的面包切成一片一片，这个面包房按照传统的老法子烤的请客的面包是苏黎世所有的儿童和爱喝咖啡的妇女最喜欢吃的。她还打发一个穿着礼拜天服装的学徒到做面饼的铺子去取通心粉馅饼和喝咖啡时吃的点心，最后她把一些餐后点心放在旁边一张小桌子上摆好：烘脆的小甜饼卷和扁平的小甜饼，磅饼①和僧帽饼或者圆帽蛋糕。傅里曼受到晴和的礼拜天天气的影响，心情舒畅兴奋；看见女儿这样热心，就以为她对他的计划不想认真抗拒了，因而自鸣得意地对自己说："她们都是这样！一有中意的、确定的机会到来，她们就速战速决，一把把它抓住！"

按照老规矩，这次请鲁克施图尔是在正午十二点钟。十二点一刻他还没有来到，傅里曼说："我们吃吧！得让这位老爷及时养成守时间的习惯才行！"等到汤都吃完了，他还没有来。徒弟们和女仆今天本来是

---

① 每一种原料各一磅配合制成的饼。

单独吃，而且已经吃了一半了，这时候傅里曼把他们都叫过来，对他们说："你们也来这里一起吃，我们不要干瞅着这些东西不动。大家一齐动手，痛痛快快地吃吧！谁不守时间，谁就得吃剩的！"

他们并没有让他把这番话再说一遍。大家都心花怒放，兴高采烈，海尔敏娜更是精神百倍。她父亲心里越别扭，越没好气，她就越觉得胃口好。"这个人看起来是个老粗！"傅里曼对自己嘟囔道。可是，这句话被海尔敏娜听见了，她就说道："他一定是没有请下假来，不要过早地判他的不是！"

"什么请假不请假呀！你倒已经袒护起他来啦？要是问题的关键真是请假的话，他怎么会请不下来呢？"

傅里曼极不高兴地把这顿饭吃完，然后一反素日的习惯，立刻到咖啡馆去了；他这样做，只是为了万一那个粗心大意的求婚者终于来到了，也不让他见着自己的面。快要四点钟的时候，他没有去找礼拜天常聚在一起的那几个伙伴，就回到了家里，想看看，鲁克施图尔来了没有？他走过花园的时候，看见赫第格太太同海尔敏娜一起坐在凉亭里，因为那天春光明媚，天气温暖。她们正在那儿喝咖啡，吃僧帽饼和圆帽形蛋糕，看起来是很高兴的样子。他向赫第格太太打了个招呼；虽然他看见她在那儿，心里觉得有些麻烦，但他还是立刻问她，知道营房里有什么消息没有，狙击兵是不是一同到野外游玩去了？

"我想没有，"赫第格太太说，"早晨他们到教堂里做礼拜，后来卡尔回家吃饭来了。我们吃的烤羊肉，这个菜他怎么都不肯放过！"

"他没有说，鲁克施图尔先生到哪儿去了么？"

"鲁克施图尔先生么？是啊，他和另外一个人受到拘留的处分，因为他喝得烂醉，得罪了上级。据说闹了一场大笑话！"

"这家伙该死！"傅里曼说了这句话立刻就走了。过了半个钟头以后，他对赫第格说："你太太跟我女儿在花园里坐着，她们很高兴我心里盘算的一个婚姻计划失败了。"

"你为什么不把她轰出去呢？为什么不对她大发脾气呢？"

"我们两家这么多年的交情，我怎么能够呢？你看，这些可恨的事情要把我们的关系搞糟啦！所以，我们一定要坚定不移！决不结亲！"

"决不结亲！"赫第格一面和他的朋友握手，一面作出保证说道。

七月眼看就到了，一八四九年射击节不到两个星期就要举行了。七个人又开了一次会，因为银杯和旗子都已经准备停当，摆出来大家看过了，一致认为很不错。旗子高高地插在房间里，在这面旗帜下面，七位君子进行了他们有生以来最困难的谈判。因为他们忽然想到这样一个道理：要想打着旗子游行，那么，有旗子就得有个讲话的人。恰恰在这演说者的人选问题上，这七个人驾驶的小船几乎搁了浅。所有的船员都当选过三次，每次他们都坚决拒绝了。大家都生气没有人愿意担任这个工作，每个人都气愤大家偏偏要把这个担子压在他身上，指望他去做这样一件空前未有的事情。每到需要开口讲话，让别人听取自己的意见时，大家都那样热情地挤到前面来，可是遇到公开演讲的机会，大家又都同样怯懦地退缩到后面去，每个人都托词自己口才太差，又从来没有做过公开演讲，表示不光现在不想做，而且将来也不想做。因为他们还把演讲看成是一种高不可攀的艺术，既需要有才能，也需要刻苦钻研。他们对于能感动他们的优秀演说家怀着无限的真诚的敬意，认为这样的演说家所说的话都是神圣的，无可争辩的。他们把这样的演说家跟他们自己截然分开，同时却认为自己的优点在于肯注意去听，肯本着良心慎重考虑，然后表示赞成或者反对；在他们看来，这种任务已经是够光荣的了。

当他们通过表决没能选出演说者时，大家就乱哄哄地嚷嚷起来，每个人都想说服别人，要他牺牲自己。大家都特别打赫第格和傅里曼的主意，向他们俩发动了攻势。他们俩拼命抵抗，互相推诿，闹到后来，傅里曼发言，要求大家肃静："伙伴们，我们犯了轻举妄动的错误，现在要认识到：到底还是把旗子放在家里好，我们干脆就这样决定，毫不惹人注目地参加大会吧！"

傅里曼的话使大家情绪大为低落。"他说得对。"银匠库瑟尔说。"我们再没有别的办法了。"制造犁杖的席弗利希说。但是毕尔吉喊道："不行！人家已经知道我们的计划了，知道旗子已经做好了。我们要是打退堂鼓，那可就是个大笑话了！"

"这话说得很对，"旅馆老板艾里斯曼说，"我们的老对头，那些顽固分子一定会拼命利用这个笑话。"

这些老人想到这一层都不禁毛发悚然，大家就重新对那两位最有演说天赋的成员发动了攻势。他们俩又进行抵抗，最后以退社相威胁。

"我是个老实的木匠，我永远不想惹人家嘲笑！"傅里曼喊道。赫第格听了插嘴说："像我这样一个可怜的裁缝，怎么能去讲话呢？要让我去，那准给你们大伙丢人，自己也白白倒霉，于事无补。我建议，我们大家在两位旅馆老板当中请一位去讲话，他们算是最习惯于接近群众的。"

他们俩都拼命自卫；皮斯特建议请细木匠去讲话，说他是个滑稽大王。"什么滑稽大王？"毕尔吉嚷道，"当着成千上万的人向瑞士联邦射击大会主席致词，这难道是开玩笑的事么？"——听了他这话大家都一致叹气，因为这番话又把任务的艰难摆在大家眼前了。

渐渐地出现了这样一种情况：有的人跑出去又跑进来，有的人在角落里说风凉话。只有傅里曼和赫第格仍然在桌子旁边坐着不动，愁眉苦脸地呆望着，因为他们看得出来，这件事闹到最后，还是要落到他们头上。最后，当大家都重新在一起坐下的时候，毕尔吉走到他们俩跟前，说道："谢波和丹尼尔两位同志！你们俩在咱们自己的会上许多次的发言都是使大家满意的，所以你们俩当中无论是谁，只要肯干的话，做个简短的公开演说，都是能够胜任的。我们会议的决议是：由你们俩抽签决定算了！你们俩跟大家的人数是二对五的比例，可得要少数服从多数呀！"

又一阵喧哗对这番话表示赞成；那两个被号召的人面面相觑，最后还是垂头丧气地服从了决议，心里都不免希望对方抽着这个倒霉的签。结果傅里曼抽中了，他破天荒地带着沉重的心情离开了热爱自由者的会议，赫第格却高兴得直在那儿搓手；自私心竟使这两位老朋友什么都不管不顾了。

傅里曼对于盛会即将到来所感到的高兴现在化为乌有了，他的日子变得黯淡无光。他时时刻刻想着这篇演说，但连一点眉目都搞不出来，因为他一直在远处找来找去，却不去抓住眼前的事物，采用跟自己朋友在一起谈话的方式把它表达出来。在他看来，他跟朋友们在一起的时候常说的那些话，都是无谓的空谈。他绞尽脑汁，想琢磨出一套特殊的话，琢磨出一篇政治宣言。他之所以这样做，并不是由于逞强好胜的虚荣心，而是由于强烈的责任感。最后，他开始把想出来的东西写在纸上；在写的过程中不免有过许多次的中断，叹息和诅咒。虽然他原来是想写几行就了事的，结果是费了九牛二虎之力写出了两页，因为他想不出怎样煞尾才好：那些错综复杂的词句就像芒刺粘人的牛蒡一样彼此粘连在一起，使写文章的人无法从这胶着混乱的状态中脱身。

傅里曼内衣口袋里揣着那张折叠停当的稿纸，忧心忡忡地去干自己的活；他有时站在一个堆房后面，把稿子重读一遍，然后又摇摇头。最后，他向他女儿说了实话，把演说词的草稿朗读给她听，以便观察效果如何。这篇演说全都是用声讨耶稣会教士和贵族的话堆砌成的，还有大量的"自由""人权""奴役""愚昧政策"等类的字眼点缀其间。总而言之，它是一篇苛刻的矫揉造作的宣战书，里面一点都没有提到七个老人和他们的旗子，并且语无伦次，措辞生硬，而他向来却是很善于作妥善中肯的口头发言的。

海尔敏娜说，这篇演说是很有力量的，只是她觉得似乎有点过时，因为耶稣会教士和贵族都已经彻底打垮了。她认为，作一番欢欣愉快的表示，更为合适些，因为大家现在都感觉幸福满意。

傅里曼听了有些吃惊。虽然他是一个老年人，战斗热情还是够强烈的，此时却也不免揪了揪自己的鼻子说道："也许你说得很对，但是，你只知其一，不知其二。做公开演说时，必须态度坚强，措词有力，好比画舞台布景的人一样，画出来的东西，在近处看，简直就是信笔胡抹。不过，这篇演说词里面，也许有些地方，需要把语气放得和缓些。"

"那样可能很好，"海尔敏娜接着说道，"因为演说词里'所以'用得太多了。让我瞅瞅！你瞧，几乎每隔一行就有一个'所以'！"

"毛病就在这里！"傅里曼喊道，说着就从她手里把那张纸拿过来，扯得粉碎。"算了吧！"他说，"我干不了，我不愿意当场出丑！"海尔敏娜劝他根本什么都不要写，冒一个险，等到出发前一个钟头再去构思，然后把思想坦白无隐地表达出来，就仿佛在家里讲话一样。"这也许是最好的办法，"他回答说，"假如失败了，我至少说不上是狂妄自负。"

虽然如此，他也忍不住从现在起就不断地翻来覆去地琢磨刚才讲到的那个意思，可就是一点进展都没有。他心神恍惚，满怀忧虑，直在那儿走来走去，海尔敏娜在旁边看着他，心里非常得意。

射击竞赛周忽然开始了，这一周的正中间那天，天还没有亮，七个老人就乘坐着自己包租的一辆四匹马拉的马车到阿劳去了。那面颜色鲜艳的新旗子，在马夫座位上飘扬着。丝绸子的旗面上闪耀着"自由中的友谊！"这几个字。老人们都高高兴兴，既快活又严肃，只有傅里曼现出一副沮丧的蹊跷可疑的样子。

海尔敏娜事先已经来到阿劳一个朋友的家里，因为她父亲为了酬谢她管理家务作出的模范成绩，自己旅行时，向来也都让她参加。她像一朵玫瑰色的风信子花似的，点缀着这七位快活的老年人的团体，这已经不止一次了。卡尔也已经来到阿劳。他虽然在军事训练上花了许多时间和钱财，但他还是接受了海尔敏娜的要求，徒步到阿劳去。说也奇怪，他恰巧就在她住的地方附近找到了一个住处。他们之所以决定这样做，是因为他们不得不对他们的终身大事操心，说不定这个节日还可以利用来推进自己的目的。卡尔也打算偶尔射击一次，就自己财力所及，身边带了二十五粒子弹，打算把这些子弹都打出去，既不多放，也不少放。

卡尔不久便探听出七君子来到这里的消息。在他们打着旗子以密集队形向竞赛场行进时，他就远远地跟在他们后面。这是节日周中最热闹的一天，街上挤满了穿着节日服装，涌来涌去的人群。大大小小的射击团体排着队行进，有的奏着乐，有的不奏乐；但是没有一个团体像七君子社的队伍那样小。他们这七个人的队伍不得不在人丛中曲折前进，虽然这样，他们还是迈着小步，按照军乐的节奏行进，两只胳膊挺得笔直，双手攥着拳头。傅里曼打着旗子领队，面孔好像是解往刑场处决的犯人一样。他有时向四下里张望一下，看看逃得出去逃不出去。他的伙伴们高兴自己没有处在他那个地位，向他喊出干脆有力的话，给他打气。他们已经来到会场附近，噼噼啪啪的枪声已经近在耳边了。瑞士联邦射击竞赛大会的旗帜高高地在空中飘扬，孤独地在那杲杲的晨光中弄影。旗面时而张开，向四下里飘荡，时而轻轻从人们头上掠过，时而又故作规矩地顺着旗杆下垂片刻；总之，凡是一面旗子在八天的长时间里所能玩出的把戏，这面旗子都尽情地玩过了。一看到这面旗帜，那个打着小绿旗子的人就觉得像利刃刺心一般。

卡尔看见这面快活的旗子飘扬着，对它注意了片刻，忽然看不见那个小小的队伍了，等到他拿眼睛去搜寻时，什么地方都找不到它，好像是大地把这个小队伍给吞没了。他匆匆忙忙地挤过来挤过去，一直挤到射击场的入口处，大致望了一下整个会场，在那拥挤杂沓的人群里连一面小旗子都没有看见。他转过头来往回走，为了更快地前进，他就顺着一条和大街平行的侧路跑去。这条侧路有个小酒馆，老板在门前栽了几棵瘦小的枞树，摆了几张桌子，几条长凳，在这些东西上面用亚麻布搭了个天棚，好像蜘蛛紧挨一大罐蜂蜜结下了网，以便捕捉偶尔飞来的苍蝇似的。卡尔偶然看见这个小房子里有一个金黄的旗杆顶挨着模糊的玻璃窗子闪光。他立刻走了进去，瞧啊！那几位亲爱的老人家像是在一阵雷雨中给雹子打到那个矮小的房子里似的，纵横交叉着坐在椅子上和凳子上，在那儿垂头丧气。傅里曼打着旗站在当中，说道，"算啦！我不干啦！我活了这么大岁数，不愿在这风烛残年再沾上一个干傻事的污点，让人家给我起外号嘲笑我！"

他说了这话，就使劲一戳，把旗子放在一个角落里。大家一直没有言语。那个酒店老板，满面春风地在这几位不速之客面前摆上了一大瓶酒，虽然他们在心慌意乱中还没有一个人叫酒。这时候，赫第格掛了一杯，走到傅里曼跟前，说道："老朋友！伙伴！请喝一口酒，鼓起勇气来吧！"

但是，傅里曼摇了摇头，什么话都没有说。大家坐在那儿，十分为难，这种困难是他们从来没有遭遇过的。他们亲身经历过的一切暴动，反革命活动以及反动事件，比起这次在天国门前遭受的失败来，简直都是儿戏。

"那么，我们就打退堂鼓，坐车回家去吧！"赫第格说道。他担心，命运会翻转过来对他不利。卡尔一直在门口站着，这时候走了进来，高高兴兴地说："诸位先生，把旗子交给我吧！我打着它，代表你们讲话，对于讲话我一点都不在乎！"

大家惊讶地抬头一看，脸上都现出一缕欣慰喜悦的光芒。只有老赫第格严厉地说道："你？你怎么到这里来啦？你这毫无经验的黄口孺子怎么想要代表我们老年人讲话呀？"

但是四面八方一齐喊道："做得好！我们坚决前进吧！和这个年轻

小伙子一同前进吧!"傅里曼亲手把旗子交给了卡尔,因为他心里卸下了百斤的重担;他方才使老朋友们陷入非常困难的境地,现在看到他们摆脱了困难,觉得非常快活。大家就重新兴高采烈地向着会场前进;卡尔在前面高举着那面旗子,显得威严隆重;老板从后面懊丧地目送着这一队使自己空欢喜了一场的人物像梦幻似的逐渐消逝了。在这些人当中,只有赫第格心情忧郁沮丧,因为他毫不怀疑,他儿子会把他们加倍深地拖下水去。可是,他们已经走进了会场。一大队穿着棕色衣服的格劳宾登州的射击手刚刚开动了;这几个老年人就从他们旁边走过,按照他们的军乐的节奏从人群里穿行过去。步伐整齐,完全切合军乐的节奏。可是,他们又得踏步了(这是一个术语,就是在原地继续作行进的动作之意),因为有三个走运的射击手得了银杯,带着号手和随从,遮断了他们的去路。这一切和剧烈的射击的声音交织在一起,却只使得他们更深地浸沉在庄严的陶醉里。最后,他们就面对着奖品厅脱帽致敬。厅里的奖品闪耀着光芒,厅堂的尖顶密密层层地飘扬着各州、各市、各县、各教区的颜色不同的旗帜。旗帜下面站着几位穿黑色礼服的先生,其中有一位手里举着斟满了酒的银杯,准备接待莅会的人们。

七个老年人的白头像一片被阳光照耀着的浮水似的在黑压压的人海上面漂动着;他们稀疏的白发在爽快的东风中颤动,和空中的红旗白旗向着同一方向飘扬。他们人数少,年岁大,引起了普遍的注意,使得大家不免对他们微笑,表示敬意。当年轻的旗手走到前面,精神饱满,声音洪亮地做出下面的演说时,大家都注意地听着:

"亲爱的同胞们!

我们八个人带着一面旗子来到这里,七个白发苍苍的老人和一个年轻的旗手!正如你们看到的,我们每个人都带着自己的枪,却并不自命是了不起的射击手;我们这几个人当中虽然没有一个人打不中靶子,有时候也有人打中黑点,但是,我们这几个人当中,要是有人正中了鹄的，你们可以发誓肯定，他这个成绩并不是有意取得的。所以说，假如我们是为了从你们的奖品厅里拿走银杯而来到这里的话，我们就大可以安安静静地在家里待着好了！

不过，我们虽然不是什么出色的射击手，可我们也不愿意蹲在家里不动弹。我们到这里来，不是为了拿奖品，而是为了送奖品：送的是一个不起眼的小银杯，一颗快活得几乎过分的心，还有一面小小的新旗子，这面旗子由于急欲在你们悬旗的砦堡上面飘扬而在我手中不住地颤动。不过，我们还是要把这面小旗子带回去；我们把它带到这里来，只是要在你们这里给它行个开旗礼！你们看看，这上面的金字写的是什么：'自由中的友谊！'是的，我们带给大会的，可以说是友谊这一概念的化身，是由于热爱祖国而产生的友谊，是由于热爱自由而产生的友谊。就是这种友谊，在三四十年前使这七个现在秃头在太阳光下发亮的老人团结起来，经历了一切风暴，经历了良好的和恶劣的时代而始终团结一致！他们的团体没有名称，没有主席，也没有什么章程。这个团体的成员既没有头衔，也没有职位。这个团体是民族的丛林里的一件没有标志的木材，这件木材现在走出森林，来在森林前面祖国节日的太阳地里，待上片刻，立刻就又要回到原来的地方，在舒适的民族森林里，透过苍茫的夜色，和成千上万的其他树梢一同萧萧作响或者发出呼啸的声音，在那里只有少数的树木彼此认识，叫得出名字，但是大家却都是互相了解，互相熟悉的。

你们看，这几个年老的罪人！他们都不是有什么特殊虔诚气味的人！在教堂里很少见到他们当中的任何一个人！关于教会的事，他们没有什么良好的意见可谈！但是，亲爱的同胞们，我可以在这光天化日之下给你们谈出一件奇异的事情：他们遇到祖国危难的时候，就悄悄地开始相信起上帝来。起初是每人低声独自默祷，后来声音越来越高，最后彼此吐露真情，这时候他们就共同奉行一种奇异的神学，这种神学的第一个原理，同时也是它唯一的原理，就是：'你帮助自己，上帝就帮助你！'遇到像今天这样一个许多人聚在一起，蔚蓝的天在我们头上现出笑容的欢乐日子，他们就又想起这种神学思想，想象亲爱的上帝把瑞士军旗悬挂在高空，晴朗的天气是特别为我们准备的！在这两种情况下，也就是说，在危难的时刻和欢乐的时刻，他们就忽然对我们联邦宪法上开头的一句话——'以全能上帝的名义！'感觉满意，这时候就有一种极其温和的宽容精神鼓舞着他们，因而他们虽然平时非常倔强，现在却对这句话里所指的究竟是天主教的上帝还是宗教改革派的上帝都不过问了。

总而言之，如果把一个装满了各种颜色的小动物，小男人小女人的小巧玲珑的诺亚方舟送给一个小孩子，这个小孩子对于这件东西所感到的喜悦也不可能超过这七个老人对于他们那个亲爱的小小的祖国所感到的喜悦；这小小的祖国的土地上有成千上万品种的美好的东西，从湖底的遍体布满苔藓的老梭鱼直到围绕着冰雪高峰盘旋的野鸟。啊！在这狭小的土地上，住满了一个在许多方面都不相同的民族！在行业上，在风俗习惯上，在服装和口音上，它都是丰富多彩的！什么样的聪明鬼，什么样的糊涂虫，都在这里奔波活跃，什么样的名贵花卉，什么样的杂草都在这里欣欣向荣；一切都是美好的，庄严的，我们对一切都非常关心，因为它们是祖国的呀！

于是，这七个老人在研讨和衡量世间事物的价值的过程中，就成了哲学家。但是他们跳不出祖国这个奇异事实的圈子。他们在青年时代诚然游历过，曾经看到许多国家，游览时也不是抱着骄傲自满的态度，而是对任何一个他们发现有正直的人的国家都表示尊重。虽然如此，他们的口号却永远是：'尊重每个人的祖国，但是热爱你自己的祖国！'

这个国家的构造却也真是多么精致，多么富丽呀！越在近处观看，就越显出它编织得丰富多彩，既美丽又耐久，是一件值得称赞的手工业艺术品！

我们这里没有单一类型的瑞士人，而只有苏黎世人和伯尔尼人，翁特瓦尔登人和诺伊堡人，格劳宾登人和巴塞尔人，甚至还有两种巴塞尔人①！有阿本采尔历史，又有日内瓦历史，这多么有趣呀！这种涵蕴在统一性中的多样性——但愿上帝给我们保持下去——就是真正培养友谊的学校。只有当政治上的团结变成了全国人民的个人友谊时，才算达到了最高的理想！因为公民的责任心所不能办到的，朋友的情谊都能完成，二者将要变成一种道德！

这几位老人在辛勤劳动中度过了他们的时光；他们开始感觉身体衰弱，这个人身体这部分疼痛，那个人身体那部分疼痛。但是，到了夏天，他们不去浴场休养，却来参加节日盛会。瑞士联邦节日的酒是使他们身心健康的源泉。联邦的夏令生活是使他们衰老的神经强健起来的空气。欢乐的人海浪潮的冲击是使他们僵直的四肢重新灵活起来的海水浴。你们将要看到他们白发苍苍的头部不久就浸到这浴场的水里去了！因此，亲爱的同胞们！就请你们向我们干杯祝贺吧！祖国中的友谊万岁！自由中的友谊万岁！"

"友谊万岁！好极啦！"周围响起了一片呼喊。负责讲话的招待人对这篇演说致了答词，他对七位老人的特殊的意味深长的莅临表示欢迎。"不错，"他结束讲话时说，"但愿我们的各个节日对于青年人永远是进行道德教育的学校，对于具有纯洁的公共道德观念和忠于公民责任的老年人永远是一种报酬和能够起返老还童作用的浴疗！但愿各个节日永远是我国州与州之间，人与人之间牢不可破的生气蓬勃的友谊的佳节！尊敬的老人们，你们那个自称是没有名称没有章程的团体万岁！"

---

① 瑞士巴塞尔州内部政治斗争的结果，使这个州在一八三三年分成"巴塞尔城"和"巴塞尔乡"两个部分，所以有"两种巴塞尔人"。

这时候周围又重复了欢呼万岁的口号，那面小旗子在普遍的掌声中和奖品厅尖顶上其他的旗子插在一起。然后，七个人的小队伍就转变方向，直奔大会食堂走去，想在那儿好好地吃一顿早点，休息休息。他们一到那里，就都走过来和他们的演说家握手，喊道："你说的话都像是从我们心里说出来的！赫第格·谢波！你这个孩子是个好材料，他一定有出息，就让他搞下去吧！他和我们一样，只是比我们要聪明些，我们是老糊涂了。卡尔，你可要不屈不挠，坚持到底呀！"还说了一些诸如此类的话。

傅里曼却惊讶得目瞪口呆了；这小伙子讲的那套话，正是他自己应该想到的，而不应该扯到跟耶稣会教士们的斗争上去。他也和卡尔亲热地握了握手，感谢他在困难中给予自己的帮助。最后，老赫第格走到自己儿子跟前，也拉住了他的手，用眼睛盯着他，说道：

"孩子！你显露出一种美好的但是又有危险性的天才！你要忠诚地，并且怀着责任感和虚怀若谷的精神去培养它！不要把它运用到不真纯的、非正义的、空虚无聊的事物上去，因为它在你手里能够变成一把剑，倒转过来伤害你自己，或者跟伤害邪恶的事物一样地伤害善良的事物！它也可能变得只不过是丑角的笏杖。所以你要一直向前面看，抱着谦虚的态度，热心学习，但是要意志坚定，不屈不挠。就像你今天为我们增光一样，你要时时刻刻想着为你的同胞，为你的祖国增光，使他们喜悦；想着这个，你就决不至于有什么追求虚名的念头了！你要不屈不挠！你不要认为你什么时候都非得讲话不可；你要把一些机会放过去，永远不要为了替自己打算而讲话，而要随时都为一种重大的事业讲话！不要抱着欺骗和剥削人的目的去研究人，而要以唤起他们内心的善，使它化成行动为目的。你要相信我这几句话：听你讲话的人当中，往往有许多人比你这讲话的人更优秀，更聪明。你永远不要利用诡辩和琐碎无谓的穿凿来起作用。用这些花招只能打动人民的糠秕；而人民的核心，则只有真理的全部压力才能够打动。因此，你不要博取嚣张浮躁的人们的喝彩，而要着眼于那些沉着稳健的人，你就坚定不移地这样做吧！"

赫第格刚讲完这番话，把卡尔的手放开，傅里曼立刻就又攥住了卡尔的手，说道：

"你要使你的知识平均发展，把基础充实起来，以免陷于空谈。做好这初步工作以后，就要把它放下来，在一段相当长的时间里不去想这一类的事！如果你有了精彩的思想，也不要为了表现它而讲话，而要把它储存起来；机会总归是要再来的，到那时候，你就能更成熟，更适当地运用它了。如果有人把这种思想先讲出来了，你也要高兴，而不要生气，因为这证明你这种思想感情是有普遍性的。培养自己的精神，监督自己的性格，以其他的演说家为实例去研究夸夸其谈的人和真实的情感丰富的人之间的区别吧！不要周游全国，不要跑遍大街小巷，而要惯于从家庭这个要塞出发，在久经考验的朋友当中去了解人情世态；这样，你在行动的时候，就会比那些煽动家和流氓们显得智慧高超了。你讲话的时候，既不要像个会说俏皮话的仆役，也不要像个悲剧演员，而要保持你的优良自然的本质纯洁不变，要永远本着你的本质讲话！不要矫揉造作，不要装腔作势，在你开始讲话以前，不要像个陆军元帅似的向四下里张望，或者甚至像是侦察到会的听众似的！你如果准备好了，就不要说你没准备；因为人们会认识你说话的方式，立刻就看出你是准备过了！你讲完话以后，不要绕圈子，博取人家鼓掌，不要沾沾自喜，而要安安静静地坐在你的座位上，注意听继你之后讲话的人讲话。你要像节省黄金一样把粗话省去不用，这样，你一旦在义愤填膺时说出粗话来，那就是一件出人意料的事件，就会像晴天霹雳似的击中你的对手！但是，你如果认为你总有一天会和你的对手言归于好，共同进行活动的话，你就得避免在盛怒之下对他说出极端过火的话，以免人家嚷嚷：'小人总是今天吵架，明天和好！'"

傅里曼说了这一套话。可怜的卡尔一直坐在那儿听着，从头至尾都听到了，惊讶得目瞪口呆，不知道笑好，还是得意好。这时候，铁匠席弗利希却喊道：

"你们瞧瞧这两个人，他们不愿意代表我们讲话，现在却像书本似的长篇大套地说起来了！"

"真是这样！"毕尔吉说，"不过，由于他们不肯讲话，我们倒获得了新生力量，长出了一个健壮的嫩枝！我提议，接受这位青年人加入我们老年人的组织，从今以后让他也参加我们的会议！"

"就这样吧！"大家喊道，然后就和卡尔碰杯。卡尔喝干了满满的一杯酒，不免有些失态，但是老年人考虑到这是个令人兴奋的时刻，就轻轻地放过去了，没有抱怨。

这个团体的成员吃了早点，从方才他们所经历的那个惊险场面足够地恢复过来以后，就各自散开了。有的去试验着打几枪，有的去参观奖品厅和其他陈设。傅里曼前去接他女儿和招待她寄住的那个人家的妇女们；因为大家打算再坐在原来那张饭桌旁边一同吃午饭，这张桌子差不多摆在大厅的中央，距离讲台很近。他们记住了桌子的号数，然后高高兴兴，无忧无虑地各自散开了。

正午十二点钟，有几千个人坐在布置好的饭桌旁边吃饭。到这里来吃饭的客人天天不同。有乡下人也有市民，有男人也有女人，有老年人也有青年人，有有学问的也有没有学问的，大家都高高兴兴地混杂着坐在一起，一面等着汤来，一面开瓶塞，切面包。无论哪儿都看不到一个阴险的面孔，也听不到一声喊叫或者一阵刺耳的笑声；只听到一片散布得均衡的嗡嗡的声音，好像是结婚的喜宴上的笑语一样，只是放大了百倍，这是快乐的人海里的波浪轻轻拍击的声音。这儿一个长桌子旁边坐满了射击手，那儿一个长桌子旁边坐着两排青春美貌的乡下姑娘；第三个桌子旁边聚集了全国各地的所谓"老伙伴"，他们这次终于在射击方面考试及了格；在第四桌旁边则是一个小城市里的人搬来了，男男女女混杂着坐在一起。不过，这些坐着的人只占大会人数的一半。还有一半是看热闹的人，他们像潮涌似的在走廊和过道中间穿过，环绕着吃饭的人们永远不停地流动着。赞美上帝，感谢上帝，这些人是些谨慎节俭的人，他们核计了一下，在别处花了更少的钱吃了个饱；这种人占全国人民的半数，他们无论办什么事都力求便宜节约，而另外那一半则恣情放纵，达到了可怕的程度。此外还有一些过于高贵的人，他们对于这里的烹调技术没有信心，嫌这里的叉子太坏。最后，还有一些穷人和小孩子，他们只好在一旁看着人家吃饭。不过，前者并没有讲什么难听的话，后者既没有显出衣服褴褛，也没有用愤怒的目光看人。相反地，谨慎的人高兴那些不谨慎的人，高贵的人看见七月里的菜一盘一盘都是绿豆，固然觉得太可笑，但他们也和感觉绿豆香气扑鼻，令人垂涎欲滴的那些穷人一样怀着好意走来走去。当然，这里也有人表现了一种应该惩罚的自私自利心：一个齐嵩的农民乘着大家不注意占据了空出来的一个座位，没有付钱就老实不客气地跟其他的人一块吃起饭来。在热爱秩序的人的眼里看来，更糟的是：并没有人为这件事和他吵架，轰他出去。

　　大会的炊事长站在宽大的厨房门口，每逢上一道菜，他就用猎人的号角吹出信号，接着就有一大队服务员涌现出来，以巧妙熟练的旋转动作散开，有的向右，有的向左，有的一直向前走去。有一个服务员来到那七个正直坚强的人的饭桌旁边。这一桌客人当中还有卡尔、海尔敏娜，以及海尔敏娜的一些女朋友，表姐表妹，再不就是她的什么亲戚。老年人都在热心地听着一位主要的讲话人讲话，他是在鼓手用力击了一通鼓之后登上讲台的。他们把叉子放在一边，直挺挺地坐在那儿，态度严肃，精神集中，七个人的头都面向着讲台。可是，当他们听到讲话的人借用卡尔的演说中的第一句话作为开端，叙述了七个老人的出现，然后联系到自己的讲话上去而加以发挥，他们就像少女似的绯红了脸，彼此对看了一下。只有卡尔什么都没有听见；因为他正和妇女们低声开玩笑，后来他父亲用胳膊肘轻轻地撞了他一下，表示不以为然，他才停止了。当讲话的人在热烈的掌声中结束了他的讲话时，老人们又彼此对看了一下；他们已经参加过许许多多的会了，但是他们自己成为讲话的对象，这还是第一次，因而羞得不敢向四下里看，虽然他们心里快活得无以复加。不过，世界上的事情往往如此，他们周围的邻桌上坐的客人并不认识他们，也梦想不到附近有什么样的先知在场，因而这七个老人的谦虚也就没有受到考验。他们每人都轻轻地搓了搓手，然后更加满意地互相握手，眼睛的表情仿佛说：不屈不挠地坚持下去吧！这就是高尚的道德，经久不变的优良品质所得到的甜蜜的报酬。

这时候，库瑟尔说道："这场喜事我们得归功于我们的卡尔师傅！我想，我们终究得把毕尔吉那张有天盖的床送给他，还得给他放上个洋娃娃。丹尼尔·傅里曼，你的意思怎么样？""我恐怕，"皮斯特说，"他还得把我那桶'瑞士血'买去，他打的那个赌也得输了。"

傅里曼忽然皱起了额上的抬头纹，说道："就是口才好，也不能马上给他娶个媳妇来酬劳他！至少我的家庭还得要一个既有口才又有才干的人才行！朋友们，别把这场玩笑扩大到不适当的事情上去吧！"

卡尔和海尔敏娜绯红了脸，狼狈周章地把眼望着人群。忽听炮声一响，宣布射击重新开始；射击手们拿着枪排成了长长的一排，已经在那儿等候着了。这时候全线立刻又响起了一阵噼啪的枪声；卡尔站起身来，说也要去碰一碰运气，就向着靶场走去了。"即使不让我嫁他，我至少也要在旁边看着他射击！"海尔敏娜开玩笑地说，随后就跟着走了，她的女朋友们也陪着她到那里去了。

可巧，女人们在人群里一挤就失散了，最后只剩下海尔敏娜单独和卡尔在一起，忠诚地跟他一同从一个靶子走到另一个靶子。他们到了一个不很拥挤的最靠边的地方，他才开始射击；他并没有特别认真去打，就一连打中了两三枪。他回过头来向着站在背后的海尔敏娜笑着说："嘿！倒也真正顺利！"她也笑了，但只是眼睛笑，嘴里却严肃地说："你一定要争到个银杯才行！""不成，"他回答说，"要想打中二十五枪，我至少得射击五十次，可是我身边只有二十五颗子弹。""嘿！"她说，"这里不是有足够的子弹买吗！"

"可是我不想买，那样花钱打枪去争银杯，我觉得太不上算了！当然有不少的人在弹药上耗费的钱比他们得到的奖品所值的钱还要多些，但是我并不是这样的傻瓜。"

"你可真是相当有原则性，而且又会过日子的呀，"她几乎是以温柔的口气说，"这使我觉得很高兴！但是，你要能够不费什么人力物力就能取得别人经过太规模的准备和拼命的努力才取得的成就，那可就更好了！因此，你要鼓起劲来，用这二十五颗子弹来把银杯争到手！假如我是射击手的话，我一定办得到！"

"决办不到，你这个小傻子，这样的事根本不可能！"

"正因为这样你们才不过是一些礼拜天玩票的射击手啊！话虽如此，你还是再开始，试它一试吧！"

他就又打了一枪，果然又得到了一分，接着又得到了一分。他又看着海尔敏娜，她眼里更现出了笑意，嘴里却更严肃地说："你瞧！不是办得到吗，现在就继续射击吧。"——他目不转睛地瞅着她，简直无法把视线转移到别处去，因为他从来还没有看到她的眼睛有过这种表情；一种严厉的专断的神气从她那双眼睛的甜蜜微笑里流露出来；她的目光中明确地表达出两种精神：发号施令的意志，但又有一种立功者有奖的诺言和这种意志融合在一起，二者结合产生出一种新的神秘的实体。"本着我的意思行事吧！我所能够给予你的报酬，要比你所想象的还多！"她那双眼睛仿佛这样说。卡尔带着疑问和好奇的神情凝视着她的眼睛，直到他们在这节日的喧哗扰攘当中彼此意会神通为止。等到他的眼睛在她的目光中得到了满足以后，他就转过身来，不慌不忙地瞄准，又打中了一枪。这时候他自己也开始觉得争到银杯是可能的了。但是因为人们开始在他周围聚拢起来，他就离开那里，去找一个更安静更冷落的打靶场，海尔敏娜在后面跟着他。在这个打靶场他又弹无虚发地打中了几枪；于是他就开始像使用金币那样慎重地使用起子弹来。海尔敏娜目光炯炯地贪看着每一颗子弹进入枪筒；卡尔却先注视一下这位美丽的姑娘的面孔，然后才不慌不忙地瞄准。每逢他的好运气轰动了大家，人们在他周围聚拢起来的时候，他就转移到另一个靶子前面去。他把得到的打中鹄的签号，不插在帽子上，而都交给他的女伴代为保存。这位女伴拿着整整的一捆签号，还从来没有任何一位射击手有过更漂亮的经管签号的人。于是，他果然实现了她的愿望，陆续打了二十五枪，都非常成功，一枪都没有打到规定的圈子外边。

　　他们把打中的签号从头至尾数了一遍，发现他们稀有的好运气得到了事实的证明。"这样的成就我只能有一次，这一辈子也不可能再有第二次了！"卡尔说，"不过，这也是你的眼睛的成就。我捉摸不到的只是：你打算利用它再搞什么名堂啊！"

　　"那你就得等着瞧啦。"她回答说，这时候她不只眼笑，而且嘴也笑了。"现在你到老人们那里去，"他说，"请他们到奖品厅去接我，这样我就有人陪伴了，不然我身边就没有一个人作伴。你愿意这样做，还是愿意跟我一起走呢？""我真想跟你去。"她说，可是她还是匆匆忙忙地走开了。

　　老人们正坐在那儿深谈欢叙。罩棚里坐的客人大部分已经不是原来那些人了。这几位老人却固定不移地坐在原来的桌子旁边，任凭生活的浪潮在他们周围起伏。海尔敏娜笑着走到他们跟前，喊道："你们去接一接卡尔吧！他得了一个银杯！"

　　"怎么回事？你说什么？"他们喊道，一面发出欢呼，"他会有这样的成就?""是的,"一个刚刚走过来的熟人说,"这个银杯还是他一连打中二十五枪得来的呢!这可不是一件平常的事啊!我眼瞅着这一对青年男女合作,共同取得了这个成绩!"傅里曼惊讶地望着自己的女儿说:"莫非你也参加了射击?我可不希望你这样;因为这样的女射击手,就一般而论,也没有什么不好,但就个别而言,可就不好了!"

"你放心好啦,"海尔敏娜说,"我并没有射击,只不过是命令他好好射击罢了。"赫第格看见自己有这样一个有演说天才又以善于使用武器著称的儿子,从自己那寒微的裁缝铺里走了出来大显身手,真是又惊奇又得意,面孔不禁为之苍白失色。他一句都不敢讲,打算从今以后决不再管教他的儿子了。老人们真个动身,向奖品厅走去,在那儿他们正好遇见那位青年英雄,手里捧着亮晶晶的银杯,和吹鼓手们一起等候着他们了。于是,他们就又按照一支快活的进行曲的节奏,迈着稳而小的步子,攒着拳头,带着胜利的神情向四下里张望着,和卡尔一同走进了饭厅,以便举行人们常说的所谓"开杯式"①。回到他们的大本营以后,卡尔把银杯斟满了酒,放在桌子当中,说道:"我特此将这个银杯献给我们的团体,让它永远跟团体的旗帜在一起!"

"接受!"大家说,银杯就开始循环传递起来,一场新的欢乐使这七个从天亮起就已经兴高采烈的老年人都年轻了。夕阳光从大厅里的无数横梁下面射进来,照在几千个为欢乐所美化了的面孔上,一个个面孔都现出金黄的光泽,同时,管弦乐队奏出的响亮的乐声响彻了整个大厅。海尔敏娜躲在她父亲的宽阔的肩膀后面坐着,作出非常羞怯安静的样子,仿佛是个不懂事的小孩子似的。太阳光照耀着摆在她面前的银杯,银杯现出了明亮的条纹,杯子里面镀的金和杯中的酒都闪出光芒,这一道一道的金光在她的红润得像玫瑰花似的面孔上浮动着;每逢老人们谈

---

① 大家巡回传杯饮酒,作为使用新银杯的开始,叫做"开杯式"。

得慷慨激昂用拳头敲桌子的时候，金光就随着杯子里的酒一齐荡漾，这时候，简直不知道，是她在微笑，还只是那一道一道浮动的金光在微笑。她现在真是太美丽了，不久便给向四下里张望的青年人发现了。一群一群的人在她附近坐定不动，以便好好地注视她。大家互相打听说："她是哪儿的人？那个老年人是谁？没有人认识他么？""她是圣嘉伦人，据说她是图尔高人！"这里有人说道。"不，那一桌坐的都是苏黎世人。"那里又有人说道。她无论向哪里看，都有快活的青年人脱帽对她的温柔妩媚表示应有的敬意。她也谦逊地微笑着，却一点也不矫揉造作。不过，当年轻的小伙子们排成长长的一队，在她的桌子旁边走过，大家都对她脱帽致敬时，她也不免低下头来，尤其是当一位漂亮的伯尔尼大学生忽然走过来，手里拿着帽子，用殷勤有礼貌的坦白口吻说，从这里数第四桌坐的三位朋友派他来，征求她父亲的许可，向她宣布，她是这个大厅里最美丽的姑娘。总之，人人都真正在向她献殷勤，老人们的帆又给胜利的风吹涨了，卡尔的光荣几乎给海尔敏娜比得黯然失色了。不过，他的光荣还是要再度扶摇直上的。

　　因为这时候大厅当中的过道里忽然一阵喧哗拥挤，有两个从恩特利布赫地方来的牧人从人群里挤进来了。这两个人真是两只大熊，他们嘴里衔着短小的木头烟斗，粗壮的胳膊底下夹着礼拜天穿的上衣，大脑壳上戴着小小的草帽，衬衫在胸部用心状的银环舌系在一起。前头走的是个五十岁的老粗，带着几分醉意，态度粗暴无礼，因为他就好和所有的人角力，想用他的粗笨的手指头到处乱钩，他眯缝着小眼睛，时而和颜悦色地，时而也带着挑衅的神气看人。于是，他到处惹是生非，闹乱子。在后面紧跟着他的那个人是个八十岁的老汉，比他力气还大，头上长着短短的鬈曲的黄头发，他是那个五十岁的汉子的父亲大人。这个老汉一面不住地吸着烟斗，一面严厉地管辖着他的少爷，时时对他说："孩子，别闹！孩子，好生待着！"一面相应地推他一推，或者用手指挥指挥他。这样，他就用老练的拳头推着他儿子渡过了这波涛汹涌的人海；正在他们走到七君子的桌子前面时，交通忽然阻塞了，情况非常危险，因为一群农民刚刚来到这里，质问起这个好斗的汉子，要把他带到中间去。他父亲恐怕儿子惹出一场大乱子来，就向四下里张望，想找一个地方躲避躲避，结果看到了那七个老人。"在这几位白头发的老人中间他会好好地待着！"他一面自己嘟囔着，一面用一只手抓住他儿子后腰部分的衣服，领着他从一排一排的长凳子中间往里走去，同时用另一只手在背后挥动着，轻轻地抵挡那些被激怒的追赶过来的人，因为其中已经有不少的人气势汹汹要动武了。

"诸位先生，"那个老汉对七位老人说，"请允许我在这儿坐一会吧！我好再给我这孩子一杯酒喝！他喝了酒，就想睡觉，那时他就安静得像个小羊羔似的！"

于是，他就带着他那个淘气鬼挤到这个团体中间，他儿子果然温和恭敬地向四下里张望，可是立刻就说道："我要用那边那个小银杯喝酒！""你给我好生待着，不然，我不用把你削得溜尖就把你楔到地里去！"他父亲说。但是，当赫第格把斟满了酒的银杯推到那汉子跟前时，那汉子的父亲就说道："好吧！就这样吧！既然这几位先生许你喝，你就喝吧！但是，可别喝干！"

"老汉，你这个孩子可真活泼呀，"傅里曼说，"他多大岁数了？""呵，"老汉说，"他算起来今年年节就五十二岁了；至少在一七九八年他已经在摇篮里呱呱地哭了。那一年法国人来了，把我的牛给赶走了，把我的小草房给点着了。我揪住一对法国人的脑壳，把它们对着一碰，给碰坏了，我就不得不逃走。我的老婆在这个时候给折磨死了，因此我就不得不单独教养这个孩子。"

"你没有给他娶个媳妇，帮着你们过日子么？"

"没有，直到现在，我觉得他还是太笨太野。让他结婚是不行的，谁都得给他揉成肉酱！"

这时候，那个人老心不老的废物已经把银杯里香气扑鼻的酒喝干了，连一滴都没有剩。他把小烟斗装上了烟，面带着高兴的和平的神情向周围望了一望。他发现海尔敏娜在那里；她身上发出来的女性之美的光芒忽然又燃起了他心中争强好胜的热情和卖弄力气的倾向。他同时又瞅见卡尔坐在对面，就把中指弯曲，把手伸到桌子上，邀请卡尔和他较量一下。

"别闹，孩子！你又发疯了么？"老汉生气地喝道，说着就要抓住他的领口。可是卡尔对他说，请他不要阻止他儿子，然后把自己的中指钩住大熊的中指，两个人都想设法把对方拉到自己这边来。"你要是弄疼了这位少爷，或者扭伤了他的手指头，"老汉又说道，"我就揪住你的耳朵，让你疼上三个星期！"两只手在桌子当中拉了一大会子的锯；卡尔不久就忘记笑了，脸色变得绯红。但是，最后他渐渐把对方的胳膊和上体明显地拉到了自己这一边，这样一来，胜利属谁便决定了。

那个恩特利布赫人又惊讶又悲哀地望着卡尔，但并没能望得很久，因为那老汉生气他角力输了，给了他个耳光。他挨了打，满面羞惭地望着海尔敏娜，然后忽然哭起来了，抽抽噎噎地喊道："我现在想要娶个媳妇啦！""来！来！"他爸爸说，"现在你到了成家的岁数了！"说着就抓住他的胳膊，和他一同离开了。

这一对怪人走了以后，老人们又沉默了一阵，大家又对卡尔的作为和成就感觉惊讶。

"这完全是做体操的原因，"卡尔谦虚地说，"做体操能够锻炼人，使人有力气和技巧来应付这一类的事。只要先天没有缺陷，谁都能学会这种本领。"

"是这样！"老赫第格稍微沉吟了一下说道，接着又热情地继续讲下去，"所以我们要永远永远赞扬这个新的时代，这个时代重新开始去教育人，使他成为真正的人，这个时代不仅命令贵族和山里的牧人去锻炼身体，健全体魄，以便奋发有为，不，这个时代还命令裁缝家的孩子这样做！"

"是这样！"傅里曼也从一阵沉吟中醒了过来，这样说道，"为了使这个时代到来，我们大家也都曾经斗争过。我们老年人这方面今天就拿我们的小旗子来庆祝结束，庆祝'停火！'把剩下来的工作交给青年人去做。现在人们可永远不能再说我们是顽固地坚持错误和误解啦！相反地，我们的奋斗目标一直是要永远能够接受一切合理的、真实的、美好的事物。所以我要自动地、坦率地收回我关于孩子这方面的声明，并且请你，我的朋友谢波，也这样做！因为除了去培植一棵活生生的树木，使它从我们友谊的怀抱中生长出来，除了建立一个家庭，使这个家庭的孩子能够保持七君子的原则和坚定不移的信念，使它流传下去，我们还能奠定、培植、建立什么样的更为美好的事物来纪念今天这个日子呢？好吧！就让毕尔吉把他那张有天盖的床交给我们装备起来吧！我把代表温柔妩媚和女性的纯洁的典型，你把代表力量、坚决和干练的典型放在上面，因为他们都很年轻，就让他们跟这面高举着的绿旗子前进吧！这面旗子就留在他们那里，等到将来我们毁灭了，就让他们把它保存下去！因此，老赫第格，你不要再反对了，还是跟我握手，同意做亲家吧！"

"同意！"赫第格庄严地说道，"可是有一个条件：就是你不给这个小伙子很多的钱财让他去做蠢事和毫无心肝地吹大话！'因为魔鬼遍地游行，寻找可吞吃的人！'① "

"同意！"傅里曼喊道。赫第格说："我现在就把你当做亲家向你致敬！等到举行婚礼时就可以把那桶'瑞士血'打开啦！"

这时候，七个老人都站起来，在热烈的欢呼中大家把卡尔和海尔敏

---

① 见《新约·彼得前书》第五章。

娜的手交叉着放在一起。

"运气不错；在这里举行订婚礼，真是天作之合！"邻桌有几个人喊道。立刻就有一群人举着酒杯走过来，和订婚的人碰杯。仿佛预先约好似的，乐队也奏起乐来了。可是海尔敏娜从人群里脱身出来，却并没有撒开卡尔的手。他从饭厅里把她领到会场上，这时候会场已经笼罩在寂静的夜色里。他们围绕着插旗的堡垒行走，因为附近连一个人都没有，他们就站住了。那一面一面的旗子错综零乱地飘扬着，发出絮烦的响声，显得生气勃勃，可是他们没有看到那面友谊的旗帜，因为它已经卷到邻近的一面大旗里，好好地收藏起来了。瑞士联邦的国旗却高悬在繁星闪烁的天空，永远孤独地飘扬着，发出拍动的声音，旗面沙沙的响声现在听得非常清晰。海尔敏娜用两只胳膊搂住她的未婚夫的脖颈，自动和他接了几个吻，用深深感动的温柔妩媚的语调说："现在我们可一定要一帆风顺了！但愿我们的生命和我们良好的道德和才干相终始，一天都不要多活下去！"

"要是这样的话，我就希望活得很长久，因为我跟你在一起生活一定美满！"卡尔说着又和她接吻，"可是现在我们的政权怎么样呢？你真想使我受女权控制么？"

"我要尽力这样做！同时，我们之间一定要形成一套良好的法律和宪法！"

"我要给这部宪法作保证，还坚决要求做第一位教父的权利！"有人冷不防用强有力的低沉的声调说。海尔敏娜探了探头，紧紧地握住卡尔的手。卡尔走到近处一看，看见阿尔高狙击兵队伍中的一个哨兵站在一根柱子的黑影里。他的武装上面的金属零件在黑暗中闪光。现在两个年轻小伙子彼此认出来了，他们是一同入伍当兵；那个阿尔高人是个漂亮魁伟的农家小伙子。一对未婚夫妇坐在他脚底下的台阶上，和他谈了足足半个钟头，才回到自己的团体中来。

为十九世纪的瑞士绘一幅市民风情画

◎ 李双志

"绿衣亨利"返乡

游览今日的柏林，沿菩提树下大街东行，穿过享誉世界的洪堡大学，绕过静谧的黑格尔广场，便可见一条小道通往柏林城的母亲河施普雷河，道旁尽是素雅白净的三层小屋。此处少有人来，在德国这座最为活跃繁忙的大都市里可谓闹中取静。若将时光倒回至一百六十年前，在那小屋中的一间，一位怀才久不遇的青年正将自己的才华与心血倾注于一部自传色彩浓厚的长篇小说中。小说的主人公因为孩提时代总是身着父亲制服改成的绿衣，便有了"绿衣亨利"的绰号。绿衣亨利为追求艺术之梦而离开了瑞士的故乡，远赴慕尼黑学习绘画，受尽了世态炎凉，辗转回到家中时，母亲已病逝，他自己郁郁而终。

而真实生活中的绿衣亨利，正因为这部小说而成为了"瑞士的歌德"，他便是大文豪戈特弗里德·凯勒，瑞士德语区第一位享有世界声誉的伟大作家。

一八一九年七月十九日，戈特弗里德·凯勒出生于瑞士苏黎世一个手工艺人家庭，在少年时期便显示出了绘画和写作的才华，并较早地接触到了法语和西班牙语的文学名著，得到了古典文学和绘画艺术的双重熏陶。一八四〇年，在获得一小笔遗产之后，他毅然决定奔赴当时文艺青年心目中的德国艺术之都——慕尼黑。可是他的画家之梦在这座生活昂贵的城市却因现实的经济困难而破碎。他在一八四二年至一八四三年的冬天开始转向写作，最开始是进行诗歌创作。一八四八年资产阶级在全欧洲以失败告终之后，他获得了政府的一笔奖学金，赴海德堡留学。在昔日的浪漫派重镇，他通过结交文友，间接地领受了德国浪漫派的遗绪。一八五〇年他抵达了正在崛起的普鲁士王国的国都柏林。只能以撰稿为生的凯勒在柏林的最初时光可谓窘迫，一度只能靠举债度日。但是他苦心铸就的长篇小说《绿衣亨利》发表不久，他便声名鹊起。然而，他心中并未放弃对市民生活和职守的眷恋，所以在一八五五年返回了苏黎世，一八六一年出任苏黎世州政府秘书长，开始实践自己的市民工作理想。从十九世纪七十年代开始他又重整笔墨，并于一八七五年放弃了秘书长的职务，专心写作。他的创作力在柏林盛期之后再度回春，大量中篇小说纷纷面世。一八七九年至一八八〇年，修改后的《绿衣亨利》也重新出版。凯勒的文学地位与日俱增，影响已经遍及德语文化区并传向世界各地。然而，就私人生活而言，凯勒在这最后一段岁月里与外界交往有限，几近离群索居。一八九〇年七月十五日，他逝世于苏黎世。

　　凯勒一生摇摆于文学创作与市民生活，最终回到了文学，正如他出游之后又回到故乡。而故乡则是他尽一生来书写和描绘的对象。与同一时代热衷于描摹工商业大都市人生百态的英法文学大师如狄更斯、萨克雷、巴尔扎克等不同，置身于柏林城的凯勒怀抱着对遥远的瑞士小城生活的种种乡愁，以文字来实现精神上的返乡之旅。其实这也是十九世纪德语作家或多或少都拥有的偏好，除了着重刻画柏林上流社会尤其是权贵家庭女子的冯塔纳以外，施托姆、迈耶、施蒂夫特等人都背离了大城市的喧嚣，或在乡村或在庄园中找到了文学创作的背景与题材。这其中当然延续着浪漫派对自然的钟爱，但他们并未由此陷入理想主义的梦幻和遐思，而是为自己笔下的世界作了带有主观色彩的渲染和改造，突出了文学本身特有的美学表现力。德语文学史的研究者很早便为这些作家的作品找到了一个共有的名字：诗意现实主义。凯勒则是公认的诗意现实主义最杰出的代表。他所描写的故乡——瑞士的小城和乡村以及当地的居民便都笼罩在如此一种诗意中。在他驰骋笔墨以追寻自己往事时，故乡便是童年的记忆，是母亲的呼唤，是游子心底的牵挂和最终的归宿，载满了温情和感伤。但故乡的另一面，在狭小地域里苟且偷安、得过且过又自私势利的低劣俗弊，同样也激发着凯勒为之一书的写作冲动。饶有意味的是，这两种叙事是在同一时间里铺展开的：就在凯勒深居柏林小巷，为《绿衣亨利》殚精竭虑之际，一个个情境截然不同的瑞士小城故事纷纷跃然纸上，仿佛是凯勒在通往长篇宏作的辛苦路途上借这些极尽调侃讥诮笔调的中篇作品稍作喘息。一八五三年至一八五五年，凯勒共写了五篇这样的中篇小说并作为合集发表于一八五六年。在结束了第一版《绿衣亨利》之后，文字上的另一种返乡活动并未就此中止。一八六〇年至一八七五年，他又断断续续地写了五篇，凑足了十幅"生活画"，一同发表于一八七五年。这些画都是以一个虚构的瑞士城市塞尔德维拉及其居民为对象的。合集的名称便是"塞尔德维拉的人们"。如果说，凯勒用《绿衣亨利》描绘成了一幅回归故土的文学青年的自画像，那么他的《塞尔德维拉的人们》就是一幅幅市民风情画，呈现出在他故乡成长生活的市民自得自满的可笑姿态。不过，去往塞尔德维拉的路不仅是凯勒的返乡之路，它还通向德意志文学的一个古老传统，通向一个兼有现实投影和文学想象的"愚人世界"。

"愚人世界"再现

在中世纪晚期的德意志疆域里曾经流传着许多关于愚人的故事。这中间有知识分子创作的寓言，如伊拉斯谟的《愚人颂》或勃兰特的《愚人船》，它们以拟人和隐喻的方式抨击天主教会及拥护者的虚伪、愚昧和堕落，颇有战斗檄文的特色，与意大利文艺复兴的文学巨匠薄伽丘的《十日谈》遥相呼应。但另一方面，从德意志本土的老百姓生活中也诞生了更具市民气息和调侃口吻的故事集，其中流传最广的是《希尔达市民的传说》。希尔达也是座德意志小城，城中男性居民本来以非凡的聪明才智著称，常常被各地诸侯召为宫廷谋臣，结果导致希尔达渐渐人去楼空，田地荒芜，百业不兴，让希尔达的妇女们怨声载道。所以，希尔达市民决定开始装傻，但时日一久，假傻子成了真愚人，喜欢自作聪明但往往弄巧成拙，洋相百出，让人既忍俊不禁又喟叹其荒唐之中的天真。

《塞尔德维拉的人们》无疑是植根于德意志特有的这种市民愚人的文学传统的，它也塑造了一个虚构的世界，让那些偏居一隅的瑞士小市民粉墨登场，一本正经地展示自己各种庸俗市侩以致滑稽可笑的行径。然而与中世纪晚期刚刚活跃起来的市民文化不同，凯勒这些中篇小说反映的是典型的十九世纪市民生活。他笔下的新一代愚人面对的是工业革命后迅速蔓延全欧洲的资本主义浪潮对昔日安宁自足的欧陆腹地小城及其历史悠久的平民社会传统的侵蚀。然而，塞尔德维拉人并不是马克斯·韦伯笔下那些积累世俗财富以证明神恩的新教徒——资本家，他们天生乐观却游手好闲，性格轻浮又思想狭隘，贪图钱财而理财无方，时时刻刻受着金钱的诱惑却往往陷入贫苦与困顿。他们都不是大奸大恶之人，至多有着小小的自私和偶尔的卑劣，但在资本诱惑和陈规陋习的双重扭曲下却显出了某种悖论和怪诞。在《三个正直的制梳匠》中，凯勒就以反讽方式点明了塞尔德维拉人毫不自知的鄙陋、固执和愚蠢。这个故事里三个制梳匠尤波斯特、傅里多林和狄特里希都是勤劳质朴却受到制梳店老板剥削的普通手工艺人，但却彼此互相猜忌，不能患难与共。当经营不善的老板要解雇他们时，其中两人居然听信老板的话去赛跑以期免于失业。结果，"这两个可怜虫本来是想凭借自己的勇敢来利用世人的愚蠢，现在看到自己的勇敢只帮助世人的愚蠢取得了胜利，而使自己变成大家的笑柄，他们的心难过得真要碎了，因为他们不仅使自己多少年来的聪明计划失败，毁灭，而且丧失了老成持重、正直安详的人的名声。"而那个史瓦奔人狄特里希虽然乍看起来财色兼得，博取了有遗产的女子徐丝·宾茨林的芳心，保住了正直人的面子，实际上却没有得到真正的幸福，"因为徐丝绝对不许他享受这种荣誉，她统治他，压迫他，认为她自己是一切善行的唯一的源泉"。他们如此自作聪明却又出尽洋相，如此自命不凡却又下场凄凉，俨然是三百年前希尔达市民的翻版。而凯勒在绘形绘色方面远远超过了当年口头文学中的粗糙文字，比如写到三人唯恐落后地互相追赶，"像流星似的，跑过来跑过去，忙了一个整天，彼此各不相容，就像三个蜘蛛在一个蜘蛛网里一样。"形象之生动固然让人击节赞叹，嘲讽之尖刻却似乎不留情面。这里非但没有美化了的田园诗，而且还尽是丑化了的漫画肖像。

的确，塞尔德维拉是某种意义上的反田园和反乌托邦。古典的崇高和浪漫的梦幻在现实中找不到栖身之地，这是十九世纪下半叶欧洲文学普遍的核心命题。凯勒则在他的塞尔德维拉故事中以幽默和讽刺为主要手段，艺术化地重现了市民生活中的是是非非。小说集中的另一个故事《雷格尔·安慕兰夫人和她的小儿子》便是如此一出教育轻喜剧。因丈夫离家出走而必须单独抚养三个儿子的安慕兰夫人隐然有亨利/凯勒的母亲的影子。她煞费苦心要达到的教育目标就是要让自己钟爱的小儿子不陷入塞尔德维拉人的泥淖。她成日里如临大敌地提防小儿子茀利慈周边的男男女女，颇有点紧张过度。但让她欣慰的是，成长中的茀利慈耳闻目睹"这些年轻的塞尔德维拉人的作风，他却没有沾染上任何特殊的癖好"。更为可贵的是，儿子继承了母亲的道德责任感，将自己的公民职责看做家庭道义的延伸。在他们身上体现了凯勒在不堪的现实中挖掘出的希望，在种种讥讽之下流露出的诚挚情怀。

让这个自成一体的塞尔德维拉世界真正在世界文学史上占据重要一席的，则是整个小说集中最精彩的两篇作品，它们集中体现了中篇小说这种文体在德语中的精华，让凯勒收获了"写中篇小说的莎士比亚"的美誉。

写中篇小说的莎士比亚

将德语文学概念"Novelle"翻译成中篇小说，实际上是无奈之举。其实 Novelle 在拉丁语中的词源是 novus，原本是"新"之义。与长篇的 Roman 和短篇的 Erzählung 相比，它确实篇幅居中。但更重要的是，这种文体要在有限的情节范围里讲述新奇之事，按照歌德的定义，便是描述"前所未闻的一个事件"。这与我们本国文学史中的唐代传奇或明清笔记小说都颇有相通之处。正由于没有足够的空间纵横捭阖，小说要引人入胜就必得在内容的奇特和叙事的紧凑上显出过人之处来。又因为毕竟有一定的容量，经得起作者花费心思经营其中的起承转合。

自歌德和浪漫派开始，中篇小说在德语文学中就日益受到作者和读者的青睐，佳作频出。随着市民时代的到来，有教养市民阶层对文化产品的日常需求更决定了中篇小说的兴盛，尤其是大量居家而有闲的妇女表现出对这一内容求新的叙事文体的浓厚兴趣，所以十九世纪至二十世纪早期成为德语中篇小说发展的黄金时期。比凯勒稍早的克莱斯特，与凯勒同时代的施托姆、迈耶、冯塔纳以及稍后的施尼茨勒、茨威格等人都为这一特定的文学星空贡献了璀璨星光。凯勒的《乡村里的罗密欧与朱丽叶》和《人悖衣裳马悖鞍》则是其中最为亮眼的两颗明星，让凯勒在中篇小说的领域里也足可跻身世界文学名家之列。

《乡村里的罗密欧与朱丽叶》这一标题直接取自莎士比亚最负盛名的悲剧，小说同样讲述了一对相恋的年轻男女因为彼此敌对的家族阻挠而殉情的故事。爱恨纠缠的激烈和最终结局的凄惨，让这篇小说迥异于《塞尔德维拉的人们》中其他的讽刺喜剧。然而，这不共戴天的两家人并非贵族，而是比邻而居的农夫；让他们反目的并非世代相传的家仇，而是对一块田地的争夺；两家父亲曼茨和马蒂也是典型的塞尔德维拉人，在争地之后又因为疯狂购买彩票，负债累累而家道衰落，从此一蹶不振。因此，男女主人公萨利和芙兰琴的爱情悲剧只是在大体情节上与罗密欧和朱丽叶类似，但其中的苦涩和悲凉却浸透了滞重的泥土气息，弥漫着家道败落的颓靡感。实际上，正如叙事人在开篇所说，"讲起这个故事，假如它不是根据一件真实的事情，证明以往的伟大作品所依据的情节，个个都在人生中扎了多么深的根的话，那将是一个无聊的摹拟。"这场悲欢离合不是作者从莎士比亚那儿抄袭来的，而是从现实中一个真实的故事演化而成。凯勒一八四七年九月在一家报纸上读到了一则新闻，在莱比锡附近，一个十九岁的男孩和一个十七岁的女孩出自彼此敌对的穷苦人家却彼此相爱，在一家酒馆跳舞至半夜，然后在田间自杀殉情。受到震动的作家当时便想将这个故事写下来，起先是采用诗体形式，但未曾写完。一八五五年夏天在写完《绿衣亨利》之后，他才改用散文体完成了这部中篇小说。为爱赴死的古典情怀在这里便增添了现实批判的力度，穷苦和家仇的双重桎梏将风花雪月之外的真实世界毫无遮掩地展现在读者面前。文中常常插入的叙事者的评论，更直白地表明了作者的态度：他怒愚夫们之不争，而哀恋人们之不幸。但另一方面，作者怀着对这无法自由相恋的一对人儿的万般哀怜，将他们的赴死之路描绘得格外温情和梦幻。他让两人在象征死神的黑琴师指引下，在农舍里享受了具有象征意义的婚礼，最后随着一叶轻舟顺水而下，在静谧安宁的大自然中离开了人世。与现实中那对自杀的年轻男女相比，萨利和芙兰琴的不幸获得了诗意的点染，仿佛是他们过于美好而不容于鄙陋可恶的俗世。

以一对恋人的坚贞和美好来反衬蔑视他们的塞尔德维拉人的狭隘和卑下，这种手法也体现在《人惜衣裳马惜鞍》中。这个故事很快也成了世界文学中脍炙人口的名篇。它并不像《乡村里的罗密欧与朱丽叶》那么凄惨，相反，它也是众多讽刺风俗画中的一幅，充满了喜剧感。一个来自波兰的穷裁缝温采尔·斯特拉频斯基因为穿着华贵，加上马车夫一句戏言，被塞尔德维拉附近的哥尔达赫小城居民当做了一名伯爵。塞尔德维拉的市民闻风而至，极尽谄媚之能事来讨好他。塞尔德维拉行政顾问还把自己美貌的女儿涅特馨许配给他。但温采尔在目睹了以"人惜衣裳马惜鞍"为主题的戏剧演出之后，在良心的谴责下出逃。涅特馨在风雪中解救了倒在路边的他，并真心爱上了他，两人回到塞尔德维拉开裁缝店，凭借自己的勤劳和才智成就了财富和声望，儿孙满堂。

冒名顶替，假充贵族，这也是一个历史悠久的文学套路。但在凯勒的笔下，温采尔实际上是被迫假冒，真正扮演丑角的是塞尔德维拉市民。他们对温采尔前恭后倨，在得知涅特馨坚持带着丰厚家产嫁给温采尔时，又再度一改鄙夷，迎接两人回城，活脱脱一群唯利是图的小人。而凯勒塑造的涅特馨则是他们的反面，品格高洁，有着独立人格和坚定信仰，并且有强大的意志和杰出的行动力。她劝说温采尔勇敢地面对现实，通过现实努力来改变现实的穷苦，因为一时的虚假外表最终难免沦为笑柄。

最终，恋人成眷属而愚人们一无所得。这个结局抹除了萨利和芙兰琴的悲惨，代之以让人欣慰的诙谐和圆满。《人惜衣裳马惜鞍》能够博得后世众多人的喜爱，被频频改编为电影和歌剧，个中原因，固然有故事本身的精彩，情节设置的巧妙，但积极向上的结局大概也是一个关键。毕竟，当人们翻开小说集，除了随作者嬉笑怒骂之外，总还希望获得一点超脱无奈现状的安慰。而这也是诗意现实主义者的共识，一如另一位现实主义的德语文学大师冯塔纳所言：

"首先，我们这里所指的现实主义绝不是日常生活的赤裸裸的再现，更不是日常生活中的苦难和阴暗面的赤裸裸的再现。这些东西本就是不言而喻的，还必须在艺术中确保他们的存在，这真是够可悲的了。……生活毕竟只是大理石采石场，提供无数件雕塑所需的原料。这些雕塑都酣睡其中，只有献身艺术者的双眼才能看取它们。"①

凯勒在后期的创作中更加坚定了如此一种文学观。随着阅历加深，也随着瑞士走向民主体制，他对现实的描绘增添了更多光明的色彩，尖刻的讥刺让位于诙谐的嘲讽。这时候创作的系列小说在一八七七年结集为《苏黎世中篇小说集》，其中《七君子的小旗子》让凯勒成为了瑞士的民族代言人。书中的苏黎世工匠七君子代表了新建的瑞士民主国家的中坚力量——捍卫祖国民主自治的先进市民阶层。然而，现实中的贫富差距也体现了七君子内部：富有木匠傅里曼和贫穷裁缝赫第格虽然是亲密盟友，却一度囿于门户之见不愿自己的儿女结亲。但后者的小儿子卡尔在一八四九年集会上毛遂自荐，充当护旗手并作了杰出的演说，以自己的才华、见识和爱情说服了两位老人，成功地与他的恋人，傅里曼的女儿海尔敏娜定亲。凯勒以近乎戏剧结构的一波三折凸显了瑞士市民在民主体制下的迅速成长和年轻一代的蓬勃生机。与他前期作品的哀挽音调相比，这里的爱情不仅充满了田园的浪漫气息，也与并不完美的现实社会达成了和解。不妨说，彰显民族自信的苏黎世人便是洗心革面而焕然一新的塞尔德维拉人，而凯勒的市民风情画则展开了尤为明丽动人的一帧，让后世陶然于谐趣与诗意中。

塞尔德维拉固然出自异国他乡高耸的中世纪围墙背后，但城中那些

① 特奥多尔·冯塔纳：《1848年以来我们的抒情和叙事诗学》，胡颖川译，见《德语文学与文学批评》（第二卷·2008年），人民文学出版社2008年，第29页。

让人带着笑与泪观赏的故事，谁能说，它们与另一个时空的我们毫不相干呢？逝去一百二十多年的凯勒，他的梦想与现实，他的感怀与文字，谁能说，它们不会让我们也获得滋养，开始思考我们身边的塞尔德维拉人呢？

"企鹅经典"丛书书目

第一辑

夜色温柔	【美】F. S. 菲茨杰拉德
一个青年艺术家的画像	【爱尔兰】詹姆斯·乔伊斯
城堡 / 变形记	【奥地利】弗兰茨·卡夫卡
儿子与情人	【英】D. H. 劳伦斯
茶花女	【法】小仲马
少年维特的烦恼	【德】歌德
恶之花	【法】波德莱尔
黑暗的心 / 吉姆爷	【英】约瑟夫·康拉德
白鲸	【美】梅尔维尔
一个女人一生中的二十四小时	【奥地利】斯台芬·茨威格

第二辑

西西弗神话	【法】阿尔贝·加缪
白痴	【俄】陀思妥耶夫斯基
罪与罚	【俄】陀思妥耶夫斯基
波斯人信札	【法】孟德斯鸠
动物农庄	【英】乔治·奥威尔
一九八四	【英】乔治·奥威尔
纯真年代	【美】伊迪丝·华顿
漂亮朋友	【法】莫泊桑
莎士比亚四大悲剧	【英】莎士比亚
好兵帅克历险记	【捷克】哈谢克

第三辑

老人与海	【美】海明威
太阳照常升起	【美】海明威
复活	【俄】列夫·托尔斯泰
丛林故事	【英】吉卜林
包法利夫人	【法】福楼拜
嘉莉妹妹	【美】德莱塞
巴黎圣母院	【法】雨果
呼啸山庄	【英】爱米丽·勃朗特
简·爱	【英】夏洛蒂·勃朗特
忏悔录	【法】卢梭

第四辑

远大前程	【英】狄更斯
古希腊戏剧选	【古希腊】埃斯库罗斯等
一千零一夜	【古阿拉伯】民间故事集
高老头	【法】巴尔扎克
泰戈尔诗选	【印】泰戈尔
名人传	【法】罗曼·罗兰
红字	【美】霍桑
蒙田随笔	【法】蒙田
牛虻	【英】E. L. 伏尼契
安娜·卡列宁娜	【俄】列夫·托尔斯泰

第五辑